MANFRED BAUMANN

Majoran, Mord und Meisterwurz

MANFRED BAUMANN

Majoran, Mord und Meisterwurz

KRÄUTER-KRIMIS

GMEINER

Immer informiert

Spannung pur – mit unserem Newsletter informieren wir Sie
regelmäßig über Wissenswertes aus unserer Bücherwelt.

Gefällt mir!

Facebook: @Gmeiner.Verlag
Instagram: @gmeinerverlag
Twitter: @GmeinerVerlag

Besuchen Sie uns im Internet:
www.gmeiner-verlag.de

© 2023 – Gmeiner-Verlag GmbH
Im Ehnried 5, 88605 Meßkirch
Telefon 0 75 75 / 20 95 - 0
info@gmeiner-verlag.de
Alle Rechte vorbehalten
1. Auflage 2023

Lektorat: Claudia Senghaas, Kirchardt
Herstellung: Mirjam Hecht
Umschlaggestaltung: U.O.R.G. Lutz Eberle, Stuttgart
unter Verwendung eines Fotos von: © Backgroundy / shutterstock.com
und iMarzi / stock.adobe.com
Druck: GGP Media GmbH, Pößneck
Printed in Germany
ISBN 978-3-8392-0171-8

INHALT

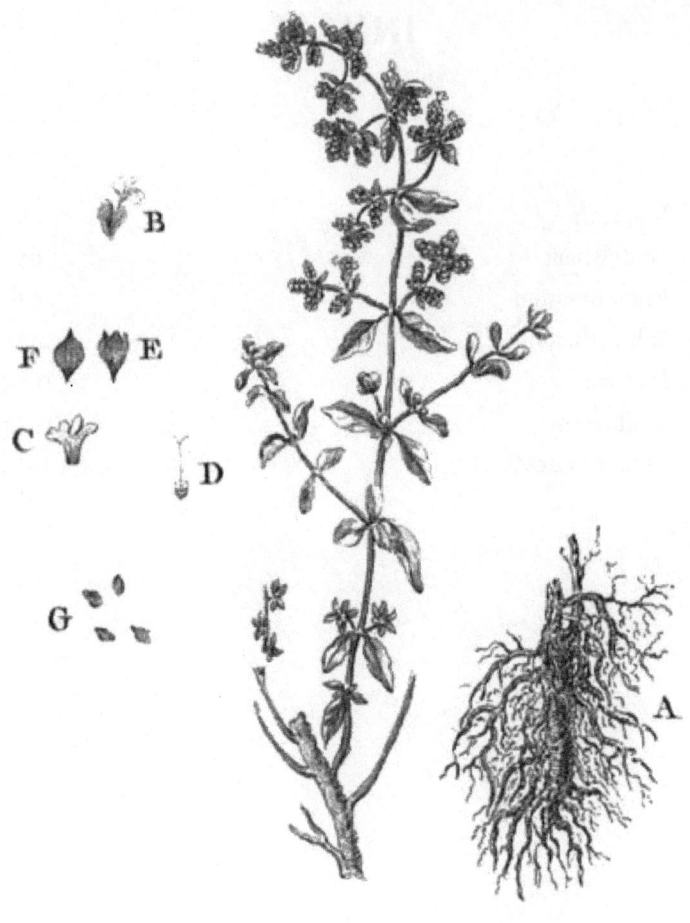

Majoran, *Origanum majorana,* auch: *Bratenkräutel, Wurstkraut, Kuttelkraut, Meiran, Mussaröl, Badkraut.* War in der Antike der griechischen Liebesgöttin Aphrodite geweiht. Frisch verheirateten Paaren hängte man Girlanden aus Majoran um. Im Mittelalter galt Majoran als probates Mittel gegen Angstzustände. Majoran ist appetitanregend, wirkt beruhigend. Gilt in der Küche als beliebtes Gewürz für deftige Speisen.

MAJORAN

1

Die ersten vier Töne gelangen gut. Aufsteigende Melodie. Er lachte, presste am siebten Bund fest an, beließ den Mittelfinger vibrierend auf der G-Saite der E-Gitarre. Der durch den Kirchenraum gellende Ton konnte ruhig etwas länger nachhallen. Es machte ihm Spaß. Auch der Gottesmutter nahe am Seitenaltar schien es zu gefallen. Ihr Lächeln kam ihm in diesem Moment noch eine Spur freudvoller vor als sonst. Herzerfrischend. Also dann! Jetzt die Finger in exakter Reihenfolge über die Saiten wirbeln lassen. Der anschließende Lauf musste gut gelingen, sollte einigermaßen nach Rockmusik klingen. Doch schon beim dritten Ton griff er daneben, rutschte ab. Und dabei hatte er noch gar nicht die Geschwindigkeit gewählt, die beim Auftritt nötig war. Bei Weitem nicht. Auch in diesem langsamen Tempo gehorchten seine Finger nicht, taten nicht, wie er wollte. Pater Gwendal seufzte. Er musste sich eben noch eine Spur mehr Zeit lassen. Er holte tief Luft, konzentrierte sich. Dann schickte er wieder die linke Hand über die Saiten. Dieses Mal kam er weiter. Immerhin traf er sieben Töne richtig. Dann gerieten ihm erneut die Finger durcheinander. Er hob langsam seine Linke, betrachtete sie wie ein Stück altes Holz. Die Hand kam ihm vor wie einer der morschen Äste, die er heute am Birnbaum abgeschnitten hatte. Ein weiterer Seufzer entwand sich seiner Brust. Vielleicht hätte ich heute doch nicht so lange im Garten arbeiten sollen, überlegte er. Das wäre zumindest den Fingern besser bekommen. Doch es gab gerade in diesen Tagen viel zu tun. Die großzügig angelegten Klostergärten von Stift Eulenberg brauchten ohnehin immer viel an Pflege und Aufmerksamkeit. Arbeit, die zu erledigen war, gab es reichlich. Und jetzt erst recht. Also dann, ächzte er, auf zum nächsten Versuch. Die Klosterkirche war Gott sei Dank baulich in ausgezeichnetem Zustand. Tore und Fenster schlossen dicht. Das war beruhigend für ihn. Nur so konnte er sich immer wieder mal nachts in die Kirche zurückziehen, um auf seiner Rockgitarre zu üben. Der Lärm drang nur gedämpft nach außen. Die anderen hätten ihn allerdings auch nachts in der Kirche Rockgitarre spielen lassen, wenn das Gotteshaus weniger gut abgedichtet wäre. Selbst wenn die fetzigen Rockklänge krachend und ungeschützt bis in ihre Schlafgemächer gedrungen wären, hätten die Mitbrüder das geduldig hingenommen. Gwendals Enthusiasmus war ihnen gut bekannt. Sie nahmen dessen Leidenschaft fürs Gitarre spielen gerne hin. Gwendal war ein großer Fan von Brian May, dem ehemaligen Leadgitarristen von *Queen*. So wie sein Vorbild spielte Gwendal auch auf einer *Red Special*. Natürlich nicht auf dem Original, sondern auf einem sehr gelungenen Nachbau, den er sich vor vielen Jahren gekauft hatte. Er hatte lange darauf gespart. Und wenn ihm danach war, dann schnappte er seine *Red Special* und spielte, wozu er gerade Lust hatte.

Jetzt komm, Gwendal, ermahnte er sich selbst. Denk daran, wie lange du gebraucht hast, um den Anfang des Solos aus »Bohemian Rhapsody« wenigstens halbwegs hinzubringen. Also reiß dich am Riemen! Allerdings war es keine *Queen*-Nummer, an der er jetzt übte, sondern ein alter Hit von *Led Zeppelin*. Angefangen hatte alles, weil er für Dagmar etwas Gutes tun wollte. In drei Wochen sollte der neue Klosterladen eingeweiht werden. Zu diesem Anlass wollten sie im Kloster einen Tag der offenen Tür anbieten und zu einem großen Fest einladen. Gwendal hatte Dagy gefragt, ob sie nicht bei diesem Fest mit der Rockband auftreten wolle, in der sie zusammen mit ihrem Bruder spielte. Anfangs hatte Dagy gezögert. Doch dann hatte sie sich auf die Idee eingelassen und schließlich ihren Bruder ins Kloster mitgebracht. Der hatte sofort Gefallen an Gwendals Vorhaben gefunden. »Aber wir machen das nur, wenn Sie bei diesem Gig mitspielen, wenigstens bei einer Nummer.« Darauf hatte Arne bestanden. Er wusste durch seine Mutter von Gwendals Gitarrenleidenschaft. Die Mutter der Geschwister hatte vor Jahren eine Zeit lang in der Küche des Klosters gearbeitet. Gwendal hatte sich bei Arnes Vorschlag anfangs gewunden. »Ich bin nur ein kleiner Ordensbruder, der hin und wieder zur Gitarre greift. Ihr spielt in einer richtigen Rockband, Arne. Ihr seid gut. Da kann ich bei Weitem nicht mithalten.«

»Ein Klosterbruder, der leidenschaftlich gerne Rockgitarre spielt«, hatte Arne gelacht, »das allein ist schon ein Hit. Das bekommt man auch nicht alle Tage geboten. Und Sie, Pater Gwendal, sind einer, der sogar nachts in der Kirche heimlich übt. Auch das hat mir meine Mama erzählt.«

Gwendal hatte sich lange gesträubt, versucht, diesen Kelch an sich vorüberziehen zu lassen.

»An welches Stück denkst du, bei dem ich mitspielen könnte, Arne?«

Der junge Mann hatte nur kurz gezögert, dann mit den Fingern geschnippt.

»›Stairway to Heaven‹ von *Led Zeppelin*. Das wollte ich immer schon einmal machen. Die Art, wie Robert Plant das singt, taugt mir. Da kann ich mir viel abschauen. Und ›Stairway to Heaven‹ passt schon vom Titel her gut in ein Kloster.« Gwendal kannte diesen *Led Zeppelin*-Klassiker. Die Art, wie Jimmy Page Gitarre spielte, gefiel ihm. Mit dem Text hatte er noch nie viel anfangen können. Ein wenig verworren, seltsame Bilder, ziemlich überladen. Vielleicht sollte er sich den Text einmal genauer anschauen.

»Also, Pater Gwendal, give me five.« Arne hatte ihm die offene Hand hingestreckt. Gwendal hatte schließlich eingeschlagen. Der Kelch war also nicht vorübergezogen. Jetzt musste er ihn austrinken. Deshalb stand er spätnachts in der Kirche und übte das Gitarrensolo. So bravourös wie Jimmy Page würde er es nicht einmal im Traum auch nur annähernd hinbekommen. Das war ihm schon klar. Aber Gwendal würde üben, üben, üben. Immerhin waren ihm eine gewisse Beharrlichkeit und Eifer eigen. »Ehrgeiz ist eine Mutter aller Ketzereien«, soll Augustinus gesagt haben. Zumindest behauptete das Martin Luther. Gwendal glaubte das nicht. Luther hatte mit dem bedeutenden Theologen und Philosophen Augustinus wohl einen prominenten Zeugen für seine eigene Sicht in Stellung bringen wollen. Obwohl Gwendal mit den Ansichten von Martin Luther in vielen Bereichen übereinstimmte, wollte er ihm beim Thema Ehrgeiz nicht folgen. Für Luther war Ehrgeiz eine große Sünde, ein »subtiles Gift«, wie er es formulierte. Gwendal hatte dabei immer die Stimme seines Großvaters im Ohr. Gesunder Ehrgeiz hat noch keinem geschadet, hatte der immer behauptet. Und Gwendals Großvater war erfolgreicher Gastwirt und Weinbauer gewesen. Auch Gwendal verspürte einen gewissen Ehrgeiz in sich. Dem Drang, sich zu verbessern, konnte er viel abgewinnen. Zumindest, was das Spiel auf seiner *Red Special* anbelangte, war er extrem ehrgeizig. Und das mit großer Lust. Schließlich wollte er sich bei »Stairway to Heaven« nicht blamieren. Und seine Mitspieler in der Band schon gar nicht. Am allerwenigsten Dagy. Arne und er hatten sich zusammen einige der alten Aufnahmen angehört und angesehen. Die Aufnahme des Konzerts von *Led Zeppelin* 1975 in London hatte es ihnen besonders angetan. Nach längerer Absenz war *Led Zeppelin* wieder in England aufgetreten, im *Earls Court Exhibition Centre*, einem riesigen Veranstaltungszentrum im Südwesten der englischen Hauptstadt. »Stairway to Heaven« dauerte bei *Led Zeppelin* in dieser Aufnahme rund zehn Minuten. So lange würden sie es keinesfalls spielen, darauf hatten Arne und Gwendal sich geeinigt. Und das bekannte Gitarrensolo von Jimmy Page in der Länge von gut drei Minuten würden sie stark kürzen. Selbst für nur eine einzige Minute Solo dieses Rockklassikers musste Gwendal intensiv üben. Also stand er jetzt in der Kirche. Er schüttelte seine Linke, platzierte die Gitarre kurz auf dem mitgebrachten Ständer. Er näherte sich dem Seitenaltar. Er blickte zum Madonnenbild. Für ein paar Sekunden senkte er den Kopf. Dann blickte

er auf, legte die Linke behutsam auf das Tuch der Altarplatte. Er begann, die Finger zu bewegen. Erst langsam, dann
immer schneller. Hinter diesem Vorhaben steckte kein reli-
giöser Kniff oder irgendeine Form liturgischer Praxis. Das
Trommeln auf das Tuch, das die harte Altarplatte bedeckte,
würde der Beweglichkeit seiner Finger guttun. Davon war
er überzeugt. Er ließ die Finger mehrere Minuten auf und
ab schnellen. Dabei blickte er ab und zu auf das Marienbild,
schmunzelte. Schließlich wandte er sich ab und griff zur
Gitarre. Sekunden später sprühten wieder die Töne aus der
Red Special, erfüllten jede Nische des Kirchenraumes. Nun
hörten die Klangfolgen sich schon etwas geschmeidiger an.
Das Tempo wurde rasanter. Eine halbe Stunde würde er noch
üben, beschloss Gwendal. Mindestens. So würde er gewiss
einiges weiterbringen. Dann konnten Arne und Dagy bei
der nächsten Probe mit ihm zufrieden sein. Er blinzelte zum
Marienbild. Ob es ihr auch gefiel? Zumindest ihr Lächeln
war weiterhin herzerfrischend.

2

Er übte bis weit nach Mitternacht. Zurück in seinem Zimmer, aktivierte er den Computer, suchte im Internet nach
dem Text von »Stairway to Heaven«. Hier wurde von einer

Frau erzählt, von einer Lady, die davon überzeugt ist, dass alles, was glitzert, Gold ist. Und die sich eine Treppe kauft, die zum Himmel führt.

And she's buying a stairway to heaven. Und dann sieht diese Lady auch ein Zeichen an der Wand, *there's a sign on the wall.* Später taucht ein Pfeifer auf, der zur Vernunft ruft, eine Maienkönigin verbirgt sich in Hecken, die Treppe ruht auf einem flüsternden Wind. Rätselhafte Bilder gab es viele im Text. Alles ein wenig überladen und für meinen Geschmack zu geheimnisvoll, urteilte Gwendal. Schließlich schaltete er den Computer aus und begab sich zu Bett. Er spürte die Müdigkeit in seinen Knochen. Es dauerte nicht lange, dann schlief er ein. Als er sich nach kaum vier Stunden Schlaf erhob, fühlte er sich erstaunlicherweise frisch. Keine Spur von Müdigkeit. Er stellte sich unter die Dusche. Die Morgenandacht begann um 6 Uhr. Doch an diesem Morgen würden sie zu keiner Andacht kommen. Was Gwendal noch nicht wusste, als er seine Zelle verließ. Er betrat den Andachtsraum. Dort hatten sich bereits zwei der Mitbrüder eingefunden, Roland und Dagobert. In dem Augenblick, als Gwendal die Schwelle überschritt, hörten sie einen Schrei. Er kam von draußen. Der Schrei war laut, grell, klang hysterisch. Alle drei erschraken. Es war eine Männerstimme, die schrie. Die Ordensbrüder verließen den Raum, hetzten hinaus. Im Freien sahen sie, dass jemand durch den Innenhof auf sie zueilte.

»Aber das ist ja Bruder Emanuel!«, rief Roland. Der Herbeieilende stoppte ab. Die Augen entsetzt aufgerissen, versuchte er, etwas zu sagen. Doch seinem Mund entwich nur hilfloses Gestammel. Gleichzeitig deutete der Mönch nach hinten, wies hektisch zu den Garteneingängen. Gwendal startete los, erreichte als Erster die mittlere der drei Treppen. Kein stairway to heaven, schoss ihm durch den Kopf. Hier waren keine Stiegen, die nach oben führten. Im Gegenteil. Diese Treppen führten alle in die Tiefe. Hinab zu den Gärten, die sich auf verschiedenen Terrassen nach unten bis zum See zogen. Ein Stück weiter unter sich, im oberen Drittel der Treppe, erkannte Gwendal eine Gestalt. Sie lag zusammengekrümmt auf den Stufen. Er hastete hinunter. Bruder Roland war dicht hinter ihm.

»Mein Gott!«

Beide erkannten sofort, um wen es sich handelte. Roland tastete nach dem Puls der jungen Frau. Es war nichts zu spüren. Die klaffende Wunde am Hinterkopf unterstrich den Eindruck, den beide schon hatten, als sie sich neben der Gestalt niederknieten. Die Frau war tot. Das Blut an der tiefen Wunde war eingetrocknet. Vor ihnen lag die Leiche von Celine Brimisch. Seit gut einem halben Jahr war die junge Frau bei ihnen im Kloster tätig gewesen. Celine hatte sich vor allem um die Neuerungen des Klosterladens gekümmert. Über ihnen ertönte wieder die Stimme, die sie vor wenigen Augenblicken aus dem Andachtsraum geschreckt hatte. Sie blickten nach oben. Bruder Emanuel stand wimmernd neben Bruder Dagobert am Beginn der Treppe.

»Bruder Roland, kümmere dich bitte zusammen mit Dagobert um den bedauernswerten Emanuel. Ich komme hier schon zurecht.« Roland nickte und stieg nach oben. Gwendal schloss die Augen, spürte in sich hinein. Dann sprach er ein Gebet für die Seele von Celine Brimisch. Er ließ sich wieder in der Hocke nieder. War die junge Frau auf der Treppe gestürzt? Ein Unfall? Die Position des Körpers und vor allem die auffallend klaffende Wunde am Hinterkopf deuteten auf anderes hin. Es schien, als hätte Gewalteinwirkung von außen zum Tod geführt. Er spürte ein beklemmendes Gefühl in sich hochkriechen. Lag gar ein Verbrechen vor? Erst jetzt fiel ihm auf, dass die junge Frau etwas in der rechten Hand hielt. Der Arm war vom Oberkörper halb verdeckt, deshalb sah man es nicht gleich. Gwendal beugte sich vor. Die Finger der toten Celine waren um ein paar Strünke einer krautigen Pflanze geschlossen. Das war Majoran. Kein Zweifel. In den bis zum See abfallenden Klostergärten gab es Majoransträucher an den verschiedensten Stellen. Auch im neuen Klosterladen würden sie Majoran anbieten. Zum Verkauf. Zusammen mit anderen Gewürzpflanzen. Er befühlte vorsichtig die Blätter und Stängel. Die Strünke waren nicht mehr ganz frisch, also schon vor einiger Zeit abgeschnitten. Stammten sie von den neu angelegten Beständen im bald zu eröffnenden Klosterladen? Oder waren sie von einem der Sträucher in den Gärten abgeschnitten worden? Spielte eine mögliche Antwort überhaupt eine Rolle?

Wie war Celine Brimisch zu Tode gekommen? Er löste einen Stil samt Blättern aus den Fingern der Toten, steckte ihn ein. Er richtete sich langsam auf. Ein tiefer Seufzer entfuhr seiner Brust. Ihm graute davor, was jetzt zu tun war.

»Wir haben Bruder Emanuel ein Beruhigungsmittel verabreicht. Dagobert bleibt bei ihm.« Roland kam Gwendal entgegen. Er war um etliche Jahre jünger als die meisten der anderen Mönche.

»Wir müssen die Polizei verständigen.« Gwendals Stimme hörte sich belegt an. Er räusperte sich leise. Roland nickte. »Ich kümmere mich darum.« Er machte kehrt, hielt auf das Verwaltungsgebäude zu.

»Was ist passiert?« Gwendal wandte sich um. Dagmar eilte auf ihn zu.

»Guten Morgen, Dagy. Etwas Furchtbares ist passiert.« Er berichtete ihr vom Auffinden der toten Celine. Einzelheiten erwähnte er keine. Die junge Frau zeigte sich erschrocken.

»Ein Unfall?« Gwendal gab keine Antwort. Dagmar blickte zum Verwaltungsgebäude, in dem Bruder Roland eben verschwunden war.

»Ich verstehe, Pater Gwendal. Dass Pater Roland Dringenderes zu erledigen hat, als zusammen mit den anderen die Leiche der armen Celine zu bergen, sagt wohl einiges aus. Nichts allzu Gutes, vermute ich.«

Sie blickte ihn an. »Wenn ich irgendwie helfen kann, Pater Gwendal, dann teilen Sie mich bitte ein. Egal, was es für mich zu tun gibt.«

Das hatte Gwendal gleich zu Beginn ihrer Begegnung an Dagmar Bitterberg geschätzt. Sie redete nie lange um den heißen Brei herum, sie kam direkt auf den Punkt. Dazu hatte sie eine erfreulich schnelle Auffassungsgabe. Auch jetzt hatte sie die Zusammenhänge sofort richtig eingeschätzt.

»Danke, Dagy, das werde ich machen.«

Eine halbe Stunde später traf die Polizei ein. Gwendal und Pater Roland hatten inzwischen alle anderen über den schrecklichen Vorfall informiert.

»Mord im Kloster? Was sagt man dazu? Das klingt nach einer Fernsehserie. Hauptabendprogramm. Tolle Einschaltquoten. Wer schreibt das Drehbuch, Kollegen?« Die Stimme der Frau war nicht zu überhören. Sie fegte wie eine Sirene durch das Klosterareal. Nach jedem zweiten Satz lachte sie. Sie gab sich leutselig.

»Das ist überwältigend, Pater Gwendal. Einen tollen Klostergarten haben Sie hier. Überall Kräuter. Und wie das alles duftet. Einfach herrlich.«

Ja, und inmitten all dieser Herrlichkeit lag eine junge Frau. Tot. Offenbar erschlagen.

Darauf versuchte er sie mehrmals hinzuweisen.

»Machen Sie sich keine Sorgen, Pater. Darum kümmern wir uns schon. Deswegen sind wir ja hier.« Wieder kicherte sie, boxte ihm in die Seite. »Und dieser entzückende kleine See da unten. Sind da auch Fische drin? Forellen? Karpfen?«

Ja, Forellen hatten sie einige. Er ertappte sich bei dem Gedanken, dass ihm jetzt Blauhaie lieber wären. Dann könnte er die dahinplappernde Polizistin ein wenig ärgern. Sie vielleicht sogar beißen lassen. Schnell verwarf er den Gedanken.

»Die Umstände, die zum Tod der jungen Frau geführt haben, erscheinen mir auffällig, allein aufgrund der Kopfverletzung ...« Weiter kam er nicht, schon wedelte die Polizistin wieder mit den Händen.

»Papperlapapp, verehrter Herr Pater. Vergessen Sie das Auffällige. Das ist unsere Sache. Und merken Sie sich: Die Geheimnisse liegen oft im Verborgenen. Aber das werden Sie als Kirchenmann sicher besser wissen. Also, Sie kümmern sich um Ihre Geheimnisse und die prächtigen Pflanzen in diesem paradiesischen Garten. Das andere überlassen Sie uns.«

Er schnaufte tief durch. Er hätte nie gedacht, dass er sich einmal nach Chefinspektorin Sybille Knauss förmlich sehnen würde. Mit Sybille Knauss hatte er schon zu tun gehabt und dabei gewiss nicht die besten Erfahrungen gemacht. Aber gegen diese dahinplappernde Sirene war die mürrische Sybille Knauss der reinste Segen. Er hatte erwartet, dass die ihm vertraute Chefinspektorin im Kloster auftauchen würde. So wie schon bei zwei tragischen Ereignissen zuvor, mit denen Gwendal verbunden war. Stattdessen war diese Quasselkrähe erschienen. »Kontrollinspektorin Tabea Rollner«, hatte sie sich vorgestellt. Gwendal versuchte es nochmals, wollte nicht lockerlassen. »Sie müssen wissen, Frau Kontrollinspektorin, Celine Brimisch arbeitete schon seit einiger Zeit bei uns. Ich kannte die Tote gut. Wenn ich also irgendetwas beitragen kann, das zur Aufklärung der mysteriösen Umstände ...«

»Klar können Sie das, verehrter Pater. Sie tragen bei, indem Sie uns die Sachen der Toten zeigen. Wir sind die Profis, wir schauen uns das an. Und Sie können sich gleich wieder Ihrem Hallelujahsingen widmen. Oder was halt sonst für Sie nötig in Ihrem altehrwürdigen, wunderschönen Kloster ist.«

3

Am Nachmittag war eine leichte Brise aufgekommen. Vielleicht gibt es bald Regen, dachte Gwendal. Das würde den Pflanzen guttun. Die Trockenheit der letzten Tage hatte manchen der empfindlichen Kräuter zugesetzt, trotz verstärkter Bewässerung. Er atmete tief durch, ließ den bunten Schwall aus Düften tief in sich hineinströmen. Er saß auf den Stufen der mittleren Treppe, die zu den Gärten hinabführte. Der auf ihn einströmende Duftreigen wurde überstrahlt von einem intensiven Aroma, das an Kamille erinnerte. Gwendal wusste genau, woher dieser Duft kam. Schon vor drei Wochen hatte das Mutterkraut, bekannt als Falsche Kamille, auf den Terrassen des Kräutergartens zu blühen begonnen. Gwendal schloss die Augen, schmeckte dem nach, was ihm der Wind zutrieb. In diesem Duftnotenpotpourri war deutlich der Vanilleton der Prachtnelken auszumachen. Gwendal liebte diese Momente. Er begab sich nachts gerne in die Kirche, um seiner Gitarre rockige Töne zu entlocken. Aber mindestens so gerne, wenn nicht sogar noch lieber, setzte er sich in die Weite der Klostergärten und genoss die Umgebung. Dabei wurde er eins mit der üppigen Pracht der Bäume, Blumen und Kräuter rings um ihn. Er liebte diese Geschenke Gottes. In den Gärten fühlte er sich auf besondere Art verbunden mit der Schöpfung. Die Farbenpracht der Blüten, der Duftzauber der Kräuter, das waren für ihn Gebete, belebend wie himmlischer Gesang. Er schaute nach rechts. Von dort strahlte ihm die gelbe Pracht des Johanniskrauts entgegen. Er wandte sich der Pflanze daneben zu. Er streckte die Hand aus. Behutsam strich er über die leuchtend blaue Blütenähre. Gwendal hatte den Lippenblütler an viele Stellen des Kräutergartens pflanzen lassen. Ysop ist stark mit Öldrüsen versehen. Den Geruch, den er zu verbreiten vermag, ist intensiv. Dieser Geruch hält Fressschädlinge ab, Schnecken, Kohlweißlinge und viele andere. Das kommt Pflanzen zugute, die neben dem Ysop wachsen. Ein treuer Wächter. Ein Beschützer. Aber dass die bedauernswerte Celine hier zu Tode kam, gleich neben dir, das hast auch du nicht verhindern können, mein aufrechter Hüter. Noch einmal ließ er die Hand über die kleinen Blüten gleiten, dann stand Gwendal schweren Herzens auf. Es gab viel zu tun. Er machte sich auf zum Gebäudekomplex des Klosters. Schon am Vormittag hatte Gwendal zu einer Besprechung gebeten. Er war zwar nicht der Vorstand des Klosters. Doch der Prior war hochbetagt, fühlte sich meist schwach und hatte vor einem halben Jahr ersucht, dass Gwendal sich verstärkt um die Führung des Klosters kümmere. Die anderen hatten zugestimmt. Zur einberufenen Besprechung waren fast alle verfügbaren Mönche eingetroffen. Nur der Prior und Bruder Emanuel hatten gefehlt. Zudem waren alle in Eulenberg beschäftigten Mitarbeiterinnen und Mitarbeiter geladen. Bis auf zwei konnten es sich alle einrichten. Zunächst hatten sie gemeinsam ein kurzes Gebet für die am Vortag Verstorbene gesprochen, danach ein paar Minuten in Stille verhalten.

»Ja, ich bin überzeugt, dass unsere gute Celine sicher nicht wollte, dass wir unsere Planungen einfach abbrechen. Sie wäre die Erste, die uns mit der Begeisterung, die wir alle an ihr so schätzten, mit Fröhlichkeit in der Stimme aufforderte, alles zu tun, damit der neue Klosterladen genauso festlich eröffnet wird, wie wir das vorhatten.« Es hatten nicht alle sofort zugestimmt. Doch nach einer Weile waren auch die wenigen Zweifler davon überzeugt, dass Celine Brimisch das genauso gewollt hätte. Also hatten sie sich schnell darauf geeinigt, den erforderlichen Tagesgeschäften wie gewohnt nachzugehen. Stift Eulenberg war nicht nur Zuhause für eine Gruppe von Benediktinermönchen. Das Kloster war auch ein wichtiger Arbeitgeber, ein gern gesehener Wirtschaftsfaktor in der Region. Dazu war es erforderlich, dass das Kloster Geld einbrachte. Neben dem, was das Gesundheitsangebot im *Ottilienzentrum* abwarf, und ein paar geringen Einnahmen aus Pachten für kleinere Liegenschaften, war es vor allem der neue Klosterladen, bei dem man in Eulenberg künftig auf entsprechende Umsätze hoffte. Also durften sie da nicht lockerlassen. Die Eröffnung würde wie geplant stattfinden. Auch der Tag der offenen Tür sollte abgehalten werden. Wie das Fest aussehen könnte, das sie ursprünglich geplant hatten, darüber wollten sie später beraten. Es blieb ja noch Zeit.

»Gott zum Gruße, Pater Gwendal, ich bin gleich für Sie da.« Brigitte Grundtners Stimme war zwar zu vernehmen. Aber sie selbst war nicht zu sehen. Gleich darauf tauchte die etwas pummelig wirkende Frau hinter einem hoch aufgetürmten Stapel Kartons auf. In der Hand hielt sie eine offene Schachtel. Darin waren Kräuterbücher zu erkennen. Schon bei der Vormittagsbesprechung hatte Gwendal Brigitte Grundtner gefragt, ob sie sich ab sofort um die Geschicke des Klosterladens kümmern könnte. Um Einrichtung, Ausstattung, Warenangebot und alles, was für die Eröffnung notwendig wäre. Die Frau Anfang 50 hatte schon mitgeholfen und Celine in einigen Bereichen unterstützt. Brigitte Grundtner war im alten, um vieles kleineren Klosterladen tätig gewesen. Eine überschaubare Aufgabe. Aber jetzt hätte sie einen weitaus aufwendigeren Bereich vor sich.

Sie wäre auf sich alleine gestellt, müsste voll anpacken und alleinverantwortlich Entscheidungen treffen. »Trauen Sie sich das zu, Frau Grundtner? Selbstverständlich werde ich Sie unterstützen, soweit es meine Zeit zulässt.« Ein wenig hatte Brigitte Grundtner gezögert. Schließlich hatte sie zugestimmt.

»Wenn es Ihnen recht ist, dann bestelle ich gleich eine größere Lieferung von Kräuterbüchern nach. In erster Linie Ihre Bücher, Pater Gwendal. Denn die werden uns die Besucher am Tag der offenen Tür förmlich aus der Hand reißen. Alles, was Sie machen, mögen die Leute besonders. Sie sind unser Wundermann.«

»Es gibt nur einen Star, wegen dem die Leute in Scharen nach Stift Eulenberg strömen.« So hatte es vor einiger Zeit eine junge Frau ausgedrückt. Irina Stuck, die ein paar Monate in der Verwaltung tätig war. »Ich bin so froh, dass ich mit Ihnen zusammenarbeiten darf«, hatte Irina hinzugefügt und ihm sogar einen Kuss auf die Wange gedrückt. Er musste lächeln, wenn er daran dachte. So wie Irina Stuck und auch Brigitte Grundtner seine Rolle empfanden, sah er das selbst keineswegs. Er fühlte sich als nichts Besonderes. Zugegeben, er war ein wichtiges Rad im großen Getriebe, sorgte dafür, dass alles einigermaßen reibungslos ablief. Das schon. Aber Star war er keiner. Und schon gar kein Wundermann. Aber dass Irina Stuck ihn damals bei dieser leicht peinlichen Begebenheit mit »Pater Majoran« angeredet hatte, daran erinnerte er sich gerne. Das hatte ihn gerührt. Pater Majoran, so riefen ihn meist die Kinder im Ort. Dieser Spitzname war anlässlich eines seiner vielen Seminare aufgekommen. Denn er pflegte meist für die Teilnehmer bei Kursabschluss mit seinem beliebten Malzbiergulasch aufzuwarten. Er servierte es gerne mit Kümmel und Majoran. Und manchmal gab es hinterher Majoran-Birnenmus. Plötzlich spürte er einen Stich im Herz. Majoran! Mit Schreck fiel ihm ein, dass die tote Celine gestern ausgerechnet ein Büschel Majoran in der Hand gehalten hatte. War das ein Zufall? Oder gab es gar eine Verbindung zu ihm, zu seinem von Kindern und Seminarteilnehmern liebevoll genannten Spitznamen? Warum hatte er nicht gleich an diese Möglichkeit gedacht? Hatte er das absichtlich verdrängt?

»Und wir könnten in den Ausschreibungen und in der Werbung extra den Hinweis platzieren, dass Sie die gekauften Bücher persönlich signieren, Pater Gwendal. Das wäre ein effektvoller Anreißer.«

Anreißer? Signieren? Wovon sprach die Frau da? Er schüttelte sich, wischte alles beiseite, was ihm eben durch den Kopf gegangen war. »Lassen Sie uns das später durchdenken, Brigitte.«

»Wie Sie meinen, Pater.« Sie wuchtete den offenen Karton auf einen der Tische.

»Was ist das?« Gwendal kam erstaunt näher. »Das sieht hübsch aus.« Auf dem Tisch lag ein Stück Papier. Oder war der rechteckige Gegenstand aus Metall? Das Stück schimmerte jedenfalls goldfarben. Kräutersymbole waren darauf zu erkennen.

»Haben Sie das selbst gemacht?«

»Ja, das wollten wir für die Eröffnung verwenden. Das war Celines Idee. Sie hat auch eines angefertigt. Es wäre wohl Celines Entwurf geworden, der infrage gekommen wäre. Sie hatte das bessere Blatt.«

Da fiel ihm ein, weswegen er gekommen war.

»Sie wollten mir noch helfen, Celines Sachen durchzuschauen.« Die Polizei hatte gestern kurz in den Sachen der Toten gestöbert. Wir sind die Profis, wir schauen uns das an, hatte die Kontrollinspektorin großspurig hinausposaunt. Aber sie hatten sich nur wenige Minuten Zeit dafür genommen. Und mitgenommen hatten sie fast gar nichts. Und Gwendal wollte sich gewiss nicht dem Hallelujahsingen widmen, wie die Frau Kontrollinspektorin empfohlen hatte, sondern Celines Zimmer gründlich durchsuchen. Vielleicht hatte die Polizei einiges übersehen, das zur Aufklärung des rätselhaften Vorganges beitragen könnte. Brigitte Grundtner ging voraus. Er folgte.

Nicht alle, die von außen kommend im Stift Eulenberg einer Arbeit nachgingen, wohnten hier. Die meisten kamen ohnehin aus der unmittelbaren Umgebung, wo sie auch wohnten. Celine Brimisch war aus dem Burgenland gekommen. Sie hatte vorgezogen, ein Zimmer im Gästehaus zu bewohnen, ehe sie sich etwas Eigenes suchte. Der große Raum war geschmackvoll eingerichtet. Dennoch wirkte er unordentlich. »Das waren garantiert diese Rüpel von der Polizei«, bemerkte Brigitte Grundtner. »Alles durcheinandergeworfen. Celine pflegte stets gründlich aufzuräumen.« Vermutlich hatte die Mitarbeiterin recht.

»Dann schauen wir uns ein wenig um. Beginnen Sie mit den Taschen und den Kleidern, Brigitte. Wenn Ihnen etwas Ungewöhnliches auffällt, sagen Sie es gleich.«

Gwendal wandte sich dem Bücherregal und dem Schreibtisch zu. Einen Bildband über die Museen und Sakralbauten von Eisenstadt hielt er länger in der Hand. Der gefiel ihm. Das Buch hatte eine Widmung. Doch die war schwer zu entziffern. Er forschte weiter durch die Hinterlassenschaft. In einer der Schreibtischschubladen entdeckte er, was er in ähnlicher Gestalt vorhin im Klosterladen bei Brigitte Grundtner gesehen hatte. Die Grafik mit den Kräutersymbolen. Allerdings nicht goldfarben, sondern in Silber. Er nahm sie hoch. Ja, Frau Grundtner hatte recht. Dieses Blatt war besser. Das silberfarbene Material, aus dem es bestand, fühlte sich hochwertiger an. Er legte das Blatt zurück. Dann öffnete er weitere Schubladen, schaute vorsichtig hinein, was sie enthielten. Er ließ sich Zeit. Es galt, gründlich zu sein. Nur nichts übersehen.

»Sehen Sie, Pater Gwendal, was ich hier habe.«

Er wandte sich um. Brigitte Grundtner wies auf eine der Taschen. Darin hatte sie das Kuvert gefunden, das sie ihm entgegenhielt. Gwendal nahm den Umschlag. Er enthielt eine Fotografie. Sie zeigte einen Mann mittleren Alters zusammen mit einem etwa zehnjährigen Mädchen. Gwendal betrachtete die Farbfotografie. Irgendetwas an dem Mann kam ihm bekannt vor. Aber er wusste nicht, was. Das Mädchen hatte er garantiert noch nie gesehen. Er drehte das Bild um. »Für Onkel Hans«, stand auf der Rückseite in leicht ungeübter Kinderschrift. Er hielt Brigitte Grundtner die Fotografie hin. »Haben Sie das schon einmal gesehen?« Sie schüttelte den Kopf. Gwendal dachte nach. Woher kannte er diesen Mann? Kannte er ihn überhaupt? Oder sah er nur jemandem ähnlich, den er kannte? Er legte das Bild auf den Schreibtisch. Er würde das Foto hernach mitnehmen. Jetzt würden sie sich den restlichen Sachen widmen. Sie machten das. Gründlich. Doch es kam nichts Auffälliges mehr zum Vorschein. Gut möglich, dass Celines Zimmer doch Wesentliches enthalten hatte und die Polizei das mitgenommen hatte. Gwendal bedankte sich bei Brigitte Grundtner für die Hilfe und kehrte zurück in seinen Wohnbereich. Die Farbfotografie hatte er mitgenommen.

4

Sie hatten eben die Abendandacht beendet, waren auf dem Weg ins Refektorium.

Gwendal freute sich schon auf das Abendessen. Einen pikanten Hirseauflauf würde es heute geben. Mit Karotten und Brokkoli. Gewürzt mit erlesenen Kräutern. Die hatte er persönlich in die Küche gebracht. Darunter Rosmarin von einem besonderen Strauch, den einer seiner Vorgänger vor vielen Jahren aus Portugal mitgebracht hatte. Doch dann erschienen zwei Autos, blieben mitten im Klosterhof stehen.

Polizei. Einem der Wagen entstieg Frau Kontrollinspektorin Tabea Rollner. Sie hielt sich nicht lange mit Erklärungen auf. Sie gab Anweisungen. Zwei ihrer Beamten marschierten los. Wenig später tauchten die beiden Polizisten wieder auf. Zwischen sich hielten sie Dagmar an den Armen. Die junge Frau war kreidebleich. Sie zerrten das Mädchen zu einem der Polizeiwagen, schoben es hinein.

»Was hat das zu bedeuten, Frau Kontrollinspektorin?«, protestierte Gwendolin. »Was wollen Sie mit unserer Dagy?«

»Sie sollten sich besser vorher erkundigen, wem Sie da in Ihrem beschaulichen Kloster Zuflucht gewähren, Pater Gwendal«, blaffte die Polizistin.

»Zuflucht?«

»Dass Sie keine Ahnung davon haben, ist offensichtlich. Aber ich sage es Ihnen.«

Tabea Rollner ließ ihren ausgestreckten Zeigefinger Richtung Polizeiauto schnellen.

»Wissen Sie, wen Sie da beherbergen? Dieses Mädchen macht nur auf unschuldig. In Wahrheit ist sie ein raffiniertes, durchtriebenes Luder. Die Göre hat Vorstrafen. Und das nicht zu knapp. Zudem spielt sie in einer üblen Rockband. Schlagzeug! Das sagt alles. Auch ihr Bruder werkt in der Band. Den werden wir uns noch holen.« Sie schnippte mit den Fingern direkt vor Gwendals Gesicht. »So schaut die echte Wirklichkeit aus, von der Sie in Ihrer klösterlichen Idylle wenig Ahnung haben. Und jetzt vertschüssen wir uns. Und zwar mit Halleluja!«

Gwendal wollte etwas erwidern. Doch er kam gar nicht dazu. Schon saß die Frau Kontrollinspektorin im Auto, und der Polizeitrupp raste davon.

»Was ist denn passiert?«, entfuhr es Bruder Roland völlig entgeistert.

»Das wüsste ich auch gerne«, flüsterte Gwendal und schüttelte fassungslos den Kopf.

Der Appetit auf schmackhaften Hirseauflauf war ihm jedenfalls gründlich vergangen. Den meisten der Mitbrüder ebenfalls. Was passierte hier?

Die Göre hat Vorstrafen, und das nicht zu knapp. Natürlich war ihm das bekannt. Das war der Hauptgrund, warum er Dagmar einen Job im Kloster angeboten hatte. Das Mädchen war auf die schiefe Bahn geraten. Und das nicht erst seit dem Tod ihres Vaters. Sie hatte einiges ausgefressen: Ladendiebstähle, ein Moped geklaut, war sogar mit Drogen erwischt worden. Dagmars Mutter Marianne war händeringend bei Gwendal aufgetaucht. Der Jugendrichter, der für Dagmar zuständig war, war Gwendal bekannt. Er suchte ihn auf, redete mit ihm. Die beiden vereinbarten, dass Dagmar nicht in die Jugendstrafanstalt musste, wenn sie bereit wäre, eine Art Ersatzdienst zu leisten. Wenn sie bereit war, etwas für die Allgemeinheit zu tun, sich einem karitativen Zweck widmete. Es sollte eine Mischung werden aus Therapie und Strafersatz. Gwendal hatte dem Richter zugesagt, sich persönlich darum zu kümmern, dass Dagmar diese Chance erhalte. Er würde sie im Kloster arbeiten lassen. Zweimal in der Woche musste Dagmar Dienst im Kindergarten tun, der mit dem Kloster verbunden war. Als der Richter Dagmar diese Aussicht anbot, hatte die junge Frau sich zunächst gesträubt. »Das mache ich nicht. Ich ziehe doch nicht in ein Kloster!«

»Dann eben Jugendstrafanstalt, Frau Bitterberg«, hatte der Richter unmissverständlich klargestellt. »Und dort kommen Sie garantiert nicht vor einem halben Jahr wieder heraus.« Schließlich hatte Dagmar nachgegeben und die Ersatzstrafe angenommen. Und es hatte nicht lange gedauert, bis Dagy anfing, sich in der ungewohnten Umgebung sogar wohlzufühlen. Das zu beobachten, hatte Gwendal besonders gefreut. Ich muss Marianne Bitterberg anrufen, fiel Gwendal ein. Oder machte das ohnehin die Polizei? Wie war das bei jugendlichen Straftätern, die das 18. Lebensjahr noch nicht erreicht hatten? Mussten da nicht umgehend die Erziehungsberechtigten mit eingebunden werden? Er hatte keine Ahnung davon. Darüber hatte er sich noch nie den Kopf zerbrochen. Das gehörte nicht zu seinem Aufgabenbereich. Er kümmerte sich um das Leben und die Gemeinschaft im Kloster. Er wusste genau, welche Regeln der Heilige Benedikt dafür aufgestellt hatte. Manche dieser Regeln pflegte er ganz nach seinem persönlichen Empfinden auszulegen. Was nicht alle in der Gemeinschaft nachvollziehen konnten. Er kannte sich bestens aus mit Pflanzen, vor allem mit Kräutern. Er wusste genau, wann der ideale Zeitpunkt war, den Hibiskus zurückzuschneiden. Seine langjährige Erfahrung sagte ihm, wie man am besten mit Sonnenhut und Zistrosen umzugehen hatte. Er wusste manches über bestimmte Krankheiten. Er stand Hilfesuchenden oft mit einem guten Ratschlag zur Seite. Viele Menschen mit gesundheitlichen Problemen suchten das *Ottilienzentrum* auf, das Gwendal vor Jahren im Kloster eingerichtet hatte. Aber er hatte sich noch nie Gedanken darüber machen müssen, welche polizeilichen Auflagen es im Jugendstrafrecht gab. Das brauchte er auch nicht. Doch jetzt wäre ihm bedeutend lieber, er wüsste darüber Bescheid. Gwendal konnte sich schwer vorstellen, dass alles rechtens war, was die Polizei aufführte. Wie man mit der bedauernswerten Dagy umging. Ich muss mich dringend bei einem Rechtsanwalt erkundigen, nahm er sich vor. Am besten bei Doktor Hirtental. Der hatte im Vorjahr an einem von Gwendals Seminaren teilgenommen. Nicht als Jurist. Sondern als erklärter Kräuterliebhaber. Gut wäre gewiss auch, bald den Jugendrichter zu kontaktieren, überlegte der Mönch. Vielleicht wusste der ohnehin Bescheid. Und sich mit Marianne Bitterberg in Verbindung setzen, das würde er in jedem Fall.

5

Der nächste Tag brachte Erleichterung. Zumindest für die seit Tagen von anhaltender Trockenheit geplagte Natur. Noch in der Nacht hatte es zu regnen begonnen. Gwendal hatte lange am weit geöffneten Fenster gestanden, vergnügt der herabprasselnden Tropfenflut zugeschaut. Das Regenwasser würde den Gärten guttun. Zudem konnten sie im Kloster ihre Wasserdepots auffüllen. Die behäbigen Regenwasserbottiche standen seit einiger Zeit leer. Die

Erleichterung darüber, dass die Natur endlich von erfrischendem Nass belebt wurde, war den meisten seiner Mitbrüder anzumerken. Das stellte er bei Morgenandacht und Frühstück fest. Für Gwendals andere Sorgen brachte der neue Tag allerdings kaum Entspannung. Den Jugendrichter, der für Dagy zuständig war, hatte er gestern zu erreichen versucht. Gleichermaßen hatte er sich bemüht, von Rechtsanwalt Hirtental Auskunft zu bekommen. Beide Male ohne Erfolg. Gwendal glaubte nicht an Verschwörungen des Schicksals. Aber es wurmte ihn dennoch, dass ausgerechnet beide Herren jetzt ihren Urlaub angetreten hatten. Und das nahezu gleichzeitig. Beide waren schwer zu erreichen, wie ihm mitgeteilt wurde. Jugendrichter Hermann Ofner kurvte irgendwo auf einer Segeljacht durch das östliche Mittelmeer. Und der Rechtsanwalt wäre vor einer Woche zu einer Reise nach Ostasien aufgebrochen. »Herr Doktor Hirtental will heilige Plätze aufsuchen, in Nepal und anderen Ländern im Gebiet des Himalaya. Er interessiert sich sehr für buddhistische Kultur«, wurde Gwendal von einer äußerst gesprächigen Sekretärin erklärt. Dass sein ehemaliger Seminarteilnehmer sich für die Spiritualität fernöstlicher Kulturen interessierte, fand Gwendal prinzipiell erfreulich. Für ihn wäre es allerdings von Vorteil gewesen, Herr Doktor Hirtental hätte sich dafür einen anderen Zeitpunkt ausgesucht. Zumindest Marianne Bitterberg hatte er gestern Abend erreicht. Sie war von der Exekutive verständigt worden. Inzwischen hatte man auch Arne in Gewahrsam genommen, wie man ihr mitgeteilt hatte.

»Man glaubt, Dagy und Arne hätten mit dem Tod der jungen Frau im Kloster zu tun. Die Polizei hält meine Kinder für schuldig. Ich bin völlig verzweifelt, Pater Gwendal. Ich darf meine Kinder nicht besuchen, wurde mir erklärt.« Gwendal hatte sich bemüht, die aufgebrachte Mutter zu beruhigen. Dagy und Arne hätten nie und nimmer mit der Gewalttat an Celine zu tun. Davon sei er zutiefst überzeugt, hatte er Marianne Bitterberg mehrmals versichert.

»Ich weiß einfach nicht, was ich tun soll. Bitte helfen Sie mir, Pater Gwendal. Und helfen Sie vor allem meinen Kindern.«

Das hatte Gwendal vor. Er wusste nur noch nicht, wie. Er fühlte sich verwirrt, konfrontiert mit Vorfällen, über die er zu wenig Bescheid wusste. Er brauchte jetzt selbst Hilfe. Fest entschlossen machte er sich auf den Weg. Der Regen hatte nachgelassen, als Gwendal ins Freie trat. Doch es kam immer noch angenehm belebendes Nass vom Himmel, wie Gwendal wahrnahm. Er strebte den Klostergärten zu. Er brauchte Klarheit. Er brauchte Kraft. Er brauchte jetzt Rosmarin. Rosmarin ist ein verlässlicher Impulsgeber. Davon war Gwendal überzeugt. Er steht für Vitalität. Rosmarin vermag zu helfen, Antriebskräfte in Gang zu setzen. Der Pater eilte die Treppenstufen hinunter. Auf der dritten Terrassenebene prangte der alte Rosmarinstrauch aus Portugal, von dem er gestern eine Handvoll Nadeln für den Hirseauflauf gepflückt hatte. Er verließ die Stufen, passierte die Thymiansträucher, zupfte im Vorbeigehen ein Blatt vom Salbeistrauch. Salbei vermittelt reinigende Kraft. Davon war Gwendal überzeugt. Er erreichte den Rosmarin. Er schnitt sich gleich mehrere Zweige ab. Wenn er Zeit fand, würde er sich Rosmarinkekse zubereiten. »Ach, Sie meinen Rosmarinplätzchen«, hatte ihm einmal eine Seminarteilnehmerin aus Norddeutschland lachend erklärt. »Die backe ich mir auch gerne. Am liebsten nehme ich dafür Roggenmehl, aber glutenfrei.« Glutenfreies Mehl hatte Gwendal dann ausprobiert. Es hatte ihm gut geschmeckt. Er war dabei geblieben. Ja, er brauchte jetzt als Hilfe die vitalen Antriebskräfte des Rosmarins. Dass Rosmarin die Gedächtnisleistung steigert, davon waren schon die alten Griechen überzeugt gewesen. Studenten hatten sich vor großen Prüfungen Rosmarinbüschel sogar hinters Ohr geklemmt. Das wusste man aus alten Schriften. Forscher aus unserem Jahrhundert hatten für die stimulierende Kraft von Rosmarin längst überzeugende Bestätigungen geliefert. Dass allein der in Rosmarin enthaltene Wirkstoff Cineol die Gehirnleistung steigert, ist wissenschaftlich erwiesen. Gwendal war überzeugt, dass es für die Wirkungen von Heilpflanzen zusätzliche Gründe gab, die man wissenschaftlich gar nicht belegen konnte. Das brauchte es auch nicht. Aber es gab sie. Allein das war wichtig. Er pflückte sich eines der schmalen nadelförmigen Blätter ab, steckte es in den Mund. Sofort spürte er das leicht bittere, würzige Aroma, das an den Geruch von Kiefern erinnerte. Im Zurückgehen begann er, das ledrige schmale Blatt langsam zu kauen.

Zunächst lenkte er seinen Schritt zum Aufenthaltsraum. Die Stimmung war leicht angespannt. Das spürte er, als er die Runde seiner Mitbrüder erreichte. Die morgendliche Erleichterung und Ablenkung durch den erfrischend eingesetzten Regen waren inzwischen verflogen.

»Was sollen wir nur tun, Bruder Gwendal?«, fragten einige.

»Es fällt uns allen schwer, einfach weiterzumachen.« Die Bemerkung kam von Roland. »Wir haben das zwar gestern gemeinsam festgelegt. Aber da war Dagy noch unbescholten bei uns und nicht von der Polizei abgeführt wie eine Verbrecherin.«

»Es war nicht einfach, die möglichen Ursachen vorerst beiseitezulassen, die zum schrecklichen Tod von unserer lieben Celine führten«, bestätigte ein anderer aus der Runde. »Wir wollten weitermachen, weil wir das unserer Celine schuldig sind. So haben wir das gemeinsam beschlossen. Das war gestern. Aber was ist jetzt, Bruder Gwendal?«

»Glaubst du, dass Dagy etwas mit dem furchtbaren Vorfall zu tun hat und die Polizei im Recht ist?«, setzte einer hinzu.

Nein, das glaubte Gwendal nicht. Dagy hatte garantiert nichts mit der schrecklichen Gewalttat zu tun. Und Arne auch nicht. Er war fest davon überzeugt, dass die Polizei einem Irrtum unterlag. Und zudem rechnete er damit, dass die Polizei sich nicht darum bemühte, einer möglichen anderen Option nachzuspüren. Das musste er schon selbst tun. Daran führte wohl kein Weg vorbei. Er gab sich Mühe, die aufgebrachte Stimmung unter den Mitbrüdern einzudämmen, sie zu beruhigen. Ein wenig gelang ihm das. Aber bei Weitem nicht ganz.

»Gib unseren Mitbrüdern ein wenig Zeit, Gwendal. Auch ich werde weiter versuchen, sie zu beruhigen.« Bruder Roland war bei ihm geblieben. Die anderen waren gegangen. »Ich bin der festen Ansicht, wir sollten zumindest den Tag der offenen Tür nicht absagen. Und wir müssen alles tun, um den neuen Klosterladen zu eröffnen. So wie geplant. Wir brauchen das. Es kommt uns wirtschaftlich zugute. Und zudem ist die Eröffnung eine erfreuliche Abwechslung im Klosteralltag, gut für die Gemeinschaft.«

Gwendal legte dem Mitbruder dankbar die Hand auf die Schulter. Er verabschiedete ihn. Den großzügig ausgebauten, in ein weitaus größeres Gebäude verlegten Klosterladen möglichst bald zu eröffnen, darauf freuten sich alle. Das wusste Gwendal. Celine war vor rund sechs Monaten zu ihnen gestoßen, sie hatte sich auf eine Anzeige hin gemeldet. Zunächst hatte die junge Frau die weitaus ältere Brigitte Grundtner im alten, sehr beengten Klosterladen unterstützt. Doch bald hatte Celine eigene Ideen eingebracht. Als sie Gwendals Überlegungen mitbekam, einen neuen Klosterladen einzurichten, der weitaus größer war, zeigte sie sich sofort begeistert. Sie beteiligte sich mit Feuereifer an dessen Plänen, brachte wohldurchdachte Vorschläge ein. Schließlich hatte Gwendal eine Entscheidung gefällt. Er wollte, dass Celine sich hauptverantwortlich um die Errichtung des neuen Ladens kümmere. Wenn sie das gut zuwege brachte, sollte sie später die Leitung des neuen Geschäfts übernehmen. Celine hätte die Aufgabe zu seiner Zufriedenheit bestens hingebracht. Davon war Gwendal überzeugt. Aber jetzt war die junge Frau tot. Er atmete tief durch, verließ den Aufenthaltsraum. Er brachte die Rosmarinzweige in sein Zimmer. Wenn er am Nachmittag Zeit fand, würde er die Kekse backen. Er steckte die Zweige in eine Vase, füllte Wasser dazu. Dann schnippte er sich das nächste Blatt ab, begann, darauf zu kauen. Er brauchte Kraft und er brauchte Klarheit. Er dachte nach. Celine hatte sich mit Dagy gut verstanden. Nahezu von Anfang an. Als Dagmar begann, sich im Kloster aufzuhalten, um ihre Ersatzstrafe anzutreten und zu arbeiten, hatte gerade Celine rasch einen Zugang zu der verstörten jungen Frau gefunden. Viel schneller als Gwendal. Einmal traf er die beiden, als sie miteinander musizierten. Dagy trommelte mit Holzzweigen auf drei umgedrehten Metallblumentöpfen. Celine hatte ein Stück Butterbrotpapier um einen Kamm gewickelt und blies darauf.

»Früher spielte ich Flöte, Pater Gwendal. Aber der Kamm tut es auch.« Gwendal konnte sich gut an die fröhliche Ausgelassenheit erinnern, mit der die beiden jungen Frauen drauflos spielten. Er und Arne hatten später sogar überlegt, ob sie nicht Celine einladen sollten, bei »Stairway to Heaven« mitzuspielen. Der Song beginnt mit einer langsamen, melancholischen Einleitung. Pianist John Paul Jones spielt dabei auf dem Keyboard. Es klingt wie Flötenmusik. Celine war gleich von der Idee begeistert gewesen.

»Aber ich will das nicht alleine machen«, hatte sie eingewandt. »Wie wäre es, wenn wir eine eigene Blockflötengruppe dafür einsetzen. In der Volksschule im Ort gibt es ein paar sehr aufgeweckte Kinder, die Blockflöte spielen. Ich weiß das. Ich kenn die Lehrerin gut. Wenn ihr wollt, kümmere ich mich darum.« Arne hatte das sofort für eine glänzende Idee gehalten. Auch Gwendal war begeistert gewesen. Ach, die Lehrerin, fiel Gwendal in diesem Moment ein. Der muss ich auch Bescheid geben. Aber vielleicht hatte sie von Celines schrecklichem Tod schon erfahren.

Beim Essen war die Stimmung anders als im Aufenthaltsraum. Sie wirkte nicht mehr aufgekratzt, viel mehr bedrückt. Auch Brigitte und zwei Kolleginnen aus dem *Ottilienzentrum* nahmen am Mittagsmahl teil.

Nach dem Essen legte sich Gwendal für eine halbe Stunde hin. Dann sprang er vom Bett auf. »Jetzt ist Zeit für Rosmarinkekse!«, befahl er sich selbst und begab sich schnurstracks in die Küche. Er holte das glutenfreie Roggenmehl aus dem Schrank. Dem Kühlschrank entnahm er Butter. Zucker wollte er keinen verwenden, dafür etwas mehr vom süßen Waldhonig. Stängel und Blätter des Rosmarins zerkleinerte er, schnitt sie geschickt ganz fein. Dann griff er zum Backpulver, vermengte alles zu einem Teig. Eine Prise Salz fügte er dazu. Mit einer Metallform stach er kleine runde Stücke aus dem ausgerollten Teig, legte sie auf das Backblech. Das Rohr hatte er vorgewärmt.

»Also dann, 160 Grad.« Er drehte am Schalter. Für die knappe Viertelstunde Backzeit brauchte er keine Uhr. Das hatte Gwendal im Gefühl. Er nahm auf einem Stuhl Platz. Gute Gelegenheit zu meditieren. Er schloss die Augen. Als er sie öffnete, war es Zeit, das Backblech aus dem Ofen zu nehmen. Er stellte das Blech zur Seite, damit die Kekse auskühlen konnten.

»Bruder Gwendal …«

Überrascht drehte er sich um. Bruder Dagobert stand am Kücheneingang. Er hatte ihn noch gar nicht bemerkt, war wohl zu sehr mit den Backwerken beschäftigt gewesen.

»Bruder Dagobert, komm näher. Darf ich dir einen von meinen Rosmarinkeksen anbieten? Sie müssen allerdings noch auskühlen.«

Etwas zögerlich kam Dagobert näher. Nein, wegen der Rosmarinkekse war Dagobert nicht gekommen. Das war Gwendal sofort klar. Da ging es um etwas anderes. Etwas Ernsthaftes. »Was kann ich für dich tun, Bruder Dagobert?«

»Ich weiß nicht recht, wie ich es ausdrücken soll.« Es war ihm sichtlich peinlich, darüber zu sprechen. Gwendal wies auf einen freien Stuhl, der in der Küche stand. Unschlüssig nahm Dagobert Platz.

»Es ist wegen Bruder Emanuel.«

Emanuel. Den hatte Gwendal fast vergessen. Bei all den sich überschlagenden Ereignissen war ihm das gar nicht aufgefallen. Jetzt wurde es ihm bewusst. Emanuel war nicht bei den Mahlzeiten und Andachten erschienen. Er war in seinem Zimmer geblieben. Das hatte Gwendal zwar bemerkt, sich aber nichts weiter dabei gedacht.

»Was ist mit Bruder Emanuel? Geht es ihm nicht besser?«

Dagobert schüttelte den Kopf. Er schwieg, blickte zu Boden. Gwendal wartete. Doch sein Gegenüber hielt den Blick gesenkt.

»Wenn wir nicht aussprechen, was uns bedrückt, dann belastet das die Seele. Das weißt du genauso gut wie ich, Bruder Dagobert.«

Der andere nickte. Dann hob er langsam den Kopf.

»Es muss überhaupt nichts bedeuten, aber ich wollte es dir einfach sagen, Bruder Gwendal. Es ist mir auch erst bewusst geworden, als ich mich daran erinnerte.«

Erneut senkte er den Blick.

»Woran hast du dich erinnert?«

Der andere zögerte. Doch dann strafften sich Dagoberts Schultern. Er blickte Gwendal an.

»Emanuels Verhalten Celine gegenüber fand ich befremdlich. Ich meine nicht sein Betragen von gestern, als er die Tote fand. Das war für uns alle ein Schock. Wer weiß schon, wie man selbst reagierte, wenn einem das passiert. Ich meine sein Verhalten von früher. Es war oft ungewöhnlich. Es fiel mir auf, wie er sie manchmal anblickte. Ihr oft hinterherschaute. Auf sehr merkwürdige Art. Einmal bin ich ihm gefolgt. Gar nicht absichtlich, eher aus Zufall. Und da beobachtete ich, wie er im Gästehaus verschwand. Dabei hatten wir damals gar keine Gäste von außen. Nur Celine wohnte dort.«

Hilflos hob er die Hände.

»Verstehe mich bitte nicht falsch, Bruder Gwendal. Ich möchte niemanden verleumden. Ich hatte das alles fast vergessen. Aber jetzt, wo so viel passiert ist, ist mir Emanuels auffälliges Verhalten wieder in den Sinn gekommen.« Er ließ den Kopf sinken, blickte auf den Fußboden. Gwendal wusste nicht, was er sagen sollte. Unentschlossen hob er die Hände. Dann ließ er sie sinken. Er drehte sich zum Tisch, auf dem er das Backblech abgestellt hatte. Mithilfe einer Gabel löste er vorsichtig einen der Kekse ab, gleich darauf einen zweiten. Er legte beide auf einen Teller. Dann pustete er heftig auf die kleinen Backwerke, hoffte, dass sie dadurch schneller abkühlten. Nach einer Minute betastete er die Oberfläche. Immer noch sehr warm. Aber man würde sich nicht mehr die Finger verbrennen. Und die Zunge hoffentlich auch nicht. Er nahm die Kekse auf und hielt dem Bruder einen hin. Der griff zögerlich zu.

»Komm, Bruder Dagobert.« Gwendal strebte dem Küchenausgang zu. Dagobert folgte ihm langsam nach. Noch im Gehen führte Gwendal die Hand zum Mund, kostete vorsichtig. Innen war das Gebackene noch heiß. Aber man konnte bedenkenlos abbeißen. Er nahm einen zweiten Bissen. Als sie die Tür zu Bruder Emanuels Raum erreicht hatten, klopfte Gwendal an.

»Bruder Emanuel.«

Von innen war nichts zu hören. Erneut klopfte Gwendal. Wieder kein Laut von innen.

»Er ist gewiss da«, bemerkte Dagobert und drückte die Türschnalle nach unten. Sie traten ein. Der alte Mann ruhte auf seiner Liege. Er hatte die Augen geöffnet, starrte zur Decke.

»Bruder Emanuel, sei gegrüßt. Bruder Dagobert und ich möchten mit dir reden. Dürfen wir das?« Der Alte zeigte keine Reaktion. Er starrte nur nach oben. Gwendal schob einen Hocker an das Bettgestell, setzte sich drauf. Ruhige Atemzüge waren vom Liegenden zu vernehmen. Gwendal fiel auf, dass er immer noch das angebissene Backwerk in der Hand hielt. Er steckte sich den Rest des Rosmarinkeks in den Mund, kaute langsam, schluckte hinunter. »Ist es dir lieber, wenn wir später kommen? Möchtest du lieber ausruhen?« Beide Männer im Raum warteten. Langsam drehte der Alte den Kopf eine kleine Spur zur Seite. Er blickte Gwendal an. Dann wandte er den Kopf ab, richtete die Augen erneut nach oben. Er starrte wie vorhin an die Decke. Gwendal schaute ihn an, musterte sein Gesicht. Plötzlich durchfuhr es ihn siedend heiß. Etwas flammte in Gwendals Kopf auf. Konnte das sein? Er beugte sich schnell vor, um dem alten Mann besser ins Antlitz blicken zu können. Ja, es war durchaus möglich. Ihm wurde eine Spur heißer. Aber Gwendal wollte absolut sichergehen. Er sprang vom Hocker auf. »Entschuldige, Bruder Dagobert. Ich bin gleich zurück.« Dann stürmte er aus dem Raum. Im Laufschritt eilte er zu seinem eigenen Zimmer. Er stürzte hinein und auf den Schreibtisch zu. Dort hatte er die Fotografie abgelegt. Er riss sie an sich. Kein Zweifel. Irgendetwas an dem Mann auf dem Bild war ihm von Anfang an bekannt vorgekommen. Er hatte nur nicht geahnt, was. Doch jetzt wusste er es. Der Mann auf dem Bild war Bruder Emanuel. Dieselben Augen. Das gleiche kantige Kinn. Dieselben hervorstehenden Backenknochen. Das war eindeutig Emanuel. Nur um viele Jahre jünger. *Für Onkel Hans.* Dieses Foto hatten sie in einer von Celines Taschen gefunden. Emanuel war gestern früh schreiend und hysterisch stammelnd durch den Innenhof gerannt. Er hatte ihnen den Weg zur jungen Frau mit dem eingeschlagenen Schädel gewiesen. Gwendal starrte auf das Foto. Hier lachte ihn der Mann an. Derselbe Mann, der drüben im Zimmer lag und an die Decke starrte. Der sie gestern auf die tote Celine aufmerksam gemacht hatte. Was hatte das alles zu bedeuten?

6

Auch in dieser Nacht war er kaum zum Schlafen gekommen. Immer wieder war Gwendal aufgestanden, hatte die Fotografie betrachtet. Mehrmals hatte er am Abend versucht, mit Emanuel ins Gespräch zu kommen. Er hatte sich bemüht, einen sanften Ton anzuschlagen, den Mitbruder eingeladen, mit ihm zu reden. Doch es hatte nichts gebracht. Der alte Mann hatte ihn gar nicht mehr beachtet. Er hatte nur an die Decke gestarrt. Manches war inzwischen zumindest verständlicher geworden. Bruder Roland hatte mitgeholfen, einige Fakten zu überprüfen. *Für Onkel Hans,* das konnte durchaus stimmen. Als ihr Mitbruder Mönch geworden war, hatte er für sich den Namen Emanuel gewählt. Mit bürgerlichem Namen, den er davor geführt hatte, hieß er Johann Freilach. Inzwischen war Emanuel 79 Jahre alt. Als er beschlossen hatte, ins Kloster einzutreten, war er 56.

»Also vor 23 Jahren«, stellte Roland fest. »Damals wurde Celine geboren.« War das Zufall? Bei derzeitigem Wissensstand hatten sie keinen Hinweis, wie sie mit dieser Frage umgehen sollten. Gwendal wusste nicht, wie er weiter vorgehen sollte. Sollte er die Polizei darüber informieren, was sie entdeckt hatten? Aber was hatten sie entdeckt? Streng genommen gar nichts. Zumindest nicht viel Brauchbares.

»Wir können versuchen nachzuvollziehen, was Johann Freilach vor 23 Jahren bewogen hat, das bisherige Leben hinter sich zu lassen, um Bruder Emanuel zu werden. Wenn du willst, Bruder Gwendal, könnte ich recherchieren. Vielleicht finde ich eine Fotografie aus dieser Zeit.«

»Ja, Bruder Roland. Das wäre gut.«

Gwendal musste nachdenken. Am besten konnte er das, wenn er sich mit seinen Pflanzen beschäftigte. Also begab er sich in den Garten. Hier fiel stets vieles an, das zu tun war, damit seine Kräuter prächtig gediehen. Es waren nicht einmal zwei Stunden vergangen, als Bruder Roland zu ihm stieß.

»Ich war eben bei Emanuel. Er will immer noch nicht mit uns reden. Seine Augen sind weiterhin zur Zimmerdecke gerichtet. Aber ich habe im Internet recherchiert und tatsächlich einiges über unseren Mitbruder gefunden.«

Johann Freilach war ein guter Geschäftsmann gewesen. Er hatte lange ein Unternehmen geführt, das sich erfolgreich in der Automobilzuliefererbranche hervortat. Auch gesellschaftlich war er durchaus angesehen. Deshalb sorgte sein plötzlicher Entschluss, seine Geschäfte aufzugeben und ins Kloster zu gehen, für Aufsehen.

»Reaktionen in den Medien habe ich einige gefunden. Nicht nur in Wirtschaftsmagazinen, auch in der Klatschpresse. Es gab eine Reihe von Vermutungen und Andeutungen. Aber im Grunde nichts Konkretes. Unser Bruder Emanuel hat sich damals nicht geäußert. Zumindest fand ich nichts darüber. Aber ich fand einige Fotos.«

Er zeigte Gwendal die Ausdrucke. Die Bilder stammten aus der Zeit vor 23 Jahren. Tatsächlich. Es bestätigte, wovon sie ausgegangen waren. Der Mann auf dem Foto aus Celines Tasche war Johann Freilach, war ihr Bruder Emanuel, war *Onkel Hans*.

»Was willst du tun, Bruder Gwendal?«

Ja, wenn ich das nur wüsste, ging es Gwendal durch den Kopf. Er drehte sich zur Seite. Dann machte er das, wozu es ihn immer leitete, wenn er nicht recht weiterwusste. Er streichelte seine Kräuter. Behutsam liebkosten seine Finger die orange leuchtenden Blüten neben ihm. Lebensfreude, Fröhlichkeit. Dafür stand die Kapuzinerkresse. Ihre Senföle taugten bestens, innere Kälte zu vertreiben. Manchmal sammelte er ihre grünen Früchte, setzte sie blanchiert mehrere Monate lang zusammen mit einer Nelke, Koriandersamen, Pfeffer und reichlich Salz an. Dann schmeckten sie wie Kapern. Das liebte er.

»Ich will nochmals versuchen, mit ihm zu reden.«

»Ich werde weiterrecherchieren. Wenn ich etwas Interessantes finde, maile ich es dir.«

»Danke.«

Er stieg die Steintreppe hinauf, verließ den Garten. Die Begegnung mit Bruder Emanuel brachte nicht viel. Im Grunde nichts, das weiterhalf. Einmal wandte der alte Mann Gwendal den Kopf zu, als dieser ihm das Foto von *Onkel Hans* hinhielt, dazu einen der Ausdrucke, die auf das Leben von Johann Freilach hinwiesen. Für wenige Sekunden ließ er die Augen darauf ruhen, dann drehte er sie wieder zur Decke. Was war damals geschehen, das den erfolgreichen Geschäftsmann Johann Freilach bewog, alles hinzuschmeißen und ins Kloster zu gehen? Und was war vor drei Tagen passiert? Dagmar und Arne wurden festgehalten, weil man sie des Mordes beschuldigte. Hatte Emanuel Celines Leiche nur zufällig entdeckt oder steckte mehr dahinter? Hatte er etwas mit ihrem Tod zu tun? Gwendal musste mit der Polizei reden. Er würde zumindest versuchen, die Kontrollinspektorin zu erreichen. Gleich morgen.

7

Die Begegnung mit Tabea Rollner war ein Reinfall. Anders konnte man das nicht bezeichnen. Zumindest darin war Gwendal sich sicher. Ein Desaster. Er war extra in die Stadt gefahren, hatte direkt das Polizeipräsidium aufgesucht. Angetroffen hatte er sie. Ganze drei Minuten hatte die Kontrollinspektorin ihm geschenkt. Sie bestand weiterhin darauf, dass Dagmar und Arne für den Mord an Celine Brimisch verantwortlich seien.

»Wer denn sonst?«

Er hatte vorsichtig ins Spiel gebracht, dass Bruder Emanuels Verhalten zumindest merkwürdig war.

»Alles Quatsch!«, hatte sie ihm an den Kopf geworfen. »Die beiden aus der Rockerband waren es, ob Ihnen das passt oder nicht.«

»Aber haben Sie zumindest die Alibis der beiden überprüft?«

Da hatte sie ihm unmissverständlich die Tür gewiesen.

»Sie mischen sich nicht in unsere Arbeit ein, und wir nicht in Ihre. Verstanden? Einen schönen Tag noch, Herr Pater!«

Und damit war er entlassen. Ja, ein Reinfall. Es hatte absolut nichts gebracht. Aber zumindest versucht hatte er es.

Zurück im Kloster, war ihm gleich Brigitte Grundtner über den Weg gelaufen. »Ich habe noch eine Reihe an Vorschlägen für die Eröffnung des neuen Klosterladens. Haben Sie kurz Zeit für mich?« Sie hielt ihm die Liste hin. Die Frau legt sich ja mächtig ins Zeug, dachte er. Wenigstens eine lässt sich durch den Tod von Celine und die dadurch ausgelösten Ereignisse nicht aus der Ruhe bringen. Das hätte ich gar nicht erwartet von ihr. Er deutete auf die Notizen.

»Was meinen Sie mit Kalendern?«

»Na, eigene Kräuterkalender. Die können wir künftig selbst machen, Pater Gwendal, mit Fotos und speziellen Rezepten von Ihnen. Aber das schaffen wir jetzt nicht mehr. Doch für die Eröffnung könnten wir neutrale Kalender anbieten. Und das in Verbindung mit Ihren Büchern. Glauben Sie mir, das funktioniert. Die Leute werden Schlange stehen.«

Er gab ihr die Liste zurück.

»Ja, das könnte etwas bringen. Wichtig ist nur, dass Sie mich über alles informieren, was Sie vorhaben, Brigitte.«

»Das mache ich, Pater Gwendal.«

Immerhin eine Person, die weiß, was sie zu tun hat. Für ihn selbst traf das leider nicht zu. Er ging langsam durch den langen Flur, hielt auf sein Zimmer zu. Was sollte er nur machen? Weiter auf Emanuel eindringen, versuchen, ihn endlich zum Reden zu bringen? Einen Mitbruder bloßstellen, ihn gar an die Polizei ausliefern? Er beschloss, die drängenden Fragen vorerst zur Seite zu schieben. Er würde seine Mails überprüfen, wenigstens einen Teil der Arbeit erledigen, die sich inzwischen angehäuft hatte. Er setzte sich an den Schreibtisch, schaltete den PC ein. Von Bruder Roland war keine neue Nachricht eingegangen. Er hatte also nichts Neues herausgefunden. Gwendal ackerte einige Mitteilungen durch, beantwortete Fragen, die ihm von Teilnehmern früherer Seminare gestellt wurden. Dazu musste er einige seiner Dateien anklicken. Unbeabsichtigt öffnete er dabei einen der Ordner, der mit ihrem möglichen Auftritt beim geplanten Fest zu tun hatte. Ja, jetzt würde er wohl nicht mehr »Stairway to Heaven« spielen, zusammen mit Arne und Dagy. Er überflog zum wiederholten Mal den Text des Songs. Auch dieses Mal erschien er ihm verworren wie eh und je. Er las ein paar der Anmerkungen durch, die er sich zum Lied gemacht hatte. Sänger und Textautor Robert Plant befand sich offenbar in einer Phase von spiritueller Suche, als er diesen Text verfasste. Das konnte man zumindest bei einigen Biografen und Kritikern von *Led Zeppelin* nachlesen. Gwendal musste schmunzeln. Er sprach den Namen laut aus. Das war ihm noch gar nicht aufgefallen. Der Sänger hieß Plant. Und Plant war das englische Wort für Pflanze. Auch wenn ihm beim mysteriösen Text von »Stairway to Heaven« völlig der Durchblick fehlte, mit Pflanzen kannte Gwendal sich aus. »Da sollte ich mich wohl auch mit dir auskennen, Robert Pflanze«, kicherte er. Er zwinkerte dem Porträt des Sängers auf dem Bildschirm zu, dann klickte er weiter. Zwei Mails von Seminarteilnehmern beantwortete er noch. Dann schaltete er den Computer aus. Er griff nach einem der letzten Rosmarinkekse auf dem Tisch. Was er brauchte, war Klarheit. Er biss ein Stück ab, dann erhob er sich.

Er wollte in die Kirche gehen. Das Innere des Gotteshauses war kühl. Er zündete eine der Kerzen an, setzte sich in die dritte Bankreihe und blickte zum Marienbild. Er mochte es. Die Darstellung zeigte eine junge Maria, sehr mädchenhaft. Sie saß auf einer Wiese, zusammen mit dem Jesuskind. Ihr Lächeln gefiel ihm. An der Steinwand zum

Hochaltar befand sich noch eine Mariendarstellung. Es war eine Skulptur. Da wirkte Maria weitaus älter, strahlte himmlische Würde aus. Sie trug eine Krone auf dem Kopf. Umgeben war die Gestalt von einem Strahlenkranz. Der Fuß dieser Maria ruhte auf dem Kopf einer Schlange. Die andere Maria, die jüngere auf der Wiese, gefiel ihm besser. Aber er musste zumindest eingestehen, dass die Madonnenstatue neben dem Hochaltar gut ausgeführt war. Ein kleines barockes Meisterwerk. Jedes Detail der Skulptur war tadellos geschnitzt. Von Marias Locken bis zum Kopf der Schlange. Er ließ seine Augen eine Weile auf der würdevollen Himmelskönigin ruhen. Plötzlich zuckte er. Schlange? Er blickte irritiert auf die Füße der Gottesmutter. Ja, das war eine Schlange. So wie man es erwartete. Und zugleich wurde er gewahr, dass er vor Kurzem diesen Begriff ebenfalls vernommen hatte. »Die Leute werden Schlange stehen.« So hatte Brigitte sich vor etwa einer Stunde ausgedrückt. Natürlich hatte die Frau dabei nicht das Reptil gemeint. Ihr Ausruf bezog sich auf die Besucher beim Tag der offenen Tür, die dicht gedrängt in einer Reihe anstehen würden, eine Schlange bildeten. Ihm wurde allmählich heiß. Es tastete mit dem Zeigefinger zum Hals, machte den Hemdausschnitt weiter. Er spürte, er brauchte dringend Luft. Wie hieß es in dem verwirrenden Text von »Stairway zu Heaven« in den ersten Zeilen?

There's a sign on the wall, but she wants to be sure
'Cause you know, sometimes words have two meanings *

Wie oft hatte er den Text schon gelesen? Und niemals

---

* Da ist ein Zeichen an der Wand, aber sie will sicher sein.
Denn man weiß, manchmal haben Wörter zwei Bedeutungen

darauf geachtet? Er blickte zu den Füßen der Gottesmut-
terskulptur, fixierte die Schlange. *Two meanings.* Er sprang
auf. Zwei Bedeutungen, das hatte er schon in der Volksschule geübt. Er hatte es oft mit seinem Großvater durch-
gespielt. Dabei hatten sie sich abwechselnd die Worte zuge-
worfen. »Brand, ich meine das Feuer«, hatte er selbst meist
begonnen. »Brand, ich meine den starken Durst«, hatte
der Großvater gekontert. Und dann selbst ausgeholt mit:
»Birne. Die kann man in die Lampe schrauben.« – »Birne,
die lege ich in die Obstschüssel.« So war es hin und her
gegangen. Mit Wörtern wie Tau, Kapelle, Flügel, Absatz,
Mutter, Pflaster und vielem mehr. In seinem Kopf pochte
noch ein Begriff. Auch den hatte er vor Kurzem erst gehört.
Er eilte aus der Kirche. Konnte das tatsächlich sein? Hatte
er darauf zu wenig geachtet? Von Anfang an? So war es
wohl. Er beschleunigte seine Schritte. Aber er wusste, was
jetzt zu tun war.

8

Es dauerte lange. Sehr lange. Aber er hatte von Anfang an
das Gespür, auf der richtigen Fährte zu sein. Es galt dabei-
zubleiben. Nur nicht lockerlassen. Die Ablenkungsmanö-
ver, die geschickten Ausreden, die ihm begegneten, durf-

ten zu nichts führen. Der Widerstand war groß. Sie blieb hartnäckig bei ihrer Version. Sie kämpfte verbissener, als er erwartet hatte. Das hätte noch stundenlang so dahingehen könnte. Aber schließlich zog er seinen größten Trumpf aus der Tasche.

Er legte den Strunk vor sie auf den Tisch.

»Das ist Majoran. Diesen Zweig habe ich aus den Fingern der toten Celine gelöst. Ich habe ihn mitgenommen und bis heute aufbewahrt. Die Techniken der kriminalpolizeilichen Spurensicherung sind inzwischen auf sehr hohem Niveau. Ich bin sicher, die Kriminalpolizei findet auf diesem Zweig einen Hinweis auf Ihre DNA, und sei er auch noch so klein. Das wird als Beweis reichen.« Da brach sie ein. Gesagt hatte sie lange nichts, nur das Gesicht in den Händen vergraben. Er ließ ihr Zeit. Schließlich nahm sie die Hände weg. Pater Roland war mit im Raum. Aber sie blickte nur auf Gwendal.

»Beichten werde ich nicht. Aber ein Geständnis lege ich ab.« Sie hielt sich sehr kurz dabei. Beide Männer hörten zu. Dann verständigten sie die Exekutive. Die Polizei wollte zuerst gar nicht kommen, hielt den Anruf für einen schlechten Scherz. Schließlich half der Hinweis, dass die Täterin eben ein Geständnis abgelegt hatte. Und das vor Zeugen.

Eine halbe Stunde später erschien die Kripo und nahm Brigitte Grundtner mit.

9

Gott sei Dank. Bruder Emanuel hatte nichts mit dem Mord an Celine zu tun. Gwendal spürte tiefe Erleichterung. Ihm waren starke Zweifel aufgestiegen, ob den verwirrten Mitbruder nicht doch irgendeine Form an Mitschuld beim Tod der jungen Frau traf. Nun hatte sich herausgestellt, es war nicht so. Emanuel hatte nur die Leiche gefunden. Das war schrecklich genug. Als die Polizei Brigitte Grundtner gestern abführte, hatte Gwendal seine Hilfe angeboten. Er würde sie begleiten, ihr gerne beistehen, hatte er erklärt. Wenn sie das wollte. Sie hatte zugestimmt.

Auch die Polizei hatte nichts dagegen einzuwenden. Also war Gwendal gestern noch ins Präsidium mitgefahren. Er war lange bei der Vernehmung an Brigitte Grundtners Seite geblieben. Erst spät abends war er ins Kloster zurückgekehrt. Er hatte sich in die letzte Bankreihe der Kirche gesetzt und gebetet. Erst dann war er zu Bett gegangen. Nach der Morgenandacht informierte er die Mitbrüder über seine gestrige Teilnahme an Brigitte Grundtners Vernehmung bei der Polizei. Er ging auf keine Einzelheiten ein, berichtete nur, dass er dabei gewesen war. Dann traf er sich mit Bruder Roland im Besprechungsraum. Das hatten die beiden so abgemacht.

»Sie heißt Susanne.« Roland deutete auf das Bild, auf dessen Rückseite »Für Onkel Hans« stand. Roland hatte in der Zwischenzeit im Internet nachgeforscht und einiges herausgefunden.

»Das Mädchen auf dem Foto ist Susanne, die Nichte

unseres Mitbruders Emanuel. Damals kannte man ihn als den erfolgreichen Geschäftsmann Johann Freilach. Susanne war das Kind seiner Schwester Irmgard. Sie starb als Neunjährige bei einem tragischen Badeunfall am See. Das Mädchen sprang von einem Felsen ins Wasser, landete dabei fatalerweise auf einem großen Stein. Vier Wochen nach dem verheerenden Unglück legte Johann Freilach alles nieder. Er gab sein bisheriges bürgerliches Leben auf und trat ins Kloster ein.«

»War unser Bruder Emanuel damals dabei? Oder anders gefragt: War Onkel Hans anwesend, als die kleine Susanne auf tragische Weise ums Leben kam?«

»Ich weiß es nicht. Dazu hat sich aus den spärlichen Notizen, die ich in den alten Zeitungsmeldungen fand, leider nichts ergeben.«

Es wurde still im Zimmer. Gwendal schaute auf das Foto, versuchte, sich vorzustellen, was damals passiert war. Schließlich stand er auf. »Wir werden ihn dazu befragen. Vielleicht spricht Bruder Emanuel jetzt mit uns.«

Sie suchten ihn auf. Der Raum war abgedunkelt. Roland zog den Vorhang am Fenster zurück. Es wurde heller. Ihre Hoffnung, dass der alte Mann auf der Liege sie dieses Mal mehr beachten würde, war nicht groß. Umso erfreuter waren beide, als es tatsächlich geschah. Gwendal hatte auf einem Hocker neben dem Bett Platz genommen. Er hielt die Fotografie in der Hand.

»Für Onkel Hans …«, sagte er. »Niemand kann sich vorstellen, was du durchmachen musstest, Bruder Emanuel, als deine Nichte auf diese tragische Weise ums Leben kam.« Sie warteten, blickten auf den alten Mann. Es verging nicht viel Zeit, nur ein paar Sekunden. Dann schaute der Mitbruder sie beide an.

»Wir waren immer ein Herz und eine Seele, meine kleine Susi und ich.« Er spricht mit uns, stellte Gwendal erfreut fest. Aber noch mehr erstaunte ihn der feste Klang von Emanuels Stimme. Im nächsten Moment richtete der Liegende sich auf. Roland wollte ihm behilflich sein, doch der alte Mann hob abwehrend die Hand.

»Danke, es geht schon.«

Dann begann er wieder zu sprechen. Die Stimme wurde zwar im Lauf des Gesagten schwächer, aber er war dennoch deutlich zu verstehen. Er habe sich damals schwere Vorwürfe gemacht, gestand er ihnen. Er sei mit Schwester und Nichte viel unterwegs gewesen, oft mit den beiden zum Badesee gefahren. Auch an diesem Samstag war geplant, dass er mitkäme. Doch ein wichtiger Kunde hatte ihn um die Verschiebung eines Besprechungstermins gebeten. So mussten Irmgard und Susi alleine an den See fahren. Seine Augen füllten sich mit Wasser.

»Ich hätte niemals zugelassen, dass Susi von diesem Felsen sprang. Aber ich war nicht zur Stelle, um es zu verhindern. Im entscheidenden Moment nicht da gewesen zu sein, diese Schuld kann mir keiner nehmen.«

Er machte eine Pause. Sein Zeigefinger streichelte über die Fotografie. Es war still im Raum. Auf seiner Stirn zeigten sich Schweißperlen, obwohl sich die Luft im Zimmer kühl anfühlte.

»Und dann sah ich sie. Eine wundersame Begegnung.«

Dass er damit Celine meinte, war den beiden sofort klar. Aus seiner Schilderung begriffen sie schnell, dass Bruder

Emanuel keineswegs der trügerischen Vorstellung unterlag, seine Nichte wäre wiederauferstanden. Keineswegs.
Er war nur von der Einsicht erfüllt, wenn seine Susanne es
geschafft hätte, erwachsen zu werden, dann würde sie so
ausschauen wie die junge Frau. Celine hatte ihn seit der ersten Begegnung an Susanne erinnert. Anfangs war er Celine
meist ausgewichen, betonte er. »Ich wollte sie nicht anstar-
ren, nicht durch meine Aufmerksamkeit verunsichern.«
Doch schließlich habe sich so etwas wie scheue Vertraut-
heit zwischen den beiden ergeben. Er habe ihr schließlich von Susanne erzählt. Sie hatte ihm einfach zugehört,
wenig dazu gesagt. Eines Tages hatte sie ihn gefragt, ob er
ein Foto von seiner Nichte aus dieser Zeit hätte. Sie würde
es gerne sehen.

»Also gab ich ihr das Bild.« Noch immer streichelte er
mit dem Zeigefinger über die Fotografie. Er schwieg wieder. Die Tropfen auf seiner Stirn wurden größer. Die Trauer
in seinen Augen nahm zu.

»Und dann habe ich auch Celine verloren.« Gwendal
und Roland blickten ihn an. Sie warteten. Doch ihr Mitbruder würde nichts mehr sagen. Das war ihm anzusehen.
Vielleicht würde er später weiterreden, aber jetzt nicht. Sie
hatten beide die Panik mitbekommen, die den alten Mann
erschüttert hatte, als er die tote Celine auf den Stufen zum
Garten fand. Das Bild, wie Emanuel vor ihnen stand und
schreckensbleich stammelte, hatten sie deutlich vor Augen.
Aber für den Tod der jungen Frau war er nicht verantwortlich. Gwendal hoffte, dass Emanuels Seele diese Wahrheit
bald annehmen konnte. In aller Stille.

»Vielleicht, lieber Bruder Emanuel, machst du uns die

Freude, heute am gemeinsamen Mittagsmahl teilzunehmen.« Er schaute auf. Wartete. Dann nickte er.

10

»Wo ist der Stein?«

»Sie hat ihn ins Wasser geworfen.« Gwendal wies mit der Hand hinab zum See. Vor einer halben Stunde hatten sie den Klostergarten aufgesucht, sich nebeneinander auf die nach unten führenden Stufen gesetzt.

»Ich habe es einfach übersehen«, klagte Gwendal erneut. Dass er sich mitverantwortlich fühlte, hatte er zum wiederholten Mal hervorgehoben.

»Niemand konnte voraussehen, was passierte, Bruder Gwendal. Niemand.« Roland hatte versucht, auf Gwendals Selbstvorwürfe zu reagieren, ihm seine eigene Sicht der Dinge darzulegen. Mit wenig Erfolg.

»Ja, etwas Unerwartetes ist passiert. Aber ich hätte es dennoch rechtzeitig bemerken müssen. Ich habe zu wenig darauf geachtet. Wie lange war Brigitte bei uns im Kloster? Fast fünf Jahre lang. Eine etwas schwerfällige Frau. Unauffällig im Auftreten. Zurückhaltend in ihrer Art, aber immer freundlich. Sie werkte im alten Klosterladen. Auch dies meist auf unscheinbare Art. Und plötzlich planen wir etwas Neues. Etwas Großes. Die Idee kam vor allem von meiner Seite. Ein neuer Klosterladen sollte entstehen. Um vieles größer und eindrucksvoller als der alte. Ich bin heute überzeugt, Brigitte hegte damals die Hoffnung, das neue Geschäft zu führen so wie den bisherigen Laden. Gesagt hat sie nichts, aber ich hätte es wissen müssen. Aber was machte ich? Ich setzte ihr eine neue Mitarbeiterin vor die Nase. Noch dazu eine, die viel jünger war. Die sich bald großer Beliebtheit bei allen im Kloster erfreute. Celine brachte viel Elan mit, sprudelte vor neuen Ideen. Und weil ich Celines Eifer und ihre Vorschläge bewundernswert fand, sollte sie meiner Meinung nach den neuen Laden leiten. Sie würde die neue Chefin werden.« Er raufte sich die Haare. »Wie muss sich Brigitte da gefühlt haben?«

»Bruder Gwendal«, warf Roland ein, versuchte, ihn zu beruhigen. »Wir sind alle nur Menschen. Wenn wir uns zurückgesetzt fühlen, dann fehlt uns meist die Stärke, damit klarzukommen. Wir zeigen Schwächen, wir machen Fehler. In unseren Herzen wächst dann meistens der Groll.«

»Aber es ist nicht beim Groll geblieben!« Gwendals Stimme wurde laut. »Sehr bald wurde daraus offenbar Hass. Und ich habe es nicht bemerkt!« Gwendal hatte Roland am Morgen erzählt, was er gestern durch Brigittes Einvernahme bei der Polizei mitbekommen hatte. Es war nicht so geschehen, wie sie vermutet hatten. »Nein, nicht Brigitte ist Celine in den Garten gefolgt, wie ich anfangs dachte. Es war genau umgekehrt. Brigitte hatte den Wunsch verspürt, sich Majoran aus dem Garten zu holen. Egal, wie spät es war. Celine hatte das mitbekommen. Sie folgte ihr. Vielleicht war eine Spur Neugierde dabei. Aber wie wir Celine kannten, wurde sie wohl mehr vom Bestreben geleitet, behilflich zu sein. Von ihrer großen Verblüfftheit sprach Brigitte gestern bei der Vernehmung. Man muss sich das vorstellen. Plötzlich stand ihr Celine gegenüber. Noch ehe sie es richtig mitbekam, was passierte, hatte Celine ihr den gepflückten Majoran aus der Hand genommen. ›Komm, überlass das mir‹, hatte Celine gesagt. ›Ich übernehme gerne für dich den Majoran, arrangiere ihn schön. Da werden alle ihre Freude haben.‹ Und schon war sie im Begriff, wieder hinaufzueilen.«

»Ja, jemand drängte sich heftig in ihre Angelegenheit«, nickte Roland. »Die junge Frau, derentwegen sich Brigitte ohnehin allseits zurückgesetzt fühlte.«

»Ja«, flüsterte Gwendal. »Ein Mensch, der sich viel zu wenig beachtet fühlt, konnte Wut und Schmerz nicht mehr unterdrücken. Da griff Brigitte zum Stein. Und dass dieser Hass gewiss schon länger brodelte, das habe ich nicht beachtet!«

Vehement raufte er sich erneut die Haare. Dann ließ er die Arme sinken. Unten am See war lautes Schnattern zu vernehmen. Ein Entenpaar zog gemächlich übers Wasser.

»Du hast mir noch gar nicht erzählt, Bruder Gwendal, wie du darauf kamst, dass Brigitte für die Untat verantwortlich sein könnte. Was sich ja als richtig erwies.«

Was soll ich ihm sagen? Es war der Anblick des Bösen, der mich auf die Spur führte. Soll ich das feierlich hinausposaunen? Lass den Sarkasmus beiseite, Gwendal, ermahnte er sich selbst. Er zweifelte manchmal sehr daran, ob es das Böse überhaupt gab. Aber mit bestimmten kriechenden Tieren hatte es ganz sicher nichts zu tun. Schlangen waren faszinierende Tiere. Sie konnten nichts dafür, dass sie in der vom Christentum geprägten Tradition zum satanischen Symbol des Bösen geworden waren. Gwendal stieß sich vom Boden ab, stand schnell auf.

»*Sometimes words have two meanings*. Das ist eine Zeile aus dem Lied ›Stairway to Heaven‹. Kennst du das, Bruder Roland?« Der andere hatte sich ebenfalls erhoben.

»Nein, das kenne ich leider nicht. Aber ich weiß, dass dieses Stück bei unserem geplanten Fest erklingen sollte. Dagmar erzählte es mir. Und dass du einige Nächte lang in der Kirche Rockgitarre übtest, haben wir alle mitbekommen.«

»Ja, ausgerechnet durch *Led Zeppelin* gelang es mir, die richtige Fährte zu finden. Das kann man durchaus so sagen.« Gwendal bückte sich, pflückte zwei Ysop-Zweige ab. Dann begann er, die Treppenstufen hinaufzusteigen. Bruder Roland folgte. Gwendal gab sich Mühe, dem anderen die Zusammenhänge einigermaßen verständlich darzulegen.

»Das kann ich durchaus nachvollziehen.« Roland blieb stehen. »Schlange als Name für das Reptil und andererseits als Bezeichnung dafür, wenn Leute sich anstellen. Manchmal haben Worte eben zwei Bedeutungen. Auch in meiner Schulzeit haben wir oft nach solchen Begriffen gesucht. Die Schlange unter dem Fuß der Gottesmutter hat dich zum Denken angeregt. Aber welches Wort mit mehreren Bedeutungen lenkte dich schließlich auf die entscheidende Spur?« Gwendal machte Halt, wies auf den Ysop, den er in der Hand hielt.

»Auch hier sehen wir manches, das zumindest zwei Bedeutungen hat. Wir sehen Blüten. Blüte weist auf Blume hin, kann aber auch Falschgeld bedeuten. Und Blatt ist einerseits Bestandteil von Pflanzen. Es kann ein Stück Papier meinen. Aber Blatt kann sich auch …«

»… auf Kartenspiel beziehen«, ergänzte Roland schnell. Er war ein guter *Canasta*-Spieler, wie Gwendal wusste.

»Du sagst es. Als ich über die Schlange nachdachte, fiel mir ein, dass Brigitte kürzlich ein Wort geäußert hatte, das nicht nur eine einzige Bedeutung hat. Als ich die farbigen Papierstreifen mit den Kräutersymbolen bewunderte, bemerkte sie: *Es wäre wohl Celines Entwurf geworden, der infrage gekommen wäre. Sie hatte das bessere Blatt.* Brigitte hatte die Äußerung eindeutig auf die farbigen Blätter Papier mit den Kräutersymbolen getätigt. Aber als ich darüber nachsann, stieg in mir die Frage auf: Was wäre, wenn man Brigittes Aussage mit der Bedeutung im Kartenspiel verband? *Sie hatte das bessere Blatt.* Und da durchfuhr es mich wie eine Erleuchtung. Warum hatte ich darauf nie geachtet? Celine hatte nicht nur den schöneren Entwurf für die Karte mit den Kräutersymbolen, sie hatte im Vergleich mit Brigitte auch anderswo das bessere Blatt. Sie war beliebter. Sie war jünger. Sie war erfolgreicher. Sie würde die Leitung des Klosterladens übernehmen und nicht Brigitte. Den Vergleich hatte ich selbst nie auf diese Weise angestellt. Aber von außen betrachtet konnte man das durchaus so sehen. Und damit kam die bedauernswerte Brigitte in der Tiefe ihres Herzens überhaupt nicht zurecht. Als mir das bewusst wurde, traf es mich wie ein Schlag. Brigitte hatte zutiefst verletzt darunter gelitten, dass es Celine gab. Wenn ich das früher erkannt hätte, wäre diese schreckliche Tat gewiss zu verhindern gewesen.«

Sie sprachen nicht weiter. Sie waren stehen geblieben, blickten die Stufen hinab bis zum See. Das Entenpaar watschelte eben ans Ufer.

»Wir werden zu Johannis dennoch den Tag der offenen Tür abhalten«, sagte Roland und versuchte ein aufmunterndes Lächeln. »Wir werden auch das Fest feiern.« Er begann, langsam vorauszuschreiten. »Es wäre gut, wenn die Rockband ihren Auftritt bekommt, wie wir das miteinander von Anfang an festlegten. Euch gemeinsam beim Musizieren zu erleben, wäre wohltuend für alle.«

Gwendal hielt inne. Dagmar und Arne waren derzeit bei ihrer Mutter. Marianne hatte ihre Kinder aus dem Polizeipräsidium abgeholt. Morgen würde Dagmar ins Kloster zurückkehren. Das hatten sie so vereinbart. Gwendal setzte sich in Bewegung, stieg ebenfalls weiter nach oben. Er hatte gestern lange mit Dagy telefoniert. Ihm wurde warm ums Herz, wenn er daran dachte. Ja, sie würden beim Fest spielen. Ganz gewiss. Darauf freute er sich.

... And she's buying a stairway to heaven

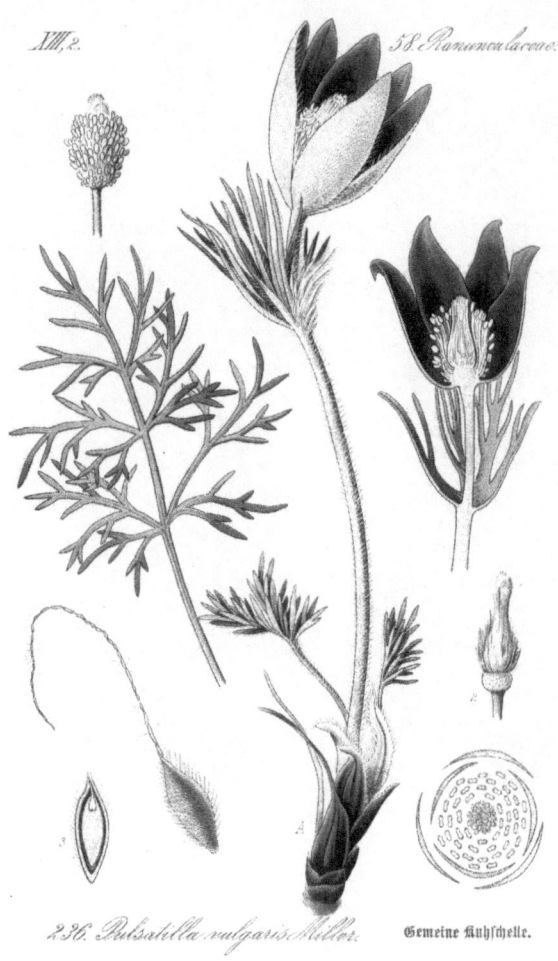

Gewöhnliche Kuhschelle, *Pulsatilla vulgaris,* auch: *Teufelsbart, Wolfspfote, Bockskraut, Schlotteblume, Beißwurz.* Schon in der Antike gegen hysterische Angstzustände verwendet. »Ist gut wider die Pestilenz« vermerkte der Arzt und Botaniker Hieronymus Bock (16. Jhdt.), sie vertreibe auch »Warzen und Flecken.« 1996 zur Blume des Jahres gewählt.

TEUFELSBART

1

Zum Kuckuck!

Das ist das Erste, das ihm in den Sinn kommt. Schon als er vorhin das Lokal betrat, war es so.

Zum Kuckuck!

Er schaut zur alten Uhr an der Wand. Sie gefällt ihm. Handwerklich schön gemacht. Tiroler Stil, vermutet er. Eine sogenannte Kuckucksuhr. Die beiden schmuck geschnitzten Pärchen links und rechts der Zifferscheibe sind in ein Gewand gekleidet, das ihm vertraut vorkommt. Wie viele Jobs hat er bisher in Tirol erledigt? Er überlegt, zählt nach. Wenn er sich recht erinnert, waren es bisher drei Aufträge. Das schwierigste Geschäft war mitten in den Bergen durchzuführen. Das erledigte er damals mit seiner *Uccidia*, seiner Spezialanfertigung aus dem Hause *Beretta*. Bei jedem seiner Tiroler Einsätze war er öfter auf Menschen gestoßen, die ähnlich gekleidet waren wie die beiden Holzfiguren auf der Uhr. In Tiroler Tracht eben. Dass die alte Uhr an der Wand nicht mehr funktioniert, ist ihm gleich aufgefallen. Das war nicht schwer zu erkennen. Die hellen Ziffernzeiger bewegten sich keinen Millimeter. Das stört ihn nicht. Er bedarf keiner Uhr. Er weiß auch so stets, wie spät es ist. Er muss dazu nicht einmal auf sein Handy blinzeln. Schon in seiner Kindheit wurde ihm und seiner Umgebung bald klar, dass er eine Art innerer Uhr in sich trägt. Später als Erwachsener hat er oft davon profitiert. Bei seinem Job war es ein unschätzbarer Vorteil, sich auf eine innere Uhr verlassen zu können. Es stört ihn also nicht, dass die alte Kuckucksuhr an der Wand nicht mehr läuft. Und dennoch würde ihm gefallen, wenn die Uhr nicht gänzlich außer Betrieb wäre. Funktionierte sie, dann würde das kleine Fenster am Hüttendach sich gewiss zur vollen Stunde öffnen. Dann würde er sehen, ob der Kuckuck, der sich dahinter befindet und aus dem Fenster hervorschnellt, einen Sepplhut trägt. So wie der Mann des Trachtenpärchens. Sepplhüte findet er drollig. Er hat schon einige gesehen. In Tirol natürlich, wo er mehrmals war, um seine drei Aufträge zu erledigen. Noch mehr Sepplhüte sind ihm allerdings bisher in Bayern untergekommen. Doch auf den weitaus originellsten Sepplhut stieß er weder in Bayern noch in Tirol. Der begegnete ihm auf einer Insel. Auf Teneriffa. In einer Straßenbahn, die vom Hafen in Santa Cruz bis nach La Laguna führt. Er muss heute noch grinsen, wenn er daran denkt. Der Hut prangte auf dem kantigen Schädel eines wohlbeleibten Mannes. Dass der Hutträger nicht zu den Einheimischen zählte, bekam er schnell mit. Der Kerl grölte in einer Tour, und das auf Deutsch. Dem Akzent nach stammte er von irgendwo aus dem Norden Deutschlands. Der Typ war also weder Bayer noch Tiroler und Einheimischer schon gar nicht. Er selbst war damals auf der Kanarischen Insel unterwegs, um einen Job zu erledigen. Er war auf der Suche nach einem Franzosen, der sich unter Pseudonym in der alten Universität versteckte. Die geborgte Identität nützte dem Mann allerdings wenig. Wenn er erst einmal die Spur seines Opfers witterte, ging es meist sehr schnell. Auch damals spürte er den Franzosen bald auf und erledigte gewissenhaft seinen Auftrag. Dieses Mal benutzte er das Messer, die Jagdklinge aus der Schweiz. Das weiß er noch, an recht viel mehr erinnert er sich nicht. Das wirklich Auffällige, das ihm von seinem Aufenthalt in Teneriffa im Gedächtnis haften blieb, ist der überdimensionale Sepplhut des Kerls in der Straßenbahn. Erneut schleicht sich ein leichtes Grinsen in sein Gesicht. Gleichzeitig gleiten seine Augen wieder zur alten Uhr an der Wand. Er würde zu gerne wissen, ob der im Inneren verborgene Kuckuck einen Sepplhut trägt. Er drückt sich ein paar Millimeter vom Stuhl hoch. Jetzt an die Wand treten und das geschlossene Fenster an der Hüttenfrontseite aufhebeln. Er verspürt Lust dazu. Nein!!!, brüllt plötzlich eine Stimme. Sie ist ihm vertraut. Die Stimme macht sich bisweilen in seinem Inneren bemerkbar. Wenn sie erklingt, gibt sie Kommandos. Anders kann sie gar nicht. Anweisungen in jenem Befehlston, den er sich über viele Jahre antrainiert hat. Nein, blafft die Stimme erneut. Lass die Finger von der Uhr! Er versteht, was die Stimme meint. Jemand könnte genau in diesem Moment das Lokal betreten und ihn bei diesem seltsamen Manöver beobachten. Auch die Kellnerin von vorhin könnte zufällig aus der Küche eilen und ihn bemerken, wie er an der alten Uhr hantiert. Keine auffälligen Handlungen, mahnt die Stimme. Das Fenster an einer ausrangierten Kuckucksuhr aufzuhebeln, um nachzuschauen, was dahintersteckt, ist mehr als eigenartig! Aber was ist mit dem Sepplhut? Manchmal wagt er einen Einwand gegen die Kommandostimme. Ich möchte ihn so gerne sehen. Vergiss es!! Nun ist die Stimme nicht nur energisch laut. Sie vibriert, ein Zeichen von Wut. Seine Hände beginnen zu schwitzen. Nur nicht auffallen. Sich stets unauffällig verhalten, so gut es eben geht. Das verlangt in erster Linie sein Job. Er lässt langsam die angestaute Luft aus seiner Nase gleiten, sinkt zurück auf den Stuhl. Er ist immer gut beraten, sich an seine selbst auferlegten Regeln zu halten. Das ist Teil seines Erfolges. Und das seit vielen Jahren. Die Stimme weiß es. Er weiß es. Er senkt die Augen. Dann lässt er den Blick langsam über die abgewetzte Platte des kleinen Kaffeehaustisches wandern. Eine Übung, die ihm guttut. Die ihn gewiss in jenen Zustand der konzentrierten Gelassenheit bringt, den er braucht. Der Behälter am linken Tischrand ist rot. Welche Farbnote? Kirschrot, würde er sagen. In welchem Muster zeigen sich die Servietten, die er gleich sehen wird? In grün-orangen Streifen. Passt. Daneben ruht der Plastikständer mit der abgegriffenen Eiskarte. Die Kellnerin hat ihn vorhin zur Seite gerückt. Ziemlich exakt zwölf Zentimeter schätzte er, als sie die Tasse abstellte. Er beugt sich vor. Wartet. Dann legt er behutsam zwei Finger an den Rand der Tasse. Ja, um die 20 Grad, schätzt er. Jetzt dürfte die Temperatur passen. Langsam hebt er die Schale hoch, führt sie zu den Lippen, nimmt vorsichtig einen Schluck. Mit der Zunge fühlt er dem Geschmack nach. Er erstarrt. Was ist das? Im nächsten Augenblick sackt die Hand mit der Tasse nach unten. Da schmeckt etwas bitter! Eindeutig. Seine Augen hetzen durch alle Winkel des Raumes. Idiot! Nun klingt die

Kommandostimme spöttisch. Was erwartest du dir von diesem Herumgeschaue? Die Stimme hat recht. Natürlich ist niemand zu sehen. Er war schon allein, als er vor exakt elf Minuten das Lokal betrat, als einziger Gast. Daran hat sich nichts geändert. Aber eines ist dennoch nicht zu leugnen: Das Getränk schmeckt bitter. Jemand muss ihm Bitteres in die Flüssigkeit geschüttet haben.

»Na, wie schmeckt Ihnen denn unser Kräutertee?«

Er fährt herum. Verdammt! Er hat gar nicht bemerkt, dass die Kellnerin die Küche schräg hinter der Theke verlassen hat. Sie steuert direkt auf ihn zu. Warum passieren ihm in letzter Zeit solche Missgeschicke immer öfter? Er spürt, dass sich etwas auf seine Schultern legt. Er kennt das. Er hat schon eine Bezeichnung dafür gefunden. Die Last des Alters. Doch dieses Mal fühlt sich der Belag schwerer an als sonst. Ihm kommt vor, er trage ein halbes Gebirge auf seinen Schultern.

»Was haben Sie mir da hineingetan?«

Die junge Kellnerin blickt ihn verwirrt an. »Was meinen Sie mit hineingetan? Wie ich vorhin sagte, beziehen wir die Kräuter für unseren Tee von der alten Lilli. Die wohnt am hinteren Ende des Dorfes, gegenüber der Kirche.«

Er presst hart seine Handflächen auf die Tischplatte. Das hilft ihm, die aufkommende Kommandostimme wenigstens halbwegs zu unterdrücken. Fass die Frau an der Gurgel, ächzt die Stimme, zwinge sie zu einem Geständnis. Und mach schnell. Nein, er will der zierlichen Frau nicht wehtun. Sie war ihm schon sympathisch, als er ins Café kam und sie ihm herzlich lächelnd als Spezialität den Kräutertee aus der Nachbarschaft empfahl.

»In diesem Tee ist etwas Bitteres!« Er stößt die Worte aus seinem zugepressten Hals hervor. Im nächsten Moment entspannt sich die Miene der Kellnerin. Sie strahlt wieder das herzliche Lächeln aus, das er an ihr zu Beginn ihrer Begegnung wahrgenommen hat.

»Ach, das meinen Sie. Ja, darauf ist unsere Lilli besonders stolz. Die meisten unserer Gäste sprechen das an, weil es ihnen besonders bekommt. Diese wundervoll herbe Bitternote stammt vom Beifuß. Davon züchtet unsere Lilli eine spezielle Sorte in ihrem Garten. Der außergewöhnliche Beifuß ist als Wilder Wermut bekannt. Den finden Sie übrigens drüben in unserem Dorfladen. Kommt natürlich alles aus Lillis Garten. Vielleicht wollen Sie die Wurzeln einmal probieren.« Sie macht schnelle Schritte zur Theke, greift unter den Ladentisch, kehrt mit einem durchsichtigen Säckchen zurück. Darin sind einige Pflanzenteile zu sehen. Sie drückt ihm den Beutel in die Hand.

»Bekommen Sie von mir als Geschenk. Wurzelsud vom Wilden Wermut, sagt die Lilli, ist sehr gut gegen seelische Verstimmungen. Leiden Sie bisweilen unter Schlaflosigkeit? So wie ich? Dagegen hilft der Sud auch. Bei mir hat er Wunder bewirkt.«

Wurzelsud? Wilder Wermut? Wo ist er denn hier hineingeraten? Erneut kreisen seine Augen unruhig. Er befindet sich immer noch in dem schäbig wirkenden kleinen Kaffeehaus, das er aufsuchte, als er in diesen Ort kam. Ja, er leidet bisweilen unter Schlaflosigkeit. In letzter Zeit öfter. Er schaut auf den ihm hingestreckten Beutel. Dann steckt er ihn rasch in die Jackentasche.

»Danke. Das ist sehr freundlich von Ihnen.« Er gibt sich Mühe, tief durchzuatmen.

»Wenn Sie mögen, bringe ich Ihnen gerne ein Stück von unserem Obstkuchen. Die Birnen sind auch aus der Nachbarschaft. Die sind allerdings nicht von der Lilli, die kommen aus dem Garten meiner Tante.« Er hebt abwehrend beide Hände.

»Danke, im Augenblick nicht. Vielleicht später.« »Linnea« leuchtet es vor seinen Augen. Er hat das Schild mit dem Namen vorhin an der Bluse der Kellnerin bemerkt. Jetzt fällt es ihm erneut auf.

»Na, dann genießen Sie inzwischen unseren Kräutertee.« Sie wirft ihm ein Lächeln zu. Dann rauscht sie davon. Seine Hand langt in die Umhängetasche am Stuhl. Er zieht ein schmales Tablet hervor. Schon huschen seine Finger über den Screen. »Linnea« tippt er. Jetzt ist ihm der Name schon zum zweiten Mal aufgefallen. Höchste Zeit, sich zu informieren, was dahintersteckt. Es stößt auf viele Seiten, die ihm weiterhelfen könnten. Egal ob die Erkenntnis einen sofort verwertbaren Nutzen hervorbringt oder nicht. Man muss immer gründlich sein, sich für alles interessieren. Das war ihm schon als Kind klar. Sein Vater hat das nie verstanden. Der war nur gründlich im Verprügeln. Der alte Lehrer in der Volksschule hatte weit mehr Verständnis. Der lobte ihn nicht nur wegen seines Eifers. Er ermutigte ihn stets, seiner Neugierde unbeirrt nachzugehen. Er leitete ihn an, kein auch noch so kleines Detail, das ihn interessierte, außer Acht zu lassen. Schon bei seinem allerersten Profijob kam ihm das zugute. Es war der ihm seit seiner Kindheit angeborene Wissensdurst, der ihn dazu brachte, im Lexikon nachzuschlagen. Es gab keinen speziellen Grund dafür, der Job hätte sich auch so erledigen lassen. Er wollte einfach wissen, woher der seltsame Name stammte, den der dunkle See trug. Auch das Gewässer selbst war für den Auftrag völlig unbedeutend. Der Seename war nur Teil der Adresse, die ihn zum Haus führen sollte. Dort hatte sich der Mann einquartiert, den seine Auftraggeber offenbar als Verräter einstuften. Der Name des Sees im Lexikon verwies ihn auf eine Sagengestalt aus der Umgebung, einen Riesen. Der wiederum stand in engem Zusammenhang mit einer rätselhaften Quelle. Und genau dieses Wissen um die Quelle rettete ihm damals, bei seinem ersten Auftrag, das Leben. »Ja, mein lieber Pfiffy, es ist immer gut, wenn man hinter alles kommen will, das einem so auffällt.« Sein alter Lehrer nannte ihn immer »Pfiffy«. Nach dem Namen eines schlauen Fuchses, dessen Geschichten sie in der dritten Klasse gelesen hatten. »Man kann nicht gründlich genug sein, egal was es bringt.« So hat er es immer gehalten, von der Kindheit bis jetzt. Sich für jedes Detail interessieren, sei es noch so nebensächlich.

Linnea, klärt ihn das Internet auf: *Weiblicher Vorname schwedischer Herkunft, verbreitet in mehreren Ländern Nordeuropas. Nimmt Bezug auf die Gattung Linnaea borealis, das Moosglöckchen oder Erdglöckchen. Der Name Linnea bedeutet auch die Zarte, die Gründliche, die Genaue.* Sehr interessant. Er würde sich das merken. Ob dieses Wissen ihm jemals Nutzen bringt, ist dabei unerheblich. Wichtig ist, das Wissen abzuspeichern. Und falls man es dann doch braucht, hat man es schnell zur Hand. Er schließt die Internetseite auf dem Tablet. Er zögert, überlegt. Dann greift er nach der Tasse. Der Tee ist nahezu kalt. Er nimmt einen Schluck. Ja, der Bitterton ist deutlich auszumachen. Das liegt also am Beifuß, wie ihm vorhin erklärt wurde. Behutsam lehnt er sich zurück. Beim Eintreten hat er diesen Platz in der Ecke angesteuert. So macht er es immer. Den Blick nach vorne freihalten, die Wand schützend hinter sich. In das kleine Dorf geriet er eher zufällig, es lag auf seinem Weg. Doch mitten im Ort erreichte ihn die Nachricht. Und die überraschte ihn. Daraufhin sah er sich im Dorf um. Schließlich entdeckte er das leicht schäbige, unscheinbare Kaffeehaus. Ein guter Platz, hat er schnell entschieden. Er bevorzugt immer das Unscheinbare. Ideal für ihn. Hier kann er in Ruhe über die Nachricht nachdenken. Sie traf nicht auf dem offiziellen Handy ein, mit dem er seine Telefonate zu erledigen pflegt. Sie erschien auf dem anderen. Dessen Nummer nur wenige kennen. Drei Personen, genau genommen. Jetzt noch eine vierte. Die Nachricht war nicht lang. Details waren keine angeführt. Doch die Kernaussage war unmissverständlich. Ihm wird ein Auftrag angeboten. Er zögerte, als er die Nachricht las. Soll er ihn annehmen? Im Grunde will er nicht mehr. Schon lange nicht mehr. Ihn widert seit Jahren an, was seine Jobs ihm abverlangen. Sich endgültig zur Ruhe setzen. Das will er. Doch das Geld dafür reicht noch nicht.

Zum Kuckuck!

Er suchte das Café auf, wollte nachdenken. Zeit finden, um die richtige Entscheidung zu fällen. Deshalb hat er das Lokal angesteuert. Er greift wieder nach der Tasse. Er zögert nur kurz, dann trinkt er den Tee aus. Zur Gänze. Jetzt erscheint ihm das Getränk längst nicht mehr so bitter wie vorhin. Seine Finger gleiten von der Tasse zur Jackentasche. Dann holt er langsam das Handy heraus. Er überfliegt nochmals die Nachricht. Der Name sagt ihm nichts. Noch nie gehört. Er legt das Handy zur Seite, langt nach dem Tablet, öffnet eine der Suchmaschinen im Internet. Konrad Brettner. Zu diesem Namen findet sich eine ganze Reihe von Eintragungen. Dieser Brettner ist offenbar eine wichtige Person im Landwirtschaftsministerium. Ein Spitzenbeamter, zuständig für internationale Beziehungen. Warum soll der ausgeschaltet werden? Man würde es ihm vielleicht sagen. Oder auch nicht. Falls er den Auftrag überhaupt annimmt. Das Geld könnte er schon gut gebrauchen.

»Ah, Sie haben unseren Kräutertee ausgetrunken. Hat er Ihnen geschmeckt?«

Wieder hat er das Auftauchen der Kellnerin viel zu spät registriert. Ja, er wird alt. Daran besteht kein Zweifel. Nein, meldet sich die Stimme im Inneren. Dieses Mal nicht im Kommandoton, sondern in milderem Klang. Du wirst nicht alt, mein Lieber, du bist es längst.

»Ja, danke. Der Tee war sehr gut.«

»Und jetzt ein Stück Kuchen mit den Birnen meiner Tante?«

Er überlegt.

»Ja, gerne.« Dann versucht er ein Lächeln. Das er nicht ganz hinbekommt, wie er spürt.

»Wunderbar. Bringe ich gleich.« Fast rutscht ihr das Käppchen von den Haaren, so schnell dreht sie sich um und eilt davon.

Er überfliegt das Tablet, versucht, mehr über Konrad Brettner zu erfahren. Zu diesem Namen finden sich einige

Bilddateien. Er öffnet eine nach der anderen. Plötzlich schmunzelt er. Eines der Porträts vergrößert er. Er studiert die markante Stelle. Was dem Herrn Ministerialbeamten da am Kinn prangt, erinnert ihn an seine Schulzeit. Einer seiner Lehrer war mit einem ähnlichen Bartgewächs ausgestattet. Nicht der nette Lehrer, der ihn ermutigte, sich für alles zu interessieren. Ein anderer war es, Jahre später, in einer höheren Klasse. Ein richtiger Widerling. Den konnte keiner ausstehen. »Teufelsbart« riefen sie ihm oft spöttisch nach. Mit dem spitzigen Haargewächs am Kinn sah der Widerling dem Gehörnten mit dem Bocksfuß auch verteufelt ähnlich. So wie Konrad Brettner, der ranghohe Beamte im Landwirtschaftsministerium. Zumindest auf dem Bild, das ihm das Tablet zeigte.

»So, bitte sehr.« Die Kellnerin steht wieder neben ihm und serviert die Süßspeise. »Ich habe extra für Sie ein besonders großes Stück ausgesucht.«

Er bedankt sich. Seine Augen gleiten vom freundlichen Gesicht der jungen Frau zur Wand.

»Wie lange funktioniert denn die Uhr schon nicht mehr?«

Sie wirft einen Blick hinüber. »Ach, die Kuckucksuhr war schon klapprig, als ich vor vier Jahren hier anfing. Und nach ein paar Monaten gab sie völlig den Geist auf.«

Er nimmt langsam die Dessertgabel, blickt zur Wand, dann auf das Stück Kuchen. Gleich darauf nochmals zur Wand. Soll er oder soll er nicht? Immer unscheinbar bleiben. Nur nicht auffallen. Oder doch einmal eine Ausnahme machen?

»Wie sieht denn der Kuckuck aus?« Die Frage überrascht sie offenbar, sie blickt ihn amüsiert an.

»So viel ich mich erinnern kann, schaut er lustig aus.«

»Trägt er einen Hut?«

Das Lächeln in ihrem Gesicht wird breiter.

»Ja, tatsächlich. Jetzt, wo Sie es sagen, fällt es mir ein.« Sie weist mit der Hand zur Uhr. »Er hat tatsächlich einen Hut auf.«

»Einen Sepplhut?«

»Äh, wie man den genau nennt, weiß ich nicht.« Offenbar kann sie mit dem Ausdruck wenig anfangen. »Aber er trägt ganz sicher einen Hut, so einen trachtigen.«

Also doch. Er grinst.

Zum Kuckuck!

Das ist nicht die Kommandostimme. Eine andere Stimme tönt in seinem Inneren. Laut und deutlich. Und sie ruft: zum Kuckuck!

Ja, er würde den Auftrag annehmen. Und noch etwas legt er fest. Er würde eine hohe Summe verlangen. Mindestens das Dreifache will er haben. Dann könnte er sich endlich zur Ruhe setzen. Besser noch das Vierfache. Darunter wird er es nicht machen. Ein letzter Auftrag. Und wenn es dieser Betrag den Auftraggebern nicht wert ist, dann eben nicht.

Zum Kuckuck!

Er hält immer noch die Gabel in der Hand. Langsam senkt er sie, sticht das erste Stück ab. Und kostet. Tatsächlich, sie hatte wiederum recht. Der Kuchen schmeckt ausgezeichnet. Erneut schaut er zur Uhr. Soll er die nette Kellnerin bitten, den Verschlag zu öffnen, damit er den hölzernen Vogel mit dem Hut zu Gesicht bekommt? Nein, beschließt er. Das wäre dann wohl doch zu viel. Unscheinbar bleiben, möglichst nicht auffällig werden. Damit ist er immer gut gefahren.

Er nimmt sich das nächste Stück vom Kuchen.

Jetzt gilt es, sich umgehend vorzubereiten. Konrad Brettner, hoher Beamter. Landwirtschaftsministerium, tickt es in seinem Hirn. Und Teufelsbart. Er schmunzelt.

2

Chefinspektor Bodo Praller ist wütend. Immer wenn er in sich Groll aufsteigen fühlt, und das ist oft, braucht er dringend etwas zu kauen. Fingernägel reichen da nicht. Seine Nägel wirken ohnehin meist kümmerlich abgebissen. Kaugummi kann er nicht ausstehen. Weder den Geschmack noch die dämliche Werbung für die meisten dieser flippig bunten *Chewing Gums*. Er wühlt in der Tasche seiner viel zu großen Jacke. Schließlich wird er fündig. Er zieht eine völlig zerbeutelte Packung mit Erdnüssen hervor. Die sind uralt. Aber besser als nichts. Er steckt sich wütend drei Stück in den Mund und beginnt zu kauen. Er hätte nicht herkommen sollen. Aber was blieb ihm anderes übrig.

»Praller, Sie fahren zum Tatort und erstatten mir dann sofort Bericht! Was stehen Sie noch herum? Ab mit Ihnen!« Genauso hat ihn der Herr Oberst gedrängt. Ab mit Ihnen!

Nun ist er schon eine halbe Stunde an diesem sogenannten Tatort und weiß, dass er völlig fehl am Platz ist. Alle anderen übrigens auch. Immerhin, er hat vor der Abfahrt zumindest den Ansatz eines Einwandes versucht. Aber der Oberst hat den Einwand knurrend zur Seite gefegt: »Es handelt sich nicht um irgendwen. Es geht um den Brettner. Und der ist die rechte Hand der Frau Landwirtschaftsministerin.« Und die ist in derselben Partei wie der Herr Oberst. Auch das weiß Praller. Also ist es günstig, wenn der Herr Oberst deutlich an den Tag legt, dass man unter seiner Führung selbstverständlich sofort handelt. Selbst wenn es nicht danach aussah, als müsse überhaupt etwas unternommen werden, wie Praller feststellte. Doch es half nichts. Also hatte sich der Chefinspektor ins Auto gesetzt und war losgefahren. Rechte Hand der Landwirtschaftsministerin. Pah! Ihm persönlich war das schnurzegal. Selbst wenn es sich bei Konrad Brettner um die linke Hand des Bundespräsidenten handelte, wäre er lieber im Präsidium geblieben, um seinen Berg an Arbeit wenigstens ein klein wenig abzubauen. Immerhin handelt es sich dabei um tatsächliche Verbrechen. Nicht um ein Hirngespinst, einen aufgebauschten Pseudo-Fall.

»Ah, Herr Chefinspektor Praller. Es freut mich, dass mein Onkel Sie herschickt. Ich habe vorhin mit ihm telefoniert.«

So hat sie ihn begrüßt, als er eintraf. Die junge Kollegin. Mit gespielt süßlicher Stimme. Viola Hurtig. Dabei ist sie noch nicht einmal Inspektorin. Sie ist noch Aspirantin, knapp vor Ende der Grundausbildung. Aber sie ist die Nichte des Polizeichefs. Und das wiegt bedeutend mehr.

Er fingert nach der nächsten Uralterdnuss, steckt sie sich in den Mund. Seit gefühlt 20 Minuten palavert die Aspirantin nun schon auf ihn ein. Er mag auch die hässliche froschgrüne Masche nicht, mit der sie ihr rot schimmerndes Haar zu einem Rossschwanz gebunden hält.

»Doktor Konrad Brettner ist nicht nur die rechte Hand der Frau Ministerin«, erläutert die junge Frau. »Er ist auch zuständig für internationale Beziehungen im gesamten landwirtschaftlichen Bereich.«

»Na und?«

»Ich denke da an eine mögliche Verbindung zur *Mafia*.«

Er knurrt, spürt seine Magensäure. Sie hat es inzwischen mindestens zehn Mal erwähnt. Doch dadurch wird dieses schwachsinnige Argument auch nicht besser. Was kann man schon von einer Aspirantin erwarten, die keinen Tau von echter Polizeiarbeit hat? Dass sie dennoch mit Auszeichnung durch die Ausbildung kommen wird, davon gehen alle aus. Immerhin ist sie die Nichte des Polizeichefs.

»Wir sind nicht in Sizilien, Frau Hurtig. Bei Konrad Brettner handelt es sich nicht um einen Mafiaagenten aus Palermo. Der gute Brettner tummelt sich in der Landwirtschaft rum. Und zwar in der heimischen, nicht süditalienischen. Den interessieren Rüben und Milchkühe.«

»Ja, genau! Darin besteht auch die Verbindung!«

Er fixiert sie, schüttelt grimmig den Kopf.

»Es gibt keine Verbindung von Milchkühen zur *Mafia*. Vielleicht in Ihrer durchgeknallten ... also ich meine, in Ihrer leicht überspannten Fantasie, aber sonst nicht.«

»Doch, gibt es. Die *Agromafia*.«

Agromafia? Jetzt schnappt sie offenbar vollständig über.

»Davon haben Sie gewiss Kenntnis. Immerhin sind Sie Chefinspektor, reich an Erfahrung und an Jahren.«

Er setzt zum erneuten Schnauben an, doch sie lässt sich davon nicht beeindrucken.

»Es begann vor einigen Jahren in Süditalien. Die *Mafia* entdeckte, dass im Lebensmittelbereich eine Unmenge an Geld zu verdienen ist. Also quetschte sie sich in Produktions- und Lieferketten.«

Er stiert sie an. Was erzählt sie ihm da?

»Die *Mafia* dominierte bald vieles: vom Geschäft mit schlecht bezahlten Plantagearbeitern bis zum Transport der Lebensmittel, von der Sondermüllentsorgung bis zum Einschleusen bestimmter Produkte in Restaurants und Supermärkte. Das meiste wird kümmerlich billig produziert, aber sündteuer verkauft. Und bald schob sich das Wirken der *Agromafia* von Süditalien nach Norden vor. Überall entstanden Strohfirmen mit Strohmännern. Landwirtschaft ist ein ideales Feld für Geldwäsche im großen Stil.«

Plötzlich muss er husten. Er hat sich an einer der Erdnüsse verschluckt.

»Wir sind nicht in Italien!«

»Das Mitmischen der *Mafia* ist längst bei uns angekommen. In Deutschland, in Österreich und in anderen europäischen Ländern. Das weiß man, Herr Chefinspektor. Der Markt ist längst infiltriert. Lebensmittel panschen, im großen Stil falsch deklarieren und ähnliche Sauereien, damit sind Milliarden zu verdienen!«

Agromafia! So ein Quatsch. Bei den verdammten Italienern vielleicht. Aber doch nicht hier. Das sieht man auf den ersten Blick! Wenn man auch nur einen Funken Verstand besitzt.

»Hier war keine *Mafia* im Spiel, junge Frau. Lassen Sie sich das von einem Profi erklären. Wenn für die *Mafia* Interesse an dieser Albernheit bestünde, dann hätten Sie einen Profi geschickt. Und der hätte mit einer richtigen Waffe operiert. Autobombe. Präzisionsgewehr. Was auch immer. Aber nicht mit so einem lächerlichen Riesengong.«

Er weist mit der Hand erneut hinüber. *Lächerlicher Riesengong.* Der Wortschatz des Chefinspektors ist tatsächlich eher kümmerlich. Das ist ihr schon am Beginn ihrer Begegnung aufgefallen. Viola Hurtig holt tief Luft, bereit, es ihm ein weiteres Mal zu erklären.

»Der Bauernhof, auf dem wir uns befinden, Herr Chefinspektor Praller, wurde schon vor Jahren umgebaut. Zu einem riesigen Museum für Kuhglocken. Für Kuhschellen in allerlei Größen, Formen, Materialien. Konrad Brettner wurde heute von Egon Buchmüller, dem Besitzer des Museums, in den alten Stadelgebäuden herumgeführt. Und just in dem Moment, als der Beamte des Landwirtschaftsministeriums genau hier stand, löste sich diese riesige Kuhschelle aus der Verankerung und stürzte nach unten.«

Ja, das hat er alles mitbekommen. Die blöde Glocke löste sich vom Gestänge am Dachbalken, donnerte nach unten, aus vier Metern Höhe. Der Besitzer hatte sofort Rettung und Polizei verständigt. Die Kollegen von der Streife trafen gleich ein. Leider war unter den Eintreffenden die quatschsüchtige Nichte des Polizeichefs. Und die hatte nichts Besseres zu tun, als augenblicklich ihren Onkel anzurufen. Und deshalb muss Bodo Praller jetzt hier sein. Wegen dieser sich aufplusternden, vorlauten Göre muss er seine wertvolle Zeit verplempern.

Er saugt gierig Luft ein, so viel er mit einem Atemzug bekommt, schnauft tief durch. Er nestelt die letzte Erdnuss aus dem Beutel, beißt sie entzwei, schluckt sie. Dann achtet er darauf, seinen Groll nicht auszukotzen, sondern so sanft wie nur irgend möglich zu klingen.

»Liebe Frau Hurtig …«

»Sie können gerne Viola sagen.«

»Nun denn. Liebe Viola, geschätzte junge Kollegin.« Er fuchtelt mit der Hand. »Es ist keineswegs so, dass ich Ihren Aspirantinneneifer nicht gebührend zu schätzen weiß. Aber ich darf Ihnen als erfahrener Kollege sagen, dass Sie sich da etwas als völliges Hirngespinst zusammenreimen.«

Er weist wiederum mit der Hand zur Stelle. »Dieses Ding da … also diese Schelle, die hat Brettner nicht einmal getroffen, die hat ihn verfehlt.«

»Ja, aber knapp. Nur um wenige Zentimeter.«

»Egal. Verfehlt ist verfehlt. So etwas würde der *Mafia* nie passieren.«

»Mag sein«, kontert die Kollegin. »Aber eines ist nicht von der Hand zu weisen: Die Glocke hatte Konrad Brettner zwar um Haaresbreite verfehlt. Aber der hohe Beamte des Landwirtschaftsministeriums ist dennoch tot.«

Ja und, knurrt Praller wütend in sich hinein. Bedauerlicher Unfall. Alles kein Grund, den Chef der Mordkommission in Bewegung zu setzen. Außer man ist Polizeidirektor und bemüht sich, für die eigene Wiederbestellung sich die Gunst einer Ministerin und Parteifreundin warmzuhalten.

3

»Herr Herzlich …«

Erschrocken fährt er herum, starrt zur Tür.

»Entschuldigen Sie, Herr Herzlich. Ich wollte Sie nicht erschrecken. Das ist mir jetzt peinlich. Aber ich habe geklopft …«

Ja, er wird alt. Nein, er ist schon alt. Er hat das Klopfen gar nicht gehört. Früher wäre ihm das nie passiert.

»Keine Ursache, das passt schon.«

»Wissen Sie, wann Sie abreisen? Ich möchte Ihnen gerne ein kleines Jausenpaket mitgeben. Sie waren so ein netter Gast, Herr Herzlich.«

Theodor Herzlich. Den Namen fand er gut, als er sich bei seiner Ankunft ins Gästebuch der Pension *Goldapfel* eintrug. Das passte gut zum Namen der freundlichen Besitzerin, Marlene Zuberlieb.

»Das ist sehr nett von Ihnen, Frau Zuberlieb. Wenn, dann bitte nur etwas Kleines. Ich werde mich in einer knappen halben Stunde auf den Weg machen.«

Sie wendet sich zur Tür. Da fällt ihr offenbar etwas ein.

»Das sind wirklich schöne Blumen, die Sie da auf dem Tisch haben. Die gefallen mir sehr. Ich bemerkte sie schon, als Sie die Blumen vor ein paar Tagen mitbrachten. Die kenne ich gar nicht.«

Er nennt ihr den Namen. Sie wiegt kurz den Kopf hin und her, kann offenbar damit wenig anfangen. Dann trippelt sie hinaus, schließt behutsam die Tür. Ihm sagte der Name auch nichts. Bis vor etwa drei Wochen. Er hat sich lange und intensiv auf den Kandidaten vorbereitet. Konrad Brettner. Offenbar gab es eine Verbindung zu einer Gruppe, die im organisierten Verbrechen tätig ist. So viel ließen seine Auftraggeber immerhin durchblicken. Aber mehr nicht. Er glaubt nicht, dass seine Auftraggeber ebenfalls dem organisierten Verbrechen angehören. Das schätzte er von Anfang an so ein. Weder aus Italien, Serbien, Deutschland oder sonst wo. Mafiaverbände haben für solche Aufträge ihre eigenen Killer. Die müssen nicht auf einen freischaffenden, wenn auch sehr erfolgreichen Spezialisten wie ihn zurückgreifen. Dass Konrad Brettner sich von der *Agromafia* schmieren lässt und dadurch Entscheidungen zu deren Gunsten beeinflusst, das fand er bei seinen Recherchen bald heraus. Der Zugang war nicht leicht, aber wer schon so lange im Geschäft ist wie er, der weiß, wie man zu solchen Informationen kommt. Offenbar existieren Personen, denen es gar nicht passt, dass der hohe Ministerialbeamte Brettner dafür sorgte, dass gewisse Entscheidungen in eine bestimmte Richtung laufen. Nämlich zugunsten der *Agromafia* und deren Scheinfirmen. Das war wohl für die geschäftlichen Interessen bestimmter anderer Leute höchst unangenehm. Und so haben die ihn engagiert. Schließlich genießt er in bestimmten Kreisen immer noch einen hervorragenden Ruf. Es musste diesen Leuten enorm wichtig sein, Konrad Brettner aus dem Weg zu räumen. Das wurde ihm sofort klar. Denn sie zögerten keine Sekunde, als er seinen extrem hohen Preis nannte. Sie bestanden allerdings darauf, dass die Operation möglichst unauffällig passierte. Schusswaffen oder Bomben kamen nicht infrage. Es sollte eher wie ein Unfall aussehen. Das war die Grundbedingung. Das zu erfüllen, machte es ihm nicht leicht. Doch er wollte den Job haben. Unbedingt. Allein der hohen Summe wegen, die er erwartete. Er steigerte sein ursprüngliches Vorhaben sogar noch. Schlussendlich verlangte er das Fünffache seines üblichen Preises. Doch die andere Seite zögerte nicht. Die Auftraggeber waren einverstanden. Langsam lässt er seine Augen durch das Zimmer streifen. Zehn Tage hat er nun in dieser Pension verbracht. Eine halbe Ewigkeit. Immerhin brauchte er lange, um eine Möglichkeit zu finden, wie der Auftrag gemäß Vorgabe erledigt werden könnte. Er schaut auf die Blumen. »Und wäre ich nicht auf euch gestoßen«, flüstert er, »wer weiß, ob ich bei diesem Job je Erfolg gehabt hätte.« Aber er hat es geschafft. Er ist auch dieses Mal nach seiner bewährten Methode vorgegangen. »Es ist immer gut, wenn man hinter alles kommen will, das einem so auffällt, mein lieber Pfiffy.« Er schmunzelt. Sein alter Lehrer hatte recht. Man darf nicht aufgeben. Man muss dranbleiben, auch die scheinbar unbedeutenden Dinge beachten. Doch dieses Mal war es ein sehr langes Prozedere. Er studierte alles, was ihm zu Konrad Brettner unterkam. Und wie immer bezog er in seine Nachforschungen alles mit ein, was ihm so nebenbei persönlich aufgefallen war. Das Bild von Brettner mit dem eigenartigen Bartwuchs blieb beständig in seinem Kopf. Einfach versuchen, sagte er sich. Also probierte er »Teufelsbart« aus. Andere wären vielleicht überrascht gewesen. Aber er kannte ohnehin niemanden, mit dem er sich austauschen könnte. Er selbst war nicht überrascht. Genau diese völlig unscheinbare Spur entpuppte sich schlussendlich als der richtige Weg. Der Begriff *Teufels-*

bart führte ihn nämlich nicht nur zu Sagen und Märchen, er brachte ihn auch in die Botanik. Er streckt langsam die Hand aus, zieht den Topf ein paar Millimeter näher heran. Es war nicht einfach, an diese Blumen mit den blauen Blütenköpfen zu kommen. Die findet man nicht in üblichen Gärtnereien. Da muss man die Suche ausdehnen, flexibel sein, einfallsreich. Doch er hat es geschafft. So wie er immer alles schafft. *Pulsatilla vulgaris.* So ist die botanische Bezeichnung. Im Fruchtstand weist diese Alpenblume lange, seidige Haare auf. Ein auffälliges Merkmal. Von daher rührt der Name. *Teufelsbart.* »Ja, lieber Pfiffy, immer gründlich sein. Egal, was es bringt.« Die Bezeichnung *Teufelsbart* für diese Blume ist schon sehr alt. Heute gar nicht mehr so vertraut, wie er erfuhr. Bei vielen Pflanzen tauchen je nach Gegend oft unterschiedliche Namen auf. Der im Botanik-Lexikon angeführte, gebräuchlichste Name für *Pulsatilla vulgaris* lautet allerdings nicht *Teufelsbart,* sondern *Gewöhnliche Kuhschelle.* Das hat mit der Form der Blüten zu tun. Die schauen aus wie kleine Glöckchen. Als er auf diese Bezeichnung stieß, ging es plötzlich sehr schnell. In seinem Kopf flackerte ein Bild auf. Dabei überkam ihn die Vorstellung, wie er sein Problem möglicherweise lösen konnte. Elegant und unauffällig. *Gewöhnliche Kuhschelle.* Das war es! Immer stärker verdichtete sich die Vorstellung, wie er den Job auftragsgemäß erledigen könnte. Keine Bomben, keine Schusswaffen. Ein Unfall sollte passieren. Zumindest sollte alles darauf hindeuten. Auf das Museum mit den kleinen und riesigen Kuhglocken war er schon vorher im Lauf seiner detailintensiven Recherchen gestoßen. Eher zufällig. Er verbiss sich halt in alle möglichen

Feinheiten landwirtschaftlicher Details. Und dabei stieß er auf die Kuhschellen. Einzufädeln, dass Konrad Brettner eine persönliche Einladung zum Museumsrundgang erhielt, war nicht einfach, aber mit konsequentem Dranbleiben dann doch zu schaffen. Es kostete ihn Zeit und eine gehörige Stange Geld. Weitaus einfacher war es, in der Nacht vor dem Ereignis in den alten Stadel einzudringen. Er hatte vorzubereiten, was für die Durchführung des Auftrages notwendig war. Eine Minikamera und eine Vorrichtung, die die große Kuhglocke aus der Halterung löste. Und das auf Knopfdruck per Fernbedienung. Die Vorrichtung war nicht schwer anzufertigen. Über das nötige technische Wissen für solche Spielereien verfügt er schon lange. Es ist immer gut, gründlich zu sein. Ein Piepton ist plötzlich zu vernehmen. Gleich darauf ein zweiter. Endlich. Darauf hat er gewartet. Er schiebt den Blumenstock ein paar Millimeter zurück, zieht das Tablet heran. Rasch checkt er den Nachrichteneingang. Wunderbar. Das Geld ist eingetroffen, liegt nun zu seiner Verfügung auf dem Nummernkonto der Bank in Curacao. Der volle Betrag ist eingetroffen. Die Auftraggeber waren offenbar zufrieden. Er ist es auch. Er erhebt sich, wirkt entschlossen. Doch dann zögert er doch. Also, wenn wir ehrlich sind, Theodor Herzlich ... Er hält schmunzelnd inne. Theodor Herzlich. Das klingt nicht schlecht. Er würde noch eine Zeit lang bei diesem Namen bleiben. Er gefällt ihm. An seinen richtigen Namen kann er sich fast nicht mehr erinnern. Wenn er an seine Kindheit denkt, dann fällt ihm »Pfiffy« ein, sein echter Name nur selten. Also, Theodor Herzlich, vollständig zufrieden bin ich ganz und gar nicht mit dir, sagt er zu sich. Und eines steht unzweifelhaft fest: Du bist tatsächlich alt! Die Panne mit der Auslösung wäre dir früher nicht passiert. Nie und nimmer. Dabei war alles exakt berechnet. Bis ins kleinste Detail. Die herunterdonnernde mächtige Kuhschelle sollte Brettner am Kopf treffen. Das Ungetüm sollte ihn erschlagen. An der exakten Vorbereitung lag es nicht. Über die installierte Minikamera war alles bis ins kleinste Detail zu beobachten. Er bekam mit, wie Brettner, geführt von Buchmüller, den umgebauten Stadl betrat. Er schaute den beiden zu, wartete geduldig, bis Brettner genau die berechnete Position erreicht hatte. Exakt erarbeitet. Er betätigte mittels Fernbedienung den Auslöseknopf. Aber offenbar doch um einen Tick zu spät. Der Metallkoloss löste sich vom Gebälk, stürzte wie vorgesehen in die Tiefe. Er donnerte auf Brettner zu wie vorgesehen. Aber er verfehlte den Ministerialbeamten. Er verfehlte ihn zwar nur um Haaresbreite, aber dennoch raste er vorbei. Das Bild ist wieder in seinem Kopf. Das millimeterbreite Missgeschick. Die Schande, versagt zu haben. Er spürt wieder die Last auf seinen Schultern, fühlt sich müde. Unsagbar müde. Du bist in die Jahre gekommen, Theodor Herzlich.

Heftiger Schreck war ihm in die Glieder gefahren, als er sah, wie die Metallglocke ihr Ziel verfehlte. Er spürt ihn jetzt wieder. Seine Knie zitterten gewaltig, als er das Desaster auf dem kleinen Monitor mitbekam. Die Erleichterung setzte erst viel später ein. Erst als er langsam gewahr wurde, dass seine Operation trotz des Missgeschicks schlussendlich doch von Erfolg gekrönt war. Der hohe Beamte des Landwirtschaftsministeriums war über das herabstürzende Metallungetüm so erschrocken, dass er zusammensackte.

Er blieb auf dem Boden liegen. Das war über die Minikamera gut zu beobachten. Brettner rührte sich nicht mehr. Herzinfarkt. Das wurde vom herbeigerufenen Notarzt festgestellt und später in den Nachrichten bestätigt. Das Zittern seiner Knie hat damals nachgelassen, und es lässt auch jetzt nach. Wenn er ehrlich ist, freut ihn das ungewollte Fiasko sogar. So muss er den vielen Morden, für die er als hoch bezahlter Auftragskiller verantwortlich zeichnete, nicht noch einen weiteren hinzufügen. Die Glocke verfehlte Brettner. Keine äußere Verletzung, verursacht durch den herabstürzenden Metallkoloss. Der hohe Beamte des Ministeriums ist zwar tot. Aber gestorben ist er an einem Herzinfarkt. Es war also kein Mord. Das ist gut so. Er hat inzwischen genug davon, fremde Leben auszulöschen. Er überlegt kurz. Soll er doch den Weg wagen und in das Innere des Stadels eindringen? Die Vorrichtung zur Auslösung der Glockenhalterung hat sich selbst zerstört. Was noch bleibt, ist die Minikamera. Soll er zurückkehren? Nein. Die winzige Kamera würde garantiert keiner entdecken. Wozu sollte überhaupt jemand anfangen herumzustöbern? Riesige Kuhschelle stürzt zu Boden. Bedauerlicher Materialfehler. Tragisch. Ein Unglück.

Kein Grund, weiter nachzuforschen. Er erhebt sich, dreht sich zum kleinen Tisch. Dann greift er nach dem Topf mit den Blumen. *Pulsatilla vulgaris. Gewöhnliche Kuhschelle.* Wird heilwirkend in vielen Bereichen eingesetzt. Auch das hat er bei seinen Recherchen erfahren. Die Pflanze hilft unter anderem bei Blasenschwäche, Depressionen, Erkältung, Migräne. Ist auch gut gegen Gicht. Die Pflanze findet vor allem in der Homöopathie Anwendung, wie er weiß. Nun, auch ihn leitete das Gewächs auf einen alternativen Weg, weg von dem, was er ursprünglich andachte. Die kleine *Kuhschelle* mit ihren eigenwilligen Blüten brachte ihn im Laufe seiner ausufernden Grübeleien auf die *große Kuhschelle*, die schwergewichtig am Balken hing. Er musste sie nur herabdonnern lassen.

Teufelsbart. Er streift mit der Hand über die kleinen Blüten. Sehr vorsichtig. Immerhin ist die Pflanze ziemlich giftig. Darauf muss er Frau Zuberlieb in jedem Fall hinweisen. Er würde ihr die Blumen dalassen. Sie gefallen ihr, sagte sie. Er packt seine Sachen, steigt die schmale Treppe hinunter, verabschiedet sich von der Pensionsbesitzerin. Dankbar lächelnd nimmt er das kleine Jausenpaket entgegen. Dann verlässt er das Haus. Das Auto hat er in einer weiter entfernten Seitenstraße geparkt. Er atmet tief durch. Das Bankkonto auf der karibischen Insel ist prall gefüllt. Er braucht nie wieder einen Job anzunehmen. Endlich. Er steigt ein. Eine schöne Zeit liegt vor ihm, frei und ungebunden. Es gibt keinen Grund für ihn, der anderen Straßenseite Aufmerksamkeit zu schenken. Wozu auch? So fällt ihm die junge Frau nicht auf, die kurz zu ihm herüberschaut. Sie hat rote Haare, zusammengebunden mit einer grünen Masche. Sie steigt in ihren Wagen. Er startet, beginnt, ein Lied zu pfeifen. Einen alten Schlager von den *Andrew Sisters*, den er gerne mag. Die junge Frau mit den roten Haaren sitzt im Auto, als er vorbeifährt. Ja, auch Viola Hurtig liebt das Gründliche. Wenn ihr etwas seltsam vorkommt, dann ruht sie nicht eher, bis sie möglichst vielen Details nachgespürt hat. Auch solchen, die anderen unwichtig erscheinen. Es ist erstaunlich, auf welche ungeahnten Spuren man oft stößt, wenn man unbeirrt dranbleibt. Die junge Aspirantin, die in einem Monat zur Inspektorin ernannt wird, startet den Motor. Sie wartet. Ein wenig Vorsprung lässt sie ihm noch. Dann tritt sie aufs Gaspedal und folgt ihm.

Frauenmantel, *Alchemilla,* auch: *Ohmkraut, Allerfrauenheil, Silbermantel, Taufänger, Frauenhilf, Wundwurz.* In der Antike meinte der Naturforscher Plinius der Ältere, diese Pflanze rufe wahnwitzige Träume hervor, ziehe aber auch eingedrungene Gegenstände heraus. Beim antiken Arzt Dioskurides, der als Pionier der Pharmakologie gilt, diente die Pflanze zur Behandlung von Geschwülsten. Seiner Ansicht nach wirke sie auch als Liebeszauber. In der Volksmedizin immer schon ein bedeutsames Mittel in der Frauenheilkunde.

FRAUENMANTEL

1

»Sie können da jetzt nicht rein, Frau Flesch!«

»Und ob ich das kann.«

Der Versuch von Heidemarie Zapf, mich am Eindringen zu hindern, war mehr als halbherzig. Sie berührte mich gar nicht, hob nur zaghaft die Hände. Ich langte nach der Schnalle, riss die Tür auf.

»Katja …?« Das war alles, was Lender herausbrachte, als er mich hereinstürmen sah. Das Erstaunen war groß. Er riss den Mund so weit auf, dass man seine neue Goldplombe sehen konnte. Vor zwei Monaten hatte man sie ihm implantiert. Auch Julia starrte mich an, als käme ich von einem anderen Stern.

»Katja, darf ich dich fragen …«, setzte der Kommissar nochmals an.

»Nein, dürfen Sie nicht!« Ich gab der Tür Schwung. Es knallte, als sie zuflog.

»Ich bin es, die Fragen stellt.« Zwei schnelle Schritte, dann war ich am Besprechungstisch, hinter dem er mit Julia hockte. »Wieso bin ich nicht bei den Ermittlungen dabei? Wieso haben Sie jemand anderen ins Team geholt? An meiner Stelle. Von außen.«

»Was heißt von außen?«, versuchte Julia zu protestieren. »Immerhin bin ich …«

»Beim Betrug«, herrschte ich sie an. »Da sollst du auch bleiben. Denn genau dort gehörst du hin. Und nicht in die Ermittlungsgruppe Mord.« Ich gab mir große Mühe, dass meine Augen entsprechend wütend glänzten, als ich wieder Lender fixierte. »Das ist mein Platz, Herr Kommissar. Das wissen Sie. Also, warum bin ich nicht dabei?«

Er hob die Hände, eine Geste, die beruhigend wirken sollte.

»Versteh das bitte richtig, Katja. Das ist in erster Linie eine Vorsichtsmaßnahme. Ich will nicht, dass du vielleicht mehr belastet wirst, als dir guttut.«

»Aber Julia hat doch überhaupt keine Ahnung.« Ich ließ den ausgestreckten Zeigefinger in ihre Richtung schnellen. »Sie ist nicht in die Fälle eingearbeitet.«

»Doch, das bin ich«, fuhr sie mich an. Ihre idiotisch krähende Stimme und dazu das dämliche Grinsen hatte ich schon auf der Polizeischule nicht leiden können. Leider hatte ich diese Zicke viel zu oft ertragen müssen, weil wir ständig in die gleichen Ausbildungskurse gesteckt wurden. Dabei sind wir nicht einmal derselbe Jahrgang.

»Ich bin bestens informiert.« Zum Beweis klopfte Julia linkisch auf den Stapel Mappen, den sie vor sich liegen hatte. »Ich bin eingehend vertraut mit der bisherigen Vorgehensweise des Frauenmantel-Mörders.« Mit der offenen Hand auf die Tischplatte dreschen, sie anschnauzen. »Nicht einmal darüber weißt du Bescheid. Der Staatsanwalt hat uns ausdrücklich darauf hingewiesen, dass wir diesen Ausdruck nicht verwenden. Auch intern nicht. Nur weil die auflagengeilen Boulevardzeitungen nach Bekanntwerden des zweiten Falles gleich von einem möglichen Serienmörder kläfften, darf die Polizei sich nicht von den Medien treiben lassen.«

»Aber jetzt haben wir den dritten Fall«, krähte Julia. »Und wieder mit dieser Pflanze. Frauenmantel. Also da wird auch die Staatsanwaltschaft umgehend davon ausgehen, dass wir einen Serientäter …«

»Wir dürfen uns nicht festlegen, Frau Kollegin«, bremste Lender sie ein. »Es ist Aufgabe der Polizei, sich alle Möglichkeiten offenzuhalten. Es kann sich immer noch um einen Zufall handeln. Unterschiedliche Fälle mit unterschiedlichen Tätern.«

»Aber es gibt dasselbe Muster mit diesem Frauenmantel«, japste sie. »Das deutet doch auf ein und denselben …«

»Halt!«, fuhr er ihr dazwischen. »Nicht zu schnell festlegen. Vielleicht ist ein Trittbrettfahrer am Werk, ein Nachahmungstäter. Es wäre nicht das erste Mal. Wahrscheinlichkeiten gibt es viele. Ich muss Kollegin Flesch beipflichten. Wir haben uns strikt daran zu halten, was der Staatsanwalt vorgibt. Wir verwenden keinesfalls die von der Presse verbreitete Bezeichnung ›Serientäter‹. Das löst nur Hysterie und Panik aus.«

»Ich weiß nicht, wie ihr das in eurem Umfeld praktiziert.« Einmischen. Stimme anheben. Mit dem Zeigefinger drohen. »Die Vorgehensweise beim Betrug interessiert mich auch nicht. Aber wir vom Ermittlungsbereich Mord halten uns exakt daran, was von unserem Chef festgelegt wird. Und damit fahren wir gut.«

Ihre Zähne pressten sich an die Lippen. Sehr gut, du blöde Kuh. Lass es raus. Noch eine dumme Bemerkung, dann schmeißt dich Lender gleich aus dem Team. Noch ehe du richtig angekommen bist. Ich wartete. Was würde jetzt von ihrer Seite kommen?

»Hätte Kollegin Flesch beim zweiten Fall nicht schon viel früher abgezogen gehört?«, wandte sie sich an Lender. Irritation. Damit hatte ich nicht gerechnet. Worauf wollte sie hinaus?

»Immerhin war Katja mit dem zweiten Opfer befreundet.« Na warte, du Luder.

»Quatsch!«, donnerte ich sie an. Strammen Klang in die Stimme. Bedrohlicher Blick.

»Wo hast du denn diesen Unsinn her? Der bedauernswerte Björn Zolt war zufälligerweise zur gleichen Zeit in der Türkei auf Urlaub wie ich, im selben Beach-Club. Wir haben uns einmal an der Bar zu einem Drink getroffen. Das war es auch schon. Und abgezogen wurde ich überhaupt nicht. Der Staatsanwalt war so freundlich, mir nach zwei Wochen intensiver Untersuchung eine Auszeit zu gewähren.«

»Aber es hat dich doch alles einigermaßen mitgenommen, Katja.« Jetzt brachte sich auch Lender ein. Ich hatte es erwartet. »Deshalb wollte ich nicht, dass du wieder an einem Fall dran bist, der uns daran erinnert, dass wir schon zwei ähnliche Fälle hatten.« Also los. Einbremsen. Und das gehörig.

»Das ist Unsinn, Herr Kommissar. Genau dafür bin ich Polizistin geworden. Kriminalpolizistin. Eine sehr gute, wie Sie immer betonen. Fälle aufzuklären, gehört zu meinem Job. Jetzt liegt wieder ein Fall vor. Und ich will dabei sein und nicht ausgebootet werden.« Sollte ich eins drauflegen? Ja, beschloss ich. »Und schon gar nicht von einer Kollegin aus dem Betrug, die von Mord und Totschlag keine Ahnung hat.«

»Das ist pure Verleumdung!«, quietschte Julia. »Schon auf der Polizeischule hatte Katja pure Freude daran, andere ständig fertigzumachen. Beim kleinsten Vorfall brauste sie auf und sann darüber nach, wie sie es allen heimzahlen konnte. Da wüsste ich genug Beispiele zu nennen.«

»Und ich könnte jede Menge Vorfälle aufzählen, wo du dich als Polizistin dermaßen beschränkt angestellt hast, dass jeder vierjährige Kindergartenknilch dich um Längen geschlagen hätte. Keine Ahnung von Logik, keinen Tau davon, wie man Fälle rekonstruiert …«

»Es reicht, meine Damen!« Nun war Lender sichtbar die Geduld gerissen. Die Art, wie er uns anfuhr, war schroff. »Wählen Sie bitte einen Umgangston, wie man es von Polizeikolleginnen erwarten darf.« Julia war rot geworden. Sie genierte sich offenbar, von einem Vorgesetzten gemaßregelt zu werden. Ich grinste innerlich. Mir sollte das recht sein.

»Also gut«, setzte Heiko Lender fort. Jetzt wieder in gemäßigtem Ton. »Wir probieren es. Du kommst zurück ins Team, Katja. Aber du versprichst, es mir umgehend zu sagen, wenn du merkst, es geht dir doch zu nahe.« Mit dem Kopf nicken, Begeisterung zeigen. Das will er jetzt von dir. Ich tat ihm den Gefallen.

»Und was ist mit mir?« Na, was schon, du Schlampe. Du fliegst hochkant hinaus.

»Sie bleiben ebenfalls in unserem Team, Frau Kollegin.« Was? Hatte ich mich eben verhört? Jetzt setzte Julia auch noch dieses dämliche Grinsen auf, musterte mich von oben herab. Ihr eine knallen. Mitten in die Fresse. Das ist das Mindeste. Ihr vielleicht noch mehr antun. Aber nicht jetzt. Nicht vor den Augen meines Vorgesetzten.

»In einer Stunde ist Besprechung des gesamten Teams. Bis dahin, Frau Inspektor Talman, weisen Sie Ihre Kollegin ein.« Er deutete auf mich. In Julias Gesicht gefror das Grinsen. Ha, du Nutte. Damit hast du jetzt nicht gerechnet.

»Könnte nicht jemand anderer …?«

»Nein«, schnaubte Lender und deutete zur Tür. »Da können Sie sich gleich besser daran gewöhnen, wie es ist, miteinander kollegial umzugehen.« Okay, beschloss ich. Ich werde das Spiel mitmachen, solange es mir nützt. Und es schadete gewiss nicht, die dumme Ziege unter Kontrolle zu haben. Ich war gespannt, wie viel sie über den aktuellen Fall draufhatte. Es war eher wenig, wie ich bald feststellte. Die anderen wussten gewiss mehr. Ich würde es bei der Teambesprechung erfahren.

2

»Das Opfer heißt Thorsten Kaltbach. Ihr findet die bisher recherchierten Informationen in euren Unterlagen.« Die Tatortgruppe hatte sich längst daran gewöhnt, dass sie eine Frau als Chefin hatte. Felicia Grahn. Ich konnte mich gut an die pompöse Abschiedsfeier erinnern, die Jürgen Kammler geschmissen hatte. Er war über 20 Jahre lang der Tatortgruppe vorgestanden. Im Grunde ein umgänglicher Kerl. Aber auch im Alter hielt er sich nicht zu blöd dafür, hin und wieder seine Macho-Attitüden heraushängen zu lassen. Bei mir hatte er es auch einmal versucht. Doch ich hatte ihm gleich in Aussicht gestellt, ihm in die Eier zu treten. Da hatte er schnell von weiteren Versuchen Abstand genommen. An die 20 Personen waren im großen Besprechungsraum. Lender hatte die Ermittlungsgruppe im Vergleich zum letzten Mal deutlich aufgestockt, wie ich feststellte. »Wir wollen uns gemeinsam die Aufnahmen vom Tatort ansehen«, setzte Felicia Grahn fort. »Und dann mit den Bildern vergleichen, die wir von den anderen Tatorten haben.«

»Ihr könnt jederzeit unterbrechen, Anmerkungen machen, wenn euch etwas auffällt«, setzte Heiko Lender hinzu. »Hat jemand eine Frage?« Ich schaute gespannt in die Runde. Keiner meldete sich. »Also gut, dann fahr bitte fort, Felicia.«

Die Tatortgruppenleiterin tippte auf ihr Tablet. Auf dem großen Screen, zu dem alle Zublick hatten, erschienen die ersten Bilder.

»Das ist der Friedhof von Klannhausen. An der hinteren Außenmauer, die zum See ausgerichtet ist, wurde der Tote gefunden.«

Weitere Bilder folgten. Ab und zu wurden Fragen gestellt. Später ließ Felicia Grahn Fotos, Skizzen, Ermittlungstabellen der anderen Fälle auf dem Screen erscheinen. Es dauerte ziemlich lange. Ich kontrollierte den Bildschirm und schaute weiterhin in die Runde. Einigen war deutlich anzumerken, dass sie längst eine Pause wollten. Einen Kaffee, frische Luft, vielleicht eine Zigarette. Aber der Ermittlungsleiter gönnte dem Team keine Unterbrechung. Lender erhob sich, trat nach vorne.

»Ich darf nochmals in groben Zügen zusammenfassen. Beginnen wir mit dem aktuellen Opfer, das gestern gefunden wurde. Getötet vermutlich in der Nacht davor. Bezüglich des genauen Todeszeitpunkts ist das exakte Untersuchungsergebnis der Gerichtsmedizin abzuwarten.« Dann führte er aus, was die bisherigen Ermittlungen ans Licht gebracht hatten. Ich hatte mir mehr erwartet. Viel mehr, als mir Julia vorhin kredenzt hatte, war nicht dazugekommen.

»Wenn wir die anderen beiden Fälle heranziehen, und das werden wir wohl müssen, dann ergibt sich folgendes Bild: drei unterschiedliche Tatorte. Drei bei näherer Betrachtung völlig unterschiedliche Personencharaktere. Opfer Nummer eins: Ingo Riller, 61 Jahre alt, Maschinenbauingenieur, vom Typ her eher behäbig, Bierbauch, gefunden im Wald. Opfer Nummer zwei: Björn Zolt, 35 Jahre alt, Lebensmitteltechniker, durchtrainierter Körper, Läufer, Hobbysportler, gefunden im Garten seines Privathauses. Opfer Nummer drei: Thorsten Kaltbach, 24 Jahre alt, Student, wohnt noch zu Hause bei seiner Mutter, gefunden an einer Friedhofsmauer. Aus dem, was wir bisher fanden, gibt es nichts, was die drei Opfer verbindet.«

»Außer den Pflanzenteilen. Dem Frauenmantel.« Die Bemerkung kam von Julia.

Einige andere stimmten ihr zu. Die Tür ging auf. Wie aufs Stichwort. Ich traute es Staatsanwalt Doktor Gerold Brecht durchaus zu, dass er vor der Tür gewartet und gelauscht hatte. Julia krähte »Frauenmantel«. Das entscheidende Wort. Zeichen für Brecht, die Tür auffliegen zu lassen. Einzug. Theatralisch. So, wie er es liebte. An seiner Seite war gleich die ältere Dame zu bemerken. Braunes Kostüm. Nickelbrille. Die Haare altmodisch aufgesteckt. Frau Doktor Amalia Schniffberg. Sie war Botanikerin, kannte sich bestens mit Kräutern aus, war oft ihm Fernsehen, hatte eine große Fangemeinde im Internet. Ich erkannte sie sofort. Schließlich hatte ich über Frauenmantel recherchiert. Auch Heiko Lender kannte sie. Er wollte sie schon hinzuziehen, nachdem Björns Leiche gefunden wurde. Aber der Staatsanwalt war damals dagegen, wollte kein Aufsehen erregen. Nun hatte er sie also doch mitgebracht.

»Ich darf Ihnen Frau Doktor Amalia Schniffberg vorstellen«, begann er. »Bekannt aus Funk und Fernsehen«, setzte er hinzu. »Auch, wenn wir uns davor hüten sollten, vorschnell von einem möglichen Serientäter zu sprechen, dürfen wir nicht außer Acht lassen, dass wir im Fall des getöteten Thorsten Kaltbach auf etwas gestoßen sind, das uns bereits aus zwei weiteren Fällen bekannt ist: auf die Pflanze Frauenmantel.« Felicia Grahn tippte auf ihr Tablet. Auf dem Screen erschienen nochmals einige der Bilder, die wir zuvor gesehen hatten. »Wozu braucht man Frauenmantel, Frau Doktor Schniffberg?«, fragte Heiko Lender. »Wie wir auf den Bildern sehen, halten in zwei Fällen die getöteten Personen den Frauenmantel direkt in den Händen. Einige Pflanzenteile liegen zusätzlich daneben. Thorsten Kaltbach, unser aktueller Fall, hält nichts in den Händen. Dafür sind viele der grünen Blätter auf Kaltbachs Kopf und

Schultern drapiert. Kann das aus Ihrer Sicht etwas bedeuten?« Die Spannung stieg. Ich war neugierig, was die Kräuterexpertin antworten würde.

»Viele Pflanzen, die wir kennen, berühren Bereiche, die weit über das Feld der rein naturwissenschaftlichen Betrachtung hinausreichen.« Ihre Stimme war angenehm. So wie man sie aus dem Fernsehen kannte. »Das können Bereiche der Mythologie sein, der kulturgeschichtlichen Betrachtung, aber auch Phänomene, die aus der überlieferten Heilkunde kommen, oft mit esoterischen Aspekten. Ich darf Ihnen ein paar Beispiele nennen. *Verbena officinalis*. Das Echte Eisenkraut. Es wird mancherorts Venuskraut genannt. Dieser Name verweist darauf, dass der Pflanze schon in der Antike magische Wirkung zugesprochen wurde. Sie soll der Förderung von Liebe dienlich sein, glaubte man. Deshalb kam die römische Liebesgöttin Venus in den Namen. Ein anderes Beispiel. *Angelica archangelica*. Die Echte Engelwurz trägt die Bezeichnung für bestimmte Himmelswesen im Namen. Balsamische Wirkung, also lindernde, wohltuende Kraft, wurde und wird ihr nach wie vor zugesprochen. Ob man nun mit Engeln etwas anfangen kann oder nicht, die balsamische Wirkung ist gegeben. Die gesundheitsfördernde Anregung dieser Pflanze für Magen und Bauchspeicheldrüse wurde von der Wissenschaft nachgewiesen. Auch Paracelsus erwähnte mehrmals die therapeutische Wirkung von Engelwurz. Und so könnten wir fortfahren und Hunderte ähnliche Beispiele aufzeigen.«

»Es gibt also einen Grund dafür, dass die Pflanze, für die wir uns interessieren, Frauenmantel heißt und nicht Herrenmantel?«

Einige lachten. Auch ich fand die Bemerkung zumindest witzig. Sie kam von Egon Hayer, Raub, Abteilung 2. Egon war von Lender neu ins Team geholt worden.

»Im Sinne der kulturgeschichtlichen und esoterischen Überlieferung trifft das gewiss zu. Da würde Herrenmantel nicht passen«, antwortete Schniffberg. »Aus naturwissenschaftlich botanischer Sicht spielt das eher keine Rolle.« Sie wandte sich an die Leiterin der Tatortgruppe. »Könnten Sie bitte nochmals die Großaufnahme auf dem Screen zeigen, die mit den Blättern und den Blüten.« Felicia Grahn wischte über ihr Tablet. Das gewünschte Bild erschien.

»*Alchemilla vulgaris*, der Gewöhnliche Frauenmantel, gehört zur Familie der Rosengewächse. Blütezeit zwischen Mai und August. Frauenmantel enthält Gerbstoffe, Bitterstoffe und bestimmte ätherische Öle. Wenn Sie das weiterbringt, lasse ich Ihnen gerne eine genaue Aufstellung zukommen. An Trivialnamen finden sich einige. Frauentrost, Mutterkraut, Wundwurz, um nur drei zu nennen. Ich könnte Ihnen eine Liste zusammenstellen. Die Bezeichnung Frauenmantel ist die am meisten bekannte. Der Name nimmt Bezug auf die Form der Blätter. Das Blatt dieser Pflanze gleicht dem Überwurf, dem Mantel, in dem die Heilige Maria auf Bildern oft dargestellt wurde.«

»Also doch kein Herrenmantel, ich verstehe.« Wieder kam kurzes Lachen auf. Die Bemerkung hatte Egon von sich gegeben.

»Wenn wir die botanischen, also die naturwissenschaftlichen Aspekte beiseitelassen, Frau Doktor Schniffberg«, fragte Lender, »was können Sie uns über mögliche andere

Assoziationen sagen, die mit dem Frauenmantel verbunden werden?«

»Lassen Sie es mich so sagen: In erster Linie steht Frauenmantel für weibliche Harmonie.«

Unwillkürlich musste ich glucksen. Ich hielt mir schnell die Hand an den Mund. Es hatte keiner in der Runde bemerkt. *Weibliche Harmonie.* Das war der erste Begriff, auf den ich bei meinen Recherchen gestoßen war.

»Betrachten Sie den geöffneten Blattkelch. Jetzt stellen Sie sich darin einen blitzenden Tropfen Wasser vor. Vom Tau, vom Regen. Das verstärkt das Sinnbild, für das der Frauenmantel steht. Dankbarkeit. Freude. Der Frauenmantel als Symbol für Offenheit. Wer zu Frauenmantel greift, ihn für etwas Bestimmtes einsetzt, tut dies jedenfalls bewusst.«

»Danke, Frau Doktor Schniffberg.« Lender wandte sich an die Runde. »Diese Überlegung sollten wir nicht außer Acht lassen.«

»Wenn man dem Namen folgt, dann ist Frauenmantel ein Kraut, das vor allem für Frauen da ist. Oder?«, fragte Julia.

Die Botanikerin hob die Hände. »Das muss man differenziert sehen. In der traditionellen Heilkunde gilt Frauenmantel als eine Art Allroundmittel. In erster Linie für Frauen. Aber nicht nur. Der Frauenmantel unterstützt und fördert die weibliche Seite in jedem Menschen. Also auch bei Männern. Gemäß traditioneller Heilkunde verhilft Frauenmantel, sich für die Bedürfnisse anderer zu öffnen.«

»Wow!«, lachte Egon auf. »Her mit dem Zeug. Wir haben ohnehin genug davon in der Asservatenkammer. Was sollen wir Männer damit machen, Frau Doktor? Einfach schnappen und schlucken, oder sollen wir uns einen Tee davon brauen?«

»Am besten in ein großes Glas geben und gehörig mit Whiskey aufgießen«, scherzte Fabian, der gleich daneben saß. »Das würde meine Seite für Bedürfnisse enorm weit aufreißen.« Die meisten in der Runde lachten. Nur Julia schüttelte missbilligend den Kopf.

»Kollegen und Kolleginnen«, mahnte der Staatsanwalt, »wir sollten uns schnell den Ernst der Lage ins Gedächtnis rufen. Wir sind nicht in einer Blödel-Fernsehshow. Wir haben es mit drei Gewaltverbrechen zu tun, die es rasch aufzuklären gilt.« Betretenes Schweigen kehrte ein.

»Ich möchte mich jedenfalls herzlich bei Frau Doktor Schniffberg bedanken, dass sie sich Zeit für unser Anliegen genommen hat.« Er deutete eine Verbeugung an. Einige begannen zu klatschen. Die Botanikerin zuckte kurz mit den Schultern.

»Ich fürchte, viel konnte ich nicht beitragen. Ob sich ein bestimmtes Muster aus der Tatsache ergibt, dass bei allen drei Opfern Frauenmantel gefunden wurde, dazu kann ich leider nichts sagen. Dafür weiß ich zu wenig über die jeweiligen Umstände bei Ihren Fällen. Zudem hatte ich in meiner bisherigen Tätigkeit noch nie mit einem Serienmörder zu tun. Aber ich bin sicher, Ihre professionelle Erfahrung wird Sie bald zu einer Lösung führen. Ich stehe Ihnen gerne weiterhin jederzeit für pflanzenkundliche Fragen zur Verfügung.« Wieder klatschten einige. Der Staatsanwalt öffnete galant die Tür. Frau Doktor Schniffberg ging hinaus.

»Serienmörder.« Die Botanikerin hatte es ausgesprochen. Wird der Staatsanwalt darauf reflektieren?

»Nach außen werden wir es noch nicht kommunizieren«, wandte Brecht sich an uns. Er ging also darauf ein. »Die Medien werden sich ohnehin darauf stürzen. Wir wollen den Terminus nicht veröffentlichen. Aber intern für unsere Ermittlungen müssen wir nach nunmehr drei Fällen mit Frauenmantel wohl der Tatsache ins Auge sehen, dass wir es tatsächlich mit einem Serienmord zu tun haben könnten.« Diese Reaktion hatte ich von ihm erwartet.

»Es wird schwierig genug. Mir ist bewusst, dass es in der Kriminalgeschichte eine Menge von Serienverbrechen gibt, die nie aufgeklärt wurden. Ob ich da an das Monster von Florenz denke oder an den Frankfurter Kanalmörder.«

»Von Jack the Ripper ganz zu schweigen.« Die Bemerkung kam von Fabian.

»Aber da zeigte sich wenigstens immer ein ähnliches Bild.« Julia fuchtelte mit den Händen. »Bei Jack the Ripper wurden alle Frauen mit dem Messer getötet. Auf brutale Art zwar, aber alle auf dieselbe Weise. Und was haben wir im Vergleich dazu? Keine Spur von einheitlichem Vorgehen. Opfer zwei und drei wurden erstochen. Das erste Opfer kam völlig anders zu Tode, erschlagen mit einem Stein. Bis auf die unscheinbare Pflanze haben wir nichts, das die Fälle miteinander verbindet.« Was wollte sie mit dieser Predigt? Uns allen zeigen, dass sie doch fähig war, einigermaßen mitzudenken und Schlüsse zu ziehen?

»Sehr richtig, Frau Kollegin. Wir wissen bisher zu wenig.« Der Staatsanwalt nickte ihr zu. Dann wandte er sich an alle. »Vielleicht helfen uns die Assoziationen zum Frauenmantel, die uns Frau Doktor Schniffberg lieferte, um einen Schritt weiterzukommen. In jedem Fall müssen wir mehr über die Opfer herausfinden. Wir müssen uns auch andere Fragen stellen. Spielt es eine Rolle, dass der jeweilige Mord an einem bestimmten Tag passierte? Was lässt sich zur Umgebung der einzelnen Tatorte eruieren? Ermitteln Sie weiter, durchwühlen Sie nochmals jedes einzelne Detail. Vielleicht stoßen Sie doch auf eine wesentliche Gemeinsamkeit der einzelnen Fälle, die uns auf die Spur des Täters führt.«

Damit war das Meeting beendet. Der Staatsanwalt verabschiedete sich. Lender besprach die nächsten Ermittlungsschritte, verteilte die Aufgaben.

»Du begleitest mich, Katja. Wir suchen Kaltbachs Mutter auf.«

»Und was ist mit mir?« Wieder krähte die doofe Ziege. Leider konnte ich ihr jetzt keine reindreschen. Schließlich war der Kommissar dabei.

»Du könntest das versuchen, was der Staatsanwalt anregte«, sagte Lender. »Geh alle Unterlagen durch. Vertiefe dich in jedes Detail. Vielleicht findest du tatsächlich etwas, das die Opfer verbindet, das wir bisher übersahen. Und sei es noch so unscheinbar.«

Der Blick, mit dem sie seine Anweisung quittierte, sprach Bände. Als brave Polizistin würde sie selbstverständlich erledigen, was ihr aufgetragen wurde. Aber es passte ihr gar nicht, dass Lender mich zur Zeugenbefragung mitnahm und sie nicht. Der Kommissar mochte mich. Das wusste ich. Das hatte ich schon bei unserer ersten Begegnung festgestellt, als ich als Neue in Lenders Abteilung kam. Er hatte mich von Anfang an gefördert, mir stets spezielle Aufgaben zugeteilt. Er hatte mir bald das Du angeboten.

»Das werde ich erst annehmen, wenn ich es mir verdient habe.« Diese Antwort hatte ihm gefallen. »Aber Sie können zu mir gerne jetzt schon Du sagen.« Diese Antwort hatte ihm vielleicht noch besser gefallen.

»Komm, Katja, lass uns fahren.«

3

»Ich sprach schon gestern mit Frieda Kaltbach. Aber nur kurz. Sie war völlig erschüttert, total mit den Nerven runter. Da war nicht viel aus ihr herauszubringen. Zum Glück gibt es eine Nachbarin, die sich um die beklagenswerte Frau kümmert. Auch der Gemeindearzt, den wir hinzuriefen, konnte ihr ein wenig helfen. Zumindest mit Medikamenten.«

Der Kommissar lenkte den Wagen. Ich saß neben ihm. Den Friedhof am See bekamen wir nicht zu sehen. Die Landstraße, auf der wir unterwegs waren, führte direkt durch das Dorf. Das Haus der Familie Kaltbach lag am anderen Ortsende. Ich hatte mir Frieda Kaltbach anders vorgestellt. Ich hatte eine viel kleinere Person erwartet. Doch die Frau, die ich zu Gesicht bekam, war gut und gerne an die ein Meter 90 groß. Der larmoyante Gesichtsausdruck und die gefühlsduselige Art überraschten mich nicht. Doch die in die Höhe geschossene Figur verblüffte mich einigermaßen.

»Mein armer Thorsten! Mein armer Thorsten!« Ich hatte nicht mitgezählt. Aber es kam wohl an die 20 Mal. »Mein armer Thorsten!« Immer dasselbe. Ein ununterbrochenes Wimmern. »Lass mich das Gespräch mit der Frau führen, Katja. Und du bringst dich ein, wenn dir etwas auffällt.« Das hatte Lender bei unserer Abfahrt festgelegt. Mir sollte es recht sein. Hauptsache, ich war dabei. Der Kommissar gab sich Mühe, mit der Frau zurechtzukommen. Er strengte sich gehörig an. Doch die hochgeschossene Frau heulte nur ständig in ihr Taschentuch und quengelte: »Mein armer Thorsten!«

»Niemand kann sich vorstellen, welchen Schmerz Sie durch den schrecklichen Verlust zu erleiden haben, Frau Kaltbach.«

»Jaaa!« Mit taschentuchbefreiten Fingern tastete sie nach Lenders Hand. Das war ihm sichtlich peinlich. Er zog rasch die Hand zurück. Jetzt schnell, Lender. Sonst kommt wieder die Mein-armer-Thorsten-Litanei.

»Aber Sie sind im Augenblick die einzige Person, Frau Kaltbach, die uns weiterhelfen kann, den Mörder Ihres Sohnes zu finden.« Mit einer Eselsgeduld, als spreche er mit einem vierjährigen Kind, ging Lender Punkt für Punkt durch, was Thorsten in den Tagen vor seinem Tod unternommen hatte. Ich hörte aufmerksam zu. Viel kam nicht von ihrer Seite. Sie schniefte nur immer wieder ins Taschentuch, kämpfte mit Heulanfällen. Aber einiges brachte sie doch zutage.

»Der Friedhof liegt, von hier aus gesehen, auf der gegenüberliegenden Seite des Orts. War Ihr Sohn öfter dort?«

»Nein!« Sie schüttelte den Kopf, bemühte sich sichtlich,

nicht gleich wieder drauflos zu plärren. »Das Grab meines Mannes, Gott hab ihn selig, liegt auf dem Friedhof in der Bezirksstadt. Dort haben wir früher gewohnt. Thorsten und ich sind erst vor einem Jahr hierhergezogen. Wir kennen fast niemanden.« Sie holte hörbar tief Luft. »Mein armer Thorsten!«, vibrierte es wieder aus ihrem Mund. Und das gleich mehrmals hintereinander. Ich schaute auf meinen Vorgesetzten. Hatte Heiko Lender es immer schon geschafft, dermaßen viel Geduld aufzubringen? Wie war Lenders Zeit auf der Polizeischule gewesen? Das hatte ich ihn noch nie gefragt. Vielleicht würde ich ihn bei der Rückfahrt darauf ansprechen. Falls ich es nicht wieder vergaß, weil mir genug anderes im Kopf herumging.

»Vielleicht wollte sich Thorsten dort mit jemandem treffen. Nennen Sie uns die Namen von ein paar Freunden, Frau Kaltbach. Wie hielt es Thorsten mit Frauen? War er liiert? Gibt es eine Freundin?« Eine Sirene. Man kann es nicht anders bezeichnen. Der Ton, mit dem sie losheulte, klang wie eine Sirene. Feuerwehr. Fabriktor. Fliegeralarm. Was auch immer. In jedem Fall Sirene.

»Neiiiin!« Für einen Moment verpuffte der wehleidige Ausdruck in ihren Augen. Es blitzte regelrecht darin auf. »Wo denken Sie nur hin, Herr Kommissar. Dafür hatte mein Sohn gar keine Zeit. Er konzentrierte sich voll aufs Studium. Jura, Betriebswirtschaft und Französisch. Ihm stand eine glanzvolle Karriere bevor ...« Sie kam nicht weiter. Erneut die Sirene. Ja, Fliegeralarm passte gut. Dann heftiges Schnäuzen und gleich darauf wieder die Litanei. »Mein armer Thorsten!«

Lender gab nicht auf, ließ nicht locker. Er fing von

vorne an. Was hatte Thorsten unternommen? Am Tag
seines Todes. Zwei, drei Tage, eine Woche davor? Was?
Dass jemand so viel Geduld aufbrachte, war zu bewundern. Keine Frage.

4

»Du hast es zwar auf den Bildern gesehen, aber nicht in
natura. Ich zeige dir den Tatort.«

»Gern, das interessiert mich.« Mehr sagte ich nicht dazu.
Wir durchquerten die Ortsmitte. Das Gemeindeamt war ein
für diesen kleinen Ort auffällig großes Gebäude. Offenbar
erst kürzlich errichtet oder umgebaut. Zeitgemäße Archi-
tektur. Sehr viel Holz. Ein Schild zeigte an, wo es zu den
Schulen ging. Eine Handelsschule war auch dabei. Am
Ortsende blinkte Lender. Wir bogen links ab.

»Der See, an dem der Friedhof liegt, ist sehr schön. Ein
kleines Idyll. Ich kannte ihn bisher gar nicht.« Er fuhr
an der Kapelle mit den zwei Eichen vorbei. »Das ist das
Schöne an unserem Beruf und zugleich das Schlimme. Wir
kommen oft an Orte, auf die wir sonst nie gestoßen wären.
Darunter sind mitunter landschaftlich herrliche Flecken.
So wie dieser kleine See. Aber wenn wir dorthin kommen,
ist das meistens durch unsere polizeiliche Arbeit bedingt.

Das heißt, all die schönen Flecken sind in der Regel Tatorte. Schauplätze von schrecklichen Verbrechen. Und das ist dann gar nicht mehr schön.«

Ich sagte nichts dazu, ließ ihn anhalten, stieg aus. Er wies mit der Hand zur Friedhofsmauer. »Dort wurde der arme Kerl gefunden.« Er ging voraus, ich folgte. Ich wollte zuhören, was er ausführte, was ihm alles aufgefallen war. Er trat dicht an die Mauer. Dann setzte er sich auf den Boden, lehnte den Rücken gegen die Wand. »In dieser Position war er, als wir gerufen wurden. Der Pensionist, der das Grab seiner Frau besuchen wollte und Kaltbach fand, hat die Leiche nicht berührt. Das haben wir überprüft.« Ich schaute auf ihn, gespannt, was folgte. Er streckte die Hand aus. Ich half ihm aufzustehen. Er deutete zum Ort. »Es sind fast zwei Kilometer bis zum Dorf. Wenn die Familie Kaltbach hier tatsächlich kein Grab hatte, dann drängt sich die Frage auf: Was machte Thorsten hier?« Er drehte sich zurück. »Ich glaube nicht, dass er zufällig auf jemanden stieß, der ihn umbrachte. Ich glaube, dass er jemanden traf, also absichtlich hier war. Eine Verabredung. Er kannte die Person, die ihn umbrachte. Ob schon länger oder erst seit Kurzem, spielt im Augenblick keine Rolle. Was meinst du?«

Ich wies zum Dorf, dann zur Friedhofsmauer. »Es ist tatsächlich weit bis zum Ort. Eine rein zufällige Bekanntschaft schließe ich ebenfalls aus. Ich glaube auch, dass Thorsten Kaltbach absichtlich hierherkam.« Ich schaute zum See, ließ meinen Blick kreisen.

»Ja, Katja, achte auf jedes Detail. Mir gefällt, dass du dir immer die Mühe machst, dich bestens umzusehen. Nur wer genau schaut, findet das Wesentliche. Das macht eine gute Polizistin aus.«

Er schritt langsam auf den Wagen zu. »Komm, lass uns zurückfahren.«

Wir brauchten über zwei Stunden für die Rückfahrt. Der Verkehr war inzwischen dichter geworden. Es war nach 17 Uhr, als wir eintrafen. Es verging nur mehr eine schwache Stunde bis zur Teambesprechung. Der Staatsanwalt war dieses Mal nicht dabei. »Lasst uns durchgehen, was jeder von uns inzwischen herausgefunden hat.« Der Kommissar berichtete seinerseits von unserer Begegnung mit Frieda Kaltbach. Er führte aus, dass er anschließend mit mir den Tatort aufgesucht hatte. »Kollegin Flesch teilt meine Einschätzung, dass Thorsten Kaltbach nicht zufällig an diesem Ort war. Er hatte sich am Friedhof mit jemandem getroffen. Die Frage ist nur, mit wem und aus welchem Grund. Da werden wir nachstoßen.« Dann blickte er in die Runde, ob sich sonst etwas Neues ergeben hätte.

»Etwas grundsätzlich Neues direkt nicht«, begann Richard Quinn. Er war genau zwei Monate nach mir in Lenders Gruppe aufgenommen worden, fiel mir dabei ein.

»Bitte, Richard, lass hören.«

»Dass Björn Zolt ein paar Damenbekanntschaften hatte. Das haben wir ja schon bei unserer ersten Ermittlung festgestellt. Ich traf mich heute mit zwei Frauen aus dem Chor, bei dem Zolt mitsang. Zolt soll übrigens ein hervorragender Bass gewesen sein, wie man mir erneut bestätigte. Wie auch immer. Mein ursprünglicher Eindruck hat sich bei den Gesprächen verstärkt: Björn Zolt war ein richtiger Weiberheld. Der hat es mit fast allen getrieben.«

»Na, dann wollen wir bei den Damen nachstoßen«, setzte Fabian hinzu. »Vielleicht treffen wir auf eine eifersüchtige Sopranistin, die sich hintergangen fühlte.«

»Gut, macht das«, stimmte Lender zu. »Und weitet den Kreis der Ermittlungen aus. Stimmkräftige Damen im Chor, die mit einem Bass, ob gut oder nicht, ins Bett hüpfen, haben in der Regel Ehemänner, Lebensgefährten, Freunde. Und denen wird garantiert nicht zum Singen gewesen sein, falls sie mitbekamen, was die Angebeteten hinter ihrem Rücken so treiben.«

»Wird gemacht, Chef.«

»Hat sich im Fall von Ingo Riller etwas Neues ergeben?« Eine Hand schnellte nach oben. Natürlich, Julia. Wer sonst. Ich war gespannt, was kam.

»Bitte, Frau Inspektorin Talmann.«

Sie sprang auf. Offenbar konnte sie, was sie zu sagen hatte, nur im Stehen vorbringen. Sie wirkte aufgeregt. Röte stieg ihr ins Gesicht. Ich musterte sie genau.

»Wir haben etwas übersehen«, krähte sie. Sie nestelte in den Unterlagen und zog einen dünnen Ordner heraus. »Bei Ingo Riller haben wir ein falsches Geburtsdatum in den Akten. Das hat wohl damit zu tun, dass ursprünglich am Standesamt von Schegental zwei unterschiedliche Eintragungen zu seiner Geburt existierten. Ich habe das genau recherchiert. Der Fehler ist beim Übertrag der Aufzeichnungen aus dem Krankenhaus passiert. Offenbar hat der Irrtum sich später an manchen Stellen weitergezogen. Aber ich habe es überprüft. Ingo Riller ist nicht an einem 10.11. geboren, sondern am 10.1. Und damit passt er genau zu den beiden anderen.« Sie schaute in die Runde, wartete gebannt auf Zustimmung. Die kam nicht. Auch mir war schleierhaft, was sie damit bezweckte.

»Versteht ihr nicht? 10. Jänner, nicht 10. November.«

Allgemeines Kopfschütteln. »Und was ist an einem 10. Jänner so besonders, Frau Inspektorin Talmann?«, fragte der Kommissar.

»Aber das liegt doch auf der Hand«, krähte sie. »Wäre Rilling tatsächlich am 10. November geboren, wie wir fälschlicherweise notierten, dann wäre er Skorpion. Aber er ist am 10. Jänner geboren, also Steinbock. Und damit passt er exakt zu den beiden anderen Opfern. Björn Zolt, geboren am 27. Dezember. Thorsten Kaltbach, geboren am 19. Jänner. Kaltbach, Zolt, Rilling, unsere drei Opfer haben tatsächlich etwas gemeinsam: Sie sind alle drei Steinböcke.«

Also ich hatte mir ja einiges vorstellen können, was Julia präsentieren würde, aber das nicht.

»Was bringt das?«, knurrte Egon. »Sollen wir uns nach einem Horoskop-Mörder umsehen? TV-Thriller lässt grüßen?«

Einige andere im Raum schüttelten ratlos den Kopf.

»Nicht gleich vom Tisch wischen«, warf der Kommissar ein. »Lasst uns näher betrachten, was Kollegin Talmann herausfand.« Auf Egons empörten Einwand hatte Julia mit entrüsteter Miene reagiert. Jetzt setzte sie wieder ihr doofes Lächeln auf. Blöde Kuh.

»Wir haben schon die abstrusesten Fälle erlebt. Aber nicht nur wir.« Lender holte weit aus. Er mochte das. Ich wusste es. »Wenn man nur einen kurzen Blick in die lange Geschichte der Kriminalermittlung wirft, ist man baff, was einem da an ausgefallenen Motiven für Morde unterkommt. Zu allen Zeiten.«

»Da fällt mir etwas ein.« Im ersten Augenblick war mir nicht klar, wer sich da meldete. Dann sah ich es. Es war Liana Traiger. Auch die hatte Lender von außen ins Team geholt. »Kürzlich las ich etwas über eine *FBI*-Statistik. Und dabei handelt es sich nicht um eine Spinnerei. Das ist ein seriös ausgewertetes Dokument. Demnach sind Zwillinge das unschuldigste Sternzeichen, gefolgt von den Wassermännern. Laut *FBI*-Statistik scheinen diese beiden Sternzeichen in der Liste der Verbrechen ganz hinten auf. Was glaubt ihr, ist an der Spitze der gefährlichsten Sternzeichen?«

Sie wartete gar nicht auf mögliche Antworten, sondern trompetete es gleich hinaus. »Ich sage es euch. Es ist der Krebs. Laut *FBI*-Statistik begehen zwischen 22. Juni und 23. Juli geborene Personen die meisten Morde. Also Krebse. Hauptmotiv Eifersucht.«

»Bist du nicht auch Krebs, Liana?«, feixte Fabian. Sie lachte. »Nein, ich bin Fisch. Platz 7 auf der Liste. Ich gehöre bloß zum Mittelfeld.«

»Ja, von mir aus. Lasst uns die Statistiker der *FBI* kurz hochleben, und dann machen wir wieder weiter.« Egon war sichtlich gereizt. »Erstaunlich, wofür die beim *FBI* alles Zeit und Geld haben! Wir haben das nicht.«

»Und wir suchen nicht Mörder mit demselben Sternzeichen«, rief Richard dazwischen. »Bei uns geht es um die Opfer. Was uns Kollegin Talmann klarmachen will, ist genau das Gegenteil. Die Rede ist nicht vom Sternzeichen eines möglichen Täters, sondern von den Opfern.«

»Egal«, meldete sich Fabian. »Das Horoskop ist im Spiel. Wir haben drei Leichen, drei Tote, hingemordet von ein- und derselben Person. Dem Steinbock-Mörder.«

Gekicher ringsum. Ich war erstaunt, was ich zu hören bekam. Einige Kollegen schienen die vorhin angemahnte Ernsthaftigkeit nun völlig beiseitezulassen.

»Noch griffiger wäre gleich: Steinbock-Schlächter«, rief jemand aus der Runde.

»Klingt mindestens so gut wie Frauenmantel-Mörder. Vielleicht sogar besser.«

»Es reicht.« Lender klatschte erbost in die Hände. »Wir machen eine Pause. Und dann setzen wir die Besprechung fort. Aber mit dem gebührenden Ernst, wenn ich bitten darf.«

5

Es war spät, als ich nach Hause kam. Weit nach 22 Uhr. Der Steinbock-Mörder. Mit dieser Entwicklung hatte ich ganz und gar nicht gerechnet. Wie hatte Fabian in einem kurzen Anflug an Sarkasmus gemeint? »Wir können es auch kombinieren. Frauenmantel-Steinbock-Serienkiller. Lasst uns einmal schneller sein als die Boulevard-Schmierblätter und das genauso hinausposaunen.« Mir sollte es recht sein.

Nichts dagegen einzuwenden. Ich warf einen Blick in den Kühlschrank. Der Fetakäse schien noch in Ordnung zu sein, die Oliven auch. Ein Stück Brot aus der Lade, hinsetzen, essen. Dann die Beine hochlagern, Eindrücke sortieren, Gedanken ordnen. Das Brot war alt und hart. Trotzdem. Einfach darauf herumkauen. Wann war ich zuletzt einkaufen? In den vergangenen Tagen war ich mit anderem eingedeckt. Hoffentlich war wenigstens der geöffnete Rotwein noch gut. Ich kostete. Na ja. Frauenmantel. Wie hatte die kräuterkundige Botanikerin gesagt? Der Frauenmantel ist ein Symbol für Offenheit, für Dankbarkeit und Freude. Ich konnte mit diesem esoterischen Quatsch von Beginn an nichts anfangen. »Wer zu Frauenmantel greift, ihn für etwas Bestimmtes einsetzt, tut dies jedenfalls bewusst.« Quatsch! Ich habe den Frauenmantel nicht bewusst eingesetzt. Das hat sich so ergeben. Ich wäre nie darauf gekommen, hätte ich nicht das grüne Zeug in Rillers Jackentasche gefunden. Purer Zufall. »Björn Zolt war ein richtiger Weiberheld.« So hatte Richard es ausgedrückt. »Der hat es mit fast allen getrieben.« Nein, lieber Richard, das ist nicht korrekt. »Fast« gehört gestrichen. Björn hat keine einzige ausgelassen. Er trieb es mit allen! Von mir aus hätte er sich dreimal durch alle Sopran- und Altreihen vögeln können, bis ihm der Schwanz abfiel. Das wäre mir egal gewesen. Aber sich im Urlaub im Beach-Club an mich heranmachen, mich anbaggern, dreimal mit mir bumsen und mich dann eiskalt links liegen lassen, das war die Höhe! Als sei ich bloß eine aufblasbare Gummipuppe. So etwas kann er mit anderen aufführen. Aber mit mir nicht!!! Dafür hatte er zu büßen. Dafür musste er sühnen. Und zwar endgül-

tig! Mit mir geht man so nicht um. »Schon auf der Polizeischule hatte Katja pure Freude daran, andere fertigzumachen.« Ja, aber nur, weil sie mich vorher dauernd erniedrigt
hatten! Das hatte die hinterhältige Julia nicht dazugesagt.
Ich kann es nicht ausstehen, gedemütigt zu werden. Kapier
das endlich, du blöde Kuh! Du kommst auch noch dran.
Und es wird nicht dabei bleiben, dir bloß eine mitten in
die Visage zu dreschen. Garantiert nicht. Wer mich erniedrigt, der wird dafür zur Rechenschaft gezogen. Und zwar
endgültig. Dass Björn dafür zur Verantwortung gezogen
wurde, das war mir auf dem Rückflug klar. Ich wusste nur
noch nicht, wie. Keineswegs durfte auch nur der Hauch
einer Spur zu mir führen. Das verstand sich von selbst. Bei
der Landung hatte ich bereits die Lösung. Um sicherzu-
gehen, dass man nicht annähernd auf mich kam, war ein
groß angelegtes Täuschungsmanöver gefragt. Die totale
Ablenkung vom eigentlichen Grund. Alles prima insze-
niert. Warum es nicht so aussehen lassen, als sei ein Serienmörder am Werk? Wo fand ich einen idealen Kandidaten,
der in die Rolle des ersten Opfers schlüpfen konnte? »Mir
gefällt, dass du dir immer die Mühe machst, dich bestens
umzusehen. Nur wer genau schaut, findet das Wesentliche.
Das macht eine gute Polizistin aus.« Also genau umsehen.
In die Orte der Umgebung fahren. Notfalls auch weiter.
Wachsam Ausschau halten. Auf den guten Ingo Riller stieß
ich bald. Sein Haus lag direkt neben dem Wald. Dort war
er regelmäßig unterwegs, um mit dem Fernglas Vögel zu
beobachten. Auch nachts. Ich hatte zu nehmen, was sich
mir günstig anbot. Wichtig war nur, dass sich alle Kandidaten im Typus von Björn unterschieden. Ablenkung

total. Breite Charakterenstreuung. Dann fand ich das grüne Zeug in Rillers Tasche. Ich machte eine Aufnahme mit dem Handy. Meine Objekterkennungsapp zeigte es mir sofort an. Frauenmantel. Davon hatte ich noch nie gehört. Aber mir sollte es recht sein. Alle Blätter aus der Tasche nehmen, dem toten Riller in die Hand drücken. Das gefiel mir gut. Ablenkung. Verwirrung stiften. Noch ein zweites Opfer aus dem Hut zaubern oder gleich zu Björn übergehen? Einen Tag hatte ich gezögert, dann fiel die Entscheidung für den schnellen Schritt. Auch einen Stein benutzen wie bei Riller? Das könnte schieflaufen. Björn war wesentlich besser in Form. Durchtrainiert, reaktionsschnell, stark. Lieber das Messer verwenden, ihm im Garten seines Hauses auflauern. Unterschiedliche Waffen, unterschiedliche Charaktere, unterschiedliche Beschaffenheit der Tatorte. Das kam hin. Doch es brauchte ein auffälliges Detail, das auf einen möglichen Serientäter hindeutete. Dafür schien mir der zufällig bei Riller entdeckte Frauenmantel mehr als geeignet. Wähh. Der Rotwein schmeckte doch schal. Eklig. Aufstehen. Wegleeren. Nun eine Flasche vom Merlot holen. Den hatte ich auch getrunken, als Lender mich zum Tatort bestellte. Zu Björns Haus. Vier Stunden waren wir dort. Danach noch drei Stunden analysieren, Spuren einordnen, abwägen. Lender war dabei fürsorglich. Wie immer. Er brachte mich sogar nach Hause. Ja, er mag mich. Um den Finger wickeln konnte ich ihn nicht, das würde er sofort merken. Aber ich wusste genau, wie er auf bestimmte Verhaltensweisen von mir reagierte. Also keineswegs langes Herumgerede. Besser direkt ins Büro stürmen. Entschlossenheit an den Tag legen. Gerne einen forschen Ton anschlagen. *Ich bin es, die hier Fragen stellt.* Gleichzeitig tiefe Betroffenheit zeigen. Innere Verletzlichkeit erkennen lassen. Lenders schlechtes Gewissen anpiksen. Ihm zu verstehen geben, was er in meinem Inneren alles anrichtete, wenn er mich von der Untersuchung ausschloss. Es hatte bestens funktioniert. Überblick bewahren. In alle Ermittlungsschritte eingeweiht werden. Darum ging es. Nur so konnte ich ständig überprüfen, worauf die Untersuchung zusteuerte. Kontrollieren, dass nichts auftauchte, das nur andeutungsweise zu mir führte. Und wenn sich etwas ergab, das möglicherweise falsch laufen konnte, lag es jederzeit an mir einzuschreiten. Korrekturen vornehmen, jeden möglichen Verdacht sofort umlenken. Aber das ging nur, wenn ich tatsächlich ständig dabei war! Mir darf niemand in die Quere kommen! Das würde die blöde Kuh am eigenen Leib erfahren. Garantiert. Selbst wenn bei Julias Intelligenzquotienten eine tatsächliche Gefahr gering schien.

»Ist Frauenmantel ein Kraut, das vor allem für Frauen da ist?« Quatsch. Es ist für alle da. Aber für mich war es ideal, um falsche Spuren zu legen. »Wie hielt es Thorsten mit Frauen?«, hatte Lender gefragt. Und schon war die Sirene losgeheult. »Dafür hatte mein Sohn gar keine Zeit. Er konzentrierte sich voll aufs Studium.« Die nächste blöde Kuh, die mir unterkam. Auch die hatte keine Ahnung. Ihr verhätscheltes Söhnchen hatte längst das Studium hingeschmissen. Sie hat es nur nicht gemerkt. Als ich ihn auf einer Dating-Website entdeckte, war mir sofort klar: Der Typ passte ideal als Opfer Nummer drei. »Mösenheroe« nannte er sich dort. Ich kontaktierte ihn als »Pimmelhoney«. Das turnte ihn sofort an. Der Friedhof war sein Vorschlag. Mir war das sehr recht. Das Gelände hatte ich natürlich vorher gründlich gecheckt. Der Merlot war hervorragend. Eigentlich hatte ich jetzt schon mehrere Flaschen davon verdient.

Steinbock-Mörder. Ein Serienkiller, der seine Opfer nach deren Sternzeichen auswählte. Auf diese verrückte Idee wäre ich nie gekommen. Welches Sternzeichen wohl der Bauer auf dem Markt von Zenkdorf hatte? Ein idealer Kandidat jedenfalls für Serienopfer Nummer vier. Vielleicht nahm ich ab jetzt die Sternzeichen mit dazu. Wenn dieser Bauer nicht passte, musste ich mir eben einen anderen für Nummer vier suchen. Kein Problem. Nach Nummer fünf würde ich wohl aufhören. Zumindest nach Nummer sechs.

Aber eines war klar. Bei Frauenmantel würde ich in jedem Fall bleiben.

Schnittlauch, *Allium schoenoprasum*, auch: *Grusenich, Jakobszwiebel, Graslauch, Schnittling, Bergzwiebel.* War Römern und Griechen in der Antike bereits bekannt, aber es gibt keine ausführlichen Quellen dazu. Im Mittelalter wurde Schnittlauch weniger als Küchenkraut, eher als Mittel gegen Magenbeschwerden, Melancholie und Zauberei geschätzt. Im »Kreutterbuch« von Pietro Andrea Mattioli (16. Jhdt.) empfohlen gegen Schlangenbisse, zusammen mit Honig. Darf heute in keiner Küche fehlen, gilt als beliebtes Universal-Küchengewürz.

SCHNITTLAUCH

1

Gelb? Tatsächlich gelb???? Im ersten Augenblick glaubte
sie, ihren Augen zu misstrauen. Gelb war ihr als Farbe
eher unsympathisch. Zu Zitronen griff sie meist nur,
wenn sie sich grün darboten. Biozitronen im Sommer, die
liebte sie. Die waren immer leuchtend grün. Aber gelbe
Zitronen? Eher nicht. Sie hatte auch Probleme mit Bana-
nen und gelben Äpfeln. Der Farbe wegen. Der Radiomoderator lächelte sie an. Seine Oberlippe rutschte hinauf.
Sie ließ die Augen sinken, starrte weiter auf die Pflanze.
Ratlos den Kopf schüttelnd. So etwas war ihr noch nie
untergekommen. Und sie hatte schon viele Schnittlauch-
pflanzen gesehen. Die Blätter des Gewächses vor ihr prä-
sentierten sich tadellos. Kräftiges Grün. Doch an den
violetten Blüten waren eindeutig kleine Farbflecken auszumachen. Und die zeigten sich in Gelb! Hätte sie diesen Anblick damals gleich als Mahnung einstufen sollen? Als unmissverständliches Zeichen dafür, dass bald
etwas passieren würde? Das ebenso überraschend für sie
daherkam wie diese Tupfer in Gelb? In jener Farbe, die
sie schwer ausstehen konnte. Eine spezielle Warnung?
Das hatte sie sich später oft gefragt. Prinzipiell hielt sie

nichts von mysteriösen Winken des Schicksals. Doch in diesem Fall hätte sie vielleicht einen Gedanken daran verschwenden sollen.

»Wie sind Sie nur auf die Idee gekommen, den Helden Ihrer Geschichten ›Prinz Schnittlauch‹ zu nennen?«

Der Radiomoderator lächelte erneut, beugte sich weiter vor. Den Schnittlauchtopf hatte man speziell für sie als besondere Dekoration auf den Prominententisch gestellt. Sie löste den Blick von den Blüten mit den gelben Einsprengseln, sah dem Moderator ins Gesicht. Er hatte dunkelbraune Augen, wie sie mitbekam. Sehr kräftiger Farbton. Seine Iris verfügte wohl über einen hohen Anteil an Melanin. Sie konzentrierte sich darauf, die passende Antwort zu geben.

»Das hängt wohl mit meiner Großmutter zusammen. Die hat mir als Kind immer Geschichten erzählt, in denen Pflanzen vorkamen. Blumen, Kräuter, Bäume. In Omas Erzählungen ging es dabei nicht einfach um botanische Gewächse. Da tummelten sich lebendige Wesen. Die meisten konnten sogar sprechen. Ich liebte diese Geschichten. Sie haben mich in jedem Fall beim Schreiben inspiriert.«

Moderator Sascha Reesmann breitete die Arme aus. »Dann haben wir es also der Großmutter von Maiana Dalca zu verdanken, dass sie uns heute als Autorin mit wirklich wunderbaren Erzählungen beglücken kann. Ob wir nun große oder kleine Leser sind. Wir lieben sie alle, diese Geschichten!« Er begann, theatralisch in die Hände zu klatschen. Das war zugleich das Zeichen für das Publikum, in den Applaus mit einzustimmen. Die gut 300 Besucher im grün geschmückten Festzelt begannen ebenfalls zu klatschen. In der Menge befanden sich viele Kinder. Maiana Dalca war als Stargast geladen in der Sendung *Mittagsmeeting*, zusammen mit anderen prominenten Persönlichkeiten. Die Livesendung wurde direkt von der diesjährigen *Internationalen Gartenmesse* übertragen.

»Mit Prinz Schnittlauch ist Ihnen eine außergewöhnliche Figur gelungen, Maiana«, nahm der Moderator das Gespräch wieder auf. »Er hat so viele Facetten. Sie schicken ihn in ganz unterschiedliche Abenteuer. Manchmal darf er weit über die Stränge schlagen, muss sich dann sogar außerhalb dessen bewegen, was wir Erwachsene, streng genommen, gesetzlichen Rahmen nennen.« Er zwinkerte, beugte sich noch ein Stück weiter vor. »Wie ist das bei Ihnen, Maiana?« Erneutes Zwinkern. »Verspüren Sie auch manchmal die Lust, über die Stränge zu schlagen? Verbotenes zu wagen?«

Sie zögerte, wusste nicht recht, was sie antworten sollte.

»Na ja, die Lust überkommt einen wohl bisweilen. Ich denke, das geht vielen so. Die Frage bleibt, ob man der Versuchung nachgibt.«

»Ich nehme an, Maiana, Ihre Großmutter ist hellauf begeistert und freut sich über die Prinz-Schnittlauch-Abenteuer.«

»Meine Großmutter ist leider vor einiger Zeit gestorben.« Ihre Augen begannen zu schimmern. »Aber ich bin sicher, die Geschichten würden Oma gefallen.«

Sie führte aus, wie manche Figuren aus den Märchen ihrer Kindheit Einzug in ihre literarischen Geschichten gefunden hatten. Von Prinzessin Taubnessel bis zu Prinz Schnittlauch.

»Meine Oma war eine gute Köchin. Unter allen Kräutern, die sie in ihrem Garten wachsen ließ, liebte sie den Schnittlauch besonders.«

Sascha Reesmann deutete eine Verbeugung an.

»Danke für dieses passende Stichwort, Maiana. Eine liebenswerte Frau, die gut und gerne kochte, das will ich gerne aufgreifen.« Er wandte sich ans Publikum im Festzelt. »Das führt mich dazu, Ihnen allen einen weiteren prominenten Gast in unserer Sendung vorzustellen, der besonders gerne kocht. Und das meisterhaft.« Er wies mit der Hand auf einen schlanken, etwa 40-jährigen Mann an seiner Seite. »Wir begrüßen herzlich den vielfach ausgezeichneten Sternekoch Heiko Fällner, seit Kurzem Kollege und TV-Star mit einer eigenen Kochshow.« Die Zuschauer im Zelt begannen wieder zu klatschen. Nicht so frenetisch wie zuvor bei der Kinderbuchautorin. Das Kamerateam, das dafür sorgte, dass die Gesichter der prominenten Gäste auf großen Screens außerhalb des Zeltes zu sehen waren, nahm jetzt den Fernsehkoch ins Visier.

»Hochverehrter Meister«, strahlte Moderator Reesmann. »Die erste Frage, die ich Ihnen stelle, liegt wohl auf der Hand.« Er deutete auf Maiana, dann auf den Topf mit der Pflanze. »Lieber Heiko, wie halten Sie es mit dem Schnittlauch?«

Einnehmendes Lächeln machte sich auf dem freundlichen Gesicht des Angesprochenen breit.

»Nun, eine Gewürzpflanze, die bereits die alten Römer zu schätzen wussten und die bei uns seit dem Mittelalter kultiviert wird, begeistert auch den Küchenchef von heute.« Noch ehe der Radiomoderator etwas erwidern konnte, ließ Fällner sich über ein paar ausgefallene Varianten von Schnittlauch-Dressings aus. Er schwärmte davon, wie er erst kürzlich ein neues Gericht aus Spargelmedaillons kreiert hatte. Für die richtigen Geschmacksnuancen der zugefügten Soße spielte Schnittlauch ebenfalls eine wesentliche Rolle, erklärte er. Und er vergaß nicht zu erwähnen, dass man mehr darüber in der nächsten Ausgabe seiner neuen Kochshow erfahren könnte. Dann schaffte der Moderator es doch, den Redeschwall seines prominenten Gastes einzudämmen, indem er dazwischenwarf: »Es ist fantastisch, einem großen Meister zuzuhören. Hier wird einem eindrucksvoll eröffnet, welche kulinarischen Möglichkeiten sich bieten, wenn man es versteht, mit einem einfachen Gewürzkraut wie dem allseits bekannten Schnittlauch auf raffinierte Art und Weise umzugehen.« Die Miene des Moderators bekam etwas Schalkhaftes. »Für mich gilt seit meiner Kindheit im Zusammenhang mit Schnittlauch vor allem eines: die grünen Halme in kleine Rollen schneiden und dann einfach aufs Butterbrot streuen.«

»Ausgezeichnet!«, übernahm der Küchenchef. »Sie bringen es genussvoll auf den Punkt, lieber Sascha. Genauso passiert oft unser allererstes Kennenlernen. Und diese erste Begegnung mit dem Schnittlauch prägt einen später vermutlich fürs ganze Leben.« Nun wandte er sich direkt ans Publikum.

»Glauben Sie mir, meine Damen und Herren. Ich habe schon die ausgefallensten Rezepte kreiert. Ich habe von berühmten Kollegen die erlesensten Gerichte genossen. Und dennoch jauchzt es in mir immer noch auf, wenn ich mir einfach ein gutes Stück Landbrot nehme, mit Butter bestreiche, Schnittlauch darüber streue und herzhaft hineinbeiße. Es gibt kaum etwas, das an diesen Genuss heranreicht!«

Er erntete begeistertes Klatschen. Viele aus den Besucherreihen stimmten dem Sternekoch lautstark zu. Der Applaus hörte sich mindestens so begeistert an wie zuvor bei der Vorstellung des Kinderbuches. Der Küchenchef genoss die Zustimmung, bedankte sich durch mehrmaliges Kopfnicken. Dann passierte das Missgeschick. Der Sternekoch wandte sich vom Publikum ab, drehte sich rasch zu den anderen am Prominententisch. Er machte das mit schwungvoller Geste. Dabei fegte er den Blumentopf um. Der kullerte über den Tisch und blieb genau vor Maiana liegen. Schnittlauch. Mit gelben Flecken in den Blüten. Spätestens da hätte ich wohl erkennen können, dass das Schicksal mir einen Hinweis auf Unheilvolles geben will, hatte sie später oft überlegt. Aber sie hatte es nicht erkennen wollen. Dem Koch war das Malheur sichtlich peinlich, entschuldigend hob er ungeschickt die Hände. Der Moderator versuchte, mit einer lässigen Bemerkung darüber hinwegzuspielen. Zugleich mischte sich die vierte Person am Tisch ins Geschehen.

»Ich weiß genau, wovon Sie reden, lieber Heiko Fällner.« Die Frau strahlte den Fernsehkoch lächelnd an. »Butterbrot mit Schnittlauch, da geht wahrlich nichts drüber. Auch bei mir nicht.« Die Frau hieß Gisela Weber. Sie war nicht nur eine bekannte Gärtnerin aus dem Taunus. Sie führte zudem eine eigene Website mit hohem Traffic. Da ging es vor allem um Kräuter.

»Aber was die Qualität anbelangt, muss es natürlich sehr guter Schnittlauch sein. Dann erfreut er uns noch mehr«, griff der Moderator wieder auf. »Wo immer wir den Schnittlauch ansetzen – im Garten, im Hochbeet oder im Topf auf dem Balkon – die Frage ist immer: Wie macht man es richtig? Bitte, liebe Gisela Weber, klären Sie uns auf.«

»Sehr gerne.« Dann ließ sich die Gärtnerin über die Verwendung der richtigen Pflanzenerde aus. Die Erde sollte in jedem Fall nährstoffreich sein. Sie redete von sonnigen und halbschattigen Plätzen, von bedarfsorientierter Bewässerung und vielem mehr. Und wie können in eine prächtig violette Schnittlauchblüte gelbe Einsprengsel gelangen, fragte sich Maiana. War das von der Natur her zufällig passiert, oder handelte es sich bei dieser Pflanze um eine spezielle Züchtung? Sollte sie Gisela Weber dazu befragen? Sie entschied sich, das erst nach der Sendung anzugehen. Die Ausführungen der Gärtnerin wurden für die Besucher im Zelt durch beeindruckende Bilder verdeutlicht, die für alle sichtbar auf einem großen Screen gezeigt wurden. Nach den Ausführungen der Gärtnerin lud der Moderator zu einer Fragerunde ein. Die Fragen waren von den Radiohörern während der Sendung mittels Internet eingetroffen. Maiana kam bei dieser Fragerunde als Letzte an die Reihe.

»Hier möchte eine Zuhörerin etwas wissen, was sich gewiss schon viele andere gefragt haben: Woher können Sie so perfekt Deutsch, Maiana? Es ist noch nicht so lange her, dass Sie Ihren Heimatort in Rumänien verließen. Und jetzt schreiben Sie sogar Geschichten in deutscher Sprache.«

Die Autorin schmunzelte.

»Das habe ich meinem tataie zu verdanken, meinem Großvater. Er war Deutscher, ist als junger Mann für seinen Arbeitgeber nach Rumänien gekommen. Bleiben wollte er nur zwei Jahre. Aber dann lernte er meine Großmutter kennen und ist geblieben. Mein tataie hat mit mir immer Deutsch gesprochen. Ich bin zweisprachig aufgewachsen.«

Theatralisch breitete der Moderator wieder die Arme aus.

»Jetzt ist also auch dieses Geheimnis gelüftet. Nicht nur die Großmutter, auch der Großvater ist Pate gestanden, als Prinz Schnittlauch das poetische Licht der Welt erblickte, aus der Feder des literarischen Gastes in unserer heutigen Sendung, Maiana Dalca.« Das Publikum klatschte. Sascha Reesmann verabschiedete sich samt seiner prominenten Gästerunde und beendete die Sendung.

Eine knappe Stunde war es noch sehr angenehm für Maiana. Sie gab bestens gelaunt Fernsehinterviews für TV-Teams, die extra wegen ihr zur großen Gartenmesse angereist waren. Heiko Fällner sprach ihr eine besondere Einladung für sein Sterne-Luxusrestaurant aus. Er würde für sie ein eigenes Schnittlauchgericht kreieren. Auch die vor Wochen angesetzte Signierstunde bereitete ihr Freude. Für sie war vieles neu. Deshalb genoss sie es umso mehr. Wer hätte sich vor Kurzem ausmalen können, was alles passieren würde? Sie selbst am allerwenigsten. Fast zwei Jahre lang hatte sie sich mit schlecht bezahlten Jobs, so gut es irgendwie ging, über Wasser gehalten. Gezweifelt hatte sie oft, aufgegeben aber nie. Geschrieben hatte sie meistens nachts. Dann hatte sie sogar gewagt, das Manuskript einem Verlag vorzulegen. Was sie kaum zu hoffen wagte, war drei Wochen später eingetreten. Das Lektorat kontaktierte sie. Dann war alles unerwartet schnell gegangen. Es war nicht einmal drei Monate her, dass ihr Buch auf den Markt kam. Und kaum war es erschienen, überschlugen sich die Ereignisse. Die Verkaufszuwächse waren enorm, stiegen von Woche zu Woche rasant an. Die Reaktionen waren begeistert, bei der schnell anwachsenden Leserschaft genauso wie bei den professionellen Kritikern. Sogar in großen renommierten Zeitungen stieß sie auf ungeteiltes Lob. Das mediale Interesse wuchs schlagartig an. Prinz Schnittlauch war in aller Munde. Maiana wurde bald zu besonderen Auftritten eingeladen. Was immer man ihr anbot, sie machte alles gerne. Auch jetzt bei der ausgedehnten Signierstunde im Rahmen der Gartenmesse nach der Radiosendung empfand sie großes Vergnügen. Sie genoss es, mit den Leuten zu plaudern. Besonders mit den Kindern hatte sie viel Spaß. Sie verspürte Riesenfreude. Und dann, von einer Sekunde auf die andere, kam der Schock. Denn ganz plötzlich sah sie ihn. Drei Besucher standen vor ihr, um sich Bücher signieren zu lassen. Dahinter, nur wenige Meter entfernt, erkannte sie ihn. Yannik. Ihre Bauchhöhle fühlte sich plötzlich wie Feuer an. Starkes Würgen reizte sie im Hals. Er blickte zu ihr. Sie presste die Zunge gegen den Gaumen, schluckte den Brechreiz hinunter, versuchte, das Würgen zu kontrollieren. Ihre Hand zitterte heftig. Dennoch gelang es ihr, halbwegs leserliche Widmungen in die letzten drei Bücher zu schreiben, die man ihr freudestrahlend entgegenhielt. Dann war sie fertig.

»Maiana, ich räume zusammen«, rief Inga Seits. Die PR-Dame des Verlags begleitete sie schon längere Zeit bei ihren Auftritten. »Ich verstaue die Werbeständer. Wir treffen uns dann in der *Bio-Cafeteria*.« Sie stöckelte in ihren eleganten schwarz glänzenden Stilettos davon, machte sich an die Arbeit. Inga gefiel ihm. Maiana erkannte es sofort am lüsternen Blick, den er ihr nachwarf. Dann stand er vor ihr. Sie griff nach der Wasserflasche auf dem Signiertisch, trank, versuchte, den Brechreiz wegzuspülen.

»Maiana! Great pleasure, really great pleasure, dich zu sehen.« Mit englischen Brocken hatte er immer schon um sich geworfen. Ob sie nun passten oder nicht.

Das Grinsen, das er aufsetzte, wirkte wie ein schwacher Abklatsch des Lächelns, das sie lange an ihm sehr geschätzt hatte. Was um alles in der Welt brachte ihn hierher? Was wollte er von ihr? Er machte einen Schritt nach vorn. Sie sprang auf. Der Tisch war nicht breit, aber er war dennoch ein Schutzwall. Yannik breitete die Arme aus, als wolle er sie umarmen. Sie wich zur Seite aus, steckte umständlich den Signierstift in ihre Handtasche. Dann begann sie, wild darin herumzukramen, die Augen von ihm abgewandt. Er umkurvte den Tisch, die Arme noch immer ausgebreitet.

»Wonderful deine plötzliche Karriere, honey, einfach splendid!«

Sie spürte den Drang davonzuhetzen. Doch ihre Füße waren wie festgeschraubt.

»Ich habe das alles mitverfolgt, honey! I am excited!«

Sie bekam kaum mit, was er alles aus sich rausprudeln ließ. Ein weiteres Mal versuchte er, sie zu umarmen. Sie drehte sich weg, kämpfte mit dem Gleichgewicht und zugleich mit dem tiefen Ekel in ihr. Sie hatte das Gefühl, die Begegnung dauerte Stunden. Doch es vergingen nur ein paar Sekunden, bis sie endlich mit einem hastigen »Entschuldige, die PR-Dame des Verlages wartet auf mich« ihre Füße vom Boden lösen konnte und hastig davonrannte. »Bye bye, darling, ich melde mich.« Maiana steuerte nicht die Cafeteria an. Sie würde später eine Ausrede finden, warum sie Inga nicht getroffen hatte. Es würde ihr etwas einfallen. Sie eilte zum Ausgang des Messegeländes, nahm ein Taxi und ließ sich zurück ins Hotel bringen.

Dort warf sie sich aufs Bett. Die Jalousien des Zimmers hatte sie schon beim Eintreten verdunkelt.

Yannik. Wie lange hatte sie ihn nicht mehr gesehen? Sie wollte gar nicht nachrechnen, Wochen und Monate zählen. Es waren sehr viele. Sie schloss die Augen, versuchte, an nichts zu denken. Sie konzentrierte sich nur auf ihren Atem, lag einfach da.

Als es an ihrer Zimmertür klopfte, schrak sie auf. Ein schneller Blick auf die Uhr setzte sie in Erstaunen. Fast zwei Stunden lag sie nun auf ihrem Bett?

»Maiana, ich weiß, dass du da bist.« Von draußen war Ingas Stimme zu hören. »Mach bitte auf.«

Nein, sie wollte nicht.

2

Sein Blick fiel mit dem Grinsen des stolzen Besitzers auf den Schrank. Der Designerbauernkasten hatte ihm immer schon gefallen. Seit drei Tagen gehörte er ihm. Heute früh war er geliefert und in seinem Büro aufgestellt worden. Es war das einzige Möbelstück, das ihn aus der Konkursmasse interessiert hatte. Aber diesen Designerkasten wollte er unbedingt. Einige Wichtigtuer in seinem Golfklub munkelten hinter vorgehaltener Hand, dass er selbst nicht unwesentlich daran mitgefeilt hatte, dass sein Konkurrent … Er grinste. Konkurrent sagte man nicht mehr im moralisch aufgemotzten Neusprech. Mitbewerber klang besser. Also gut. Dass er selbst nicht unwesentlich daran mitgefeilt hatte, dass sein Mitbewerber Gessler samt seiner Immobilienfirma in den Bankrott geschlittert war. Solche Gerüchte kommentierte er nicht, selbst wenn sie stimmten. Hauptsache, der raffgierige Sack war endlich vom Markt geflogen. Wieder einer weniger. Der nächste würde bald folgen. Und der Designerkasten gehörte nun ihm. Er schaute auf die Uhr. Schon sieben Minuten drüber. Pünktlichkeit gehörte noch nie zu den Hauptstärken von Werner. Aber was sein Geschäftspartner sonst so alles draufhatte, das schätzte er schon. Die Gegensprechanlage auf seinem ausladenden Schreibtisch summte.

»Herr Wallek ist eben eingetroffen, Herr Direktor.«
»Danke, Frau Zinnberger. Schicken Sie ihn rein.«
»Wünschen Sie Kaffee?«
»Ja bitte.«

»Sehr wohl, Herr Direktor.«

Sie sagte immer »Herr Direktor« zu ihm. Weil sie das aus ihrer vorhergehenden Anstellung so gewohnt war. Er ließ es zu, hatte nichts dagegen. Seine vorherige Sekretärin war das genaue Gegenteil gewesen. Eine wollüstige Offenbarung. Sie hatten es regelmäßig mitten im Büro getrieben, auf dem Boden, sogar auf dem Schreibtisch. Ihm wurde feucht, wenn er nur daran dachte. Er hatte Mia dennoch nach fünf Wochen wieder entlassen. Geil in jeder Hinsicht, das war sie schon. Aber zugleich strohdumm. Durch sie gab es nur Chaos in der Verwaltung. Dann hatte ihm die Stellenvermittlung Frau Zinnberger geschickt. Kleine Person, Anfang 50, schiefe Gestalt, zaundürr. Absolut reizlos, von den Großmuttersandalen bis zum grauen Haarschopf. Mit der brauchte er nie ins Bett zu gehen. Alles an Frau Zinnberger wirkte antiquiert. Allein der Vorname klang altertümlich. Cordula. Wer hieß denn so? Aber was den Job im Büro anbetraf, da war Cordula Zinnberger eine absolute Koryphäe. Die Verlässlichkeit in Person.

»Ich bringe gleich den Kaffee, Herr Direktor.« Sie hatte eben die Tür geöffnet, ließ Werner Wallek eintreten.

»Sorry, Yannik, konnte nicht früher. Der alte Langhauser vom Bodensee hat mich aufgehalten.« Der braun gebrannte, hochgewachsene Mittdreißiger kam auf ihn zu, boxte ihm feixend gegen die Schulter. »Aber das Gespräch hat sich ausgezahlt. Kreuzlingen am Bodensee. A sure road success!« Dabei grinste er ihn an, streckte die Hand zum Abklatschen aus. Yannik schlug ein. Endlich. »Die Unsumme an Bakschisch für diese Immobilie hatte sich also ausgezahlt. All good things are worth waiting for.«

»It's true, my friend.«

Er nahm Platz. Sie warteten, bis Frau Zinnberger die beiden Espressi brachte, dann widmeten sie sich den Unterlagen, die der Angekommene mitgebracht hatte. Wallek klopfte auf eines der Blätter.

»Was machen wir mit Laschner? Die Kohle jetzt schon überweisen?« Laschner war Beamter im Auswärtigen Amt. Er saß an einflussreicher Stelle. Sie hatten Heinz Laschner schon öfter Schwarzgeld auf dessen geheimes Privatkonto überwiesen. Es hatte sich jedes Mal ausgezahlt. Laschner hatte Yannik für dessen Interesse an besonderen Immobilien im Ausland so manches Hindernis aus dem Weg geräumt. »Nein.« Yannik winkte ab. »Wir warten ab. Dieses Mal wird Laschner es billiger machen.« Er hatte von einem seiner Golffreunde erfahren, dass Laschner derzeit knapp bei Kasse war, dringend Geld brauchte. Es würde sich also rentieren, ihn ein wenig zappeln zu lassen. Wallek nahm den Mailausdruck, legte ihn beiseite. Mitten in der Bewegung stockte er, blickte Yannik an.

»Wer war übrigens die attraktive Frau, mit der ich dich letztens gesehen habe? Ein heißer Feger.«

Yannik grinste. »Ja, sie schaut toll aus. Sie heißt Inga Seits.«

Der Name sagte Wallek offenbar nichts.

»Aus welcher Branche kommt die Dame? Immobilien, Finanz, Politik? Oder hast du dir nur eine adrette Bitch fürs Bett aufgerissen?«

»Da kommst du nie drauf.«

»Also, womit hat sie zu tun?«

»Buchhandel.«

Wallek schaute ihn verblüfft an. »Buchhandel? Ist der stets schwanzsteife Aufreißer und Hurenbock, den ich kenne, jetzt zur Leseratte abgestiegen?«

Yannik grinste, zögerte mit der Antwort. Er griff gedankenverloren zur Espressotasse, bemerkte, dass sie leer war, stellte sie wieder hin. Werner Wallek und er waren seit vielen Jahren Geschäftspartner, hatten so manchen Coup gelandet. Yannik hatte bestens dabei verdient, immense Summen abgeschöpft. Ob Wallek und er auch Freunde waren, darüber hatte er nie nachgedacht. Freundschaft war in ihrem Metier keine Währung, die viel einbrachte. Aber sie vertrauten einander. Und das kam in ihrer Branche nicht oft vor.

»Sagt dir Prinz Schnittlauch etwas?«

Wallek blickte ihn verdutzt an. »Prinz … was …?«

»Schnittlauch.«

»Nein.«

»Sagte mir bis vor Kurzem auch nichts.«

Dann berichtete er ihm, dass er zufällig durch einen Fernsehbericht darauf gestoßen sei. Er erzählte ihm von seinem Besuch bei der Radiosendung auf der Gartenmesse. Das sei vor knapp zwei Wochen gewesen. Yannik schilderte, wie er am Ende der Signierstunde die Autorin traf.

»Wie heißt die?«

»Maiana Dalca.«

»Maiana?«, bemerkte Wallek erstaunt. »Hieß nicht die rumänische Schlampe, die vor einiger Zeit aus heiterem Himmel bei dir antanzte, auch so ähnlich?«

»Sie hieß nicht nur so ähnlich, sie hieß genauso. Maiana Dalca.«

Der erstaunte Ausdruck in Walleks Augen wuchs an. »Willst du damit sagen, es ist dieselbe Frau? Die durchtriebene Schlampe von damals ist heute eine erfolgreiche Autorin?«

Yannik nickte. Wallek setzte ein schmutziges Grinsen auf.

»Und bei dieser Veranstaltung hat sich der alte Lüstling wieder an die Schnalle herangemacht?«

Yannik entschied, dazu jetzt nicht mehr zu sagen. Aber Wallek war in Fahrt gekommen.

»Ich weiß noch gut, wie Polina damals mit dieser Rumänin abgefahren ist. Ruckzuck.«

Yannik wusste, wovon Wallek sprach. Aber er wollte sich darüber jetzt nicht auslassen. Er war über fünf Jahre mit Polina zusammen gewesen. Kennengelernt hatte er die ehemalige Schönheitskönigin durch Wallek. Die beiden waren schon zur Schulzeit befreundet gewesen. »Befreundet, mehr nicht«, hatte Polina von Anfang an klargestellt. Und sich mit ihm eingelassen. Eine Hyäne im Bett. Er hörte Wallek glucksen.

»Stell dir vor, Werner«, sagte Polina damals zu mir. ›Es läutet an der Haustür. Ich öffne. Und draußen steht diese Schlampe aus Rumänien. Na, mit der bin ich sofort höllisch Schlitten gerast.‹«

Er stieß schallendes Kichern aus. »Höllisch Schlitten gerast. Genau das sagte sie. Was für eine aberwitzige Formulierung. Völlig krass. Polina hatte immer schon einen Hang zu überspannten Ausdrücken.«

Daran konnte sich Yannik erinnern. Auch seine eigene Verblüffung von damals war ihm bewusst. Da stand doch tatsächlich dieses rumänische Weib vor seiner Haustür.

Maiana. Er hielt sich damals geschäftlich in Rumänien auf. Für mehrere Wochen. Maiana war nicht die einzige Frau gewesen, an die er sich in Rumänien herangemacht hatte. Mit ihr hatte er es besonders gerne getrieben. Vielleicht hatte er mit Maiana mehr Zeit verbracht als mit anderen. Er wusste es nicht mehr. Es war ihm auch egal. Und dann stand sie plötzlich vor seiner Haustür. Polina hatte sich gleich aufgeführt wie ein wütender Kettenhund, den man von der Leine lässt. Ihm war das recht. Er hatte es gerne Polina überlassen, die aufdringliche Person in die Schranken zu weisen. Selbst als sie der Rumänin eine knallte, hatte er nicht eingegriffen. Wer nicht hören will, dem gebühren Schläge.

»Weißt du etwas von Polina, Yannik?«, fragte Wallek. Seine Miene war dabei eine Spur ernster geworden. »Bei mir hat sie sich schon lange nicht mehr gemeldet.« Nein, Yannik wusste nichts. Die ehemalige Schönheitskönigin und er hatten sich vor einem Monat getrennt. Besser gesagt, Polina hatte einfach ihre Sachen gepackt und war ausgezogen. Als er nach einem zweitägigen Meeting heimkam, war sie weg.

»Keine Ahnung. Absolute Funkstille.«

Wallek nickte, ließ den Kopf langsam sinken, dann hob er ihn wieder an. Das Grinsen war dreckig. Er boxte seinem Gegenüber ein weiteres Mal kumpelhaft gegen die Schulter.

»Auch nicht schlecht. Dann kannst du dir in Ruhe die Rumänin schnappen. Und versprich mir, dass du sie gehörig hernagelst. Wenn du genug von ihr hast, dann vögle ich sie weiter. So wie wir das immer machen.«

Er lachte. Yannik stimmte kurz mit ein, dann winkte er ab. »Ums Vögeln geht es mir bei Maiana nicht. Dafür kannst du sie gleich haben, wenn dir der Pimmel danach steht. Mir ist in jedem Fall die geile Inga lieber. Die will ich im Bett haben. An der Rumänin interessiert mich vor allem, was sie jetzt in der Öffentlichkeit darstellt. Ich habe nächste Woche den großen Empfang, wie du weißt. Promis, Politiker, Wirtschaftsleute.«

»Verstehe. Da willst du die Rumänin dabeihaben, um zu zeigen: Schaut her, Leute, wen der große Yannik Helbas alles kennt. Sogar eine gefeierte Autorin.«

»Du sagst es.« Wie Yannik mitbekommen hatte, schnellten die Verkaufszahlen von Maianas Büchern in irrem Tempo in die Höhe. Die Rumänin würde bald einen gehörigen Batzen Geld auf dem Konto haben. Und an den wollte er herankommen. Er wusste noch nicht, wie. Doch das würde schon noch werden. Ein Yannik Helbas hatte noch immer den richtigen Weg dafür gefunden.

»Hast du Kirchberger zum Empfang geladen?« Wallek nahm ein weiteres Blatt aus den Unterlagen, zeigte es Yannik.

»Ja, natürlich.«

»Bestens.« Wallek legte das Blatt zurück, nahm andere Unterlagen in die Hand. Dann sprach er über Investitionen, Transitkonten, illegale Operationen, Geldwäsche. Er nannte Summen und neu zu gründende Scheinfirmen. Yannik lachte. Wallek war in seinem Element. Genau dafür brauchte er ihn. Mein Rastelli. So nannte er ihn manchmal scherzhaft. Enrico Rastelli war ein weltweit bejubelter Varietékünstler in den 20er-Jahren des vorigen Jahrhunderts. Ein absoluter Star. Ein Genie von einem Jongleur. Und genau das war Wallek auch für Yannik. Ein großartiger Jongleur. Nicht mit Bällen, dafür mit Finanzen. Es klopfte. Gleich darauf steckte Frau Zinnberger den Kopf zur Tür herein.

»Entschuldigen Sie die Störung, Herr Direktor. Herr Trixner möchte Sie sprechen. Es dauert nur einen Augenblick. Es wäre dringend, sagt er. Er müsse bald weg.«

Yannik reagierte mit einer Großzügigkeit andeutenden Handbewegung. »Das passt schon, Frau Zinnberger. Lassen Sie ihn herein.«

Gleich darauf erschien ein junger Mann in der Tür. Er hatte Sommersprossen im Gesicht und kurz geschnittene rote Haare. Ein wenig erinnert er mich an diese Kinderbuchfigur, überlegte Wallek. Wie hieß die? Irgendetwas mit Muckl, soweit er sich erinnerte.

»Kommen Sie ruhig näher.« Yannik winkte ihn herbei.

»Werner, darf ich vorstellen. Das ist unser neuer Mitarbeiter. Er ist seit vorgestern bei uns. Rolf Trixner. Und ich bin von dem, was Rolf bisher bei uns eingebracht hat, durchaus angetan.« Mehr noch. Yannik war hochzufrieden. Sie hatten die Stelle für den IT-Job bei *Helbas International* seit drei Wochen ausgeschrieben. Viele hatten sich beworben. Mehr als 20 Bewerber. Alles Flaschen. Yannik hatte es bei jedem Einzelnen nach wenigen Minuten bemerkt. Und dann kam Rolf Trixner.

Und mit ihm schien er genau den richtigen Mann für diesen wichtigen Posten erwischt zu haben.

»Rolf ist nicht nur Spezialist für Software und Firewalls, er kennt sich auch aus mit Hechtruten.« Yannik lachte und wies zur Wand neben dem Designerkasten. Wallek verstand, was Yannik meinte. Er kannte dessen Faible für das Angelgerät.

»Ja«, ergänzte Rolf Trixner mit freudestrahlender Miene. »Mein Onkel Harald ist ebenso ein begeisterter Hechtangler. Er besitzt ein schön ausgeführtes Gerät. Aber längst nicht so ein tolles Meisterwerk wie dieses.« Begeistert deutete er zur Wand.

»Rolf hat sofort erkannt, dass meine Rute aus hochwertigem Material angefertigt wurde. Allein an den Ringen zeigt sich das. Und vor allem der Griff ist Rolf gleich aufgefallen.«

Erneut nickte der junge Mann eifrig. »Ja, der ist äußerst kunstvoll gearbeitet. Von Hand geschnitzt, das erkennt man auf den ersten Blick.« Yannik konnte sich noch gut an den stolzen Gesichtsausdruck des alten Mannes erinnern, von dem er die Rute erworben hatte. Einem alten Indianer. Das war vor zwölf Jahren in Kanada gewesen.

»Der Griff ist nicht nur meisterhaft ausgeführt«, sprach der junge Mann weiter, »er hat auch eine beachtenswerte Länge. Das erleichtert das Auswerfen und hilft bei der Köderführung.«

Yannik klatschte in die Hände. »Von Herrn Trixner könntest du noch eine Menge lernen, Werner. Nicht nur, was die Qualität von Hechtruten anbelangt.«

Der junge Mann bemühte sich sichtlich, mit dem Lob richtig umzugehen und nicht noch röter im Gesicht zu werden.

»Ich wäre für heute soweit fertig, Herr Helbas. Ich wollte Ihnen nur sagen, dass die neue Sicherheitssoftware installiert ist, so wie wir das besprochen haben. Ich lasse jetzt noch ein Programm für die gesamte Anlage durchlaufen. Das passiert im Hintergrund. Sie merken nichts davon, können ruhig weiterarbeiten. Wenn es nichts mehr Dringendes für mich zu erledigen gibt, würde ich für heute gerne Schluss machen.«

»Das passt bestens, Rolf.« Yannik erhob sich, klopfte dem Rothaarigen kumpelhaft auf die Schulter. »Also dann, bis morgen. Und Ihnen einen schönen Abend.«

Sollte er ihm eine seiner Huren empfehlen? Sollte er vielleicht gleich ein paar der Mädels anrufen, damit sie es mit Rolf trieben und den jungen Mann gehörig verwöhnten? Nein, entschied Yannik, nichts übereilen. Das könnte er in den nächsten Tagen noch machen.

Als Trixner draußen war, widmeten sich die beiden Männer wieder den Unterlagen und besprachen die Maßnahmen, die als Nächstes zu treffen waren. Gegen 20 Uhr beendeten sie das Meeting. Wallek verabschiedete sich. Yannik räumte auf, verstaute ein paar Sachen, die herumstanden, im Designerkasten. Auch die Anglerrute schloss er in den Kasten. Dann verließ er das Büro.

3

Die Enten waren wieder da. Wann waren sie zurückgekommen? Schon heute früh war Maiana am Teich gewesen. Keine Spur von den Enten. So war es auch gestern und vorgestern gewesen. Aber jetzt waren sie wieder da. Das Weibchen schwamm voraus, tauchte kurz mit dem Kopf unter. Der Erpel folgte, machte es dem Weibchen nach. Sein Federkleid war noch prächtiger geworden, schien es Maiana. Die braune Brust leuchtete intensiver. Auch das metallische Blau am hinteren Rand der Flügel glänzte kräftiger in der Abendsonne als vor Tagen. Allein der Schnabel des Männchens wirkte kümmerlich. Das Grün zeigte sich unscheinbar und blass. Da hatte sich nichts verändert. Mir soll das recht sein, lachte Maiana. Entenmännchen zeichneten sich in der Regel durch einen kräftigen gelben Schnabel aus. Aber Gelb konnte sie nicht besonders ausstehen. Sie schaute verzückt den beiden Wasservögeln zu. Dabei musste sie an den Großvater denken. Ihm war es zu verdanken, dass sich Enten am Teich unweit ihres kleinen Häuschens angesiedelt hatten. Maiana wurde schwer ums Herz. Sie seufzte. Jetzt war es fast ein Jahr her, dass ihr tataie gestorben war. Sie musste oft an ihn denken. Langsam stand sie auf, schlenderte ein Stück am Rand des Weihers entlang. Und noch öfter als an ihren Großvater musste sie in letzter Zeit an Yannik denken. Sie verstand das nicht. Spätestens nach einer Woche, allerhöchstens zehn Tagen, würde er wiederkommen, hatte er versprochen. Dann würde er sie endgültig mitnehmen. Zu sich nach Deutschland. Er würde sie heiraten, für sie sorgen. Mit der Großmutter hatte sie kurz darüber geredet. Keine Einzelheiten besprochen, nur Andeutungen gemacht. Wieder fragte Maiana sich, ob sie die Großmutter überhaupt endgültig verlassen könnte. Wenn Maiana fortging, dann war die alte Frau alleine. Würde sie das schaffen? »Ja«, flüsterte Maiana. Dann wiederholte sie es mit lauter Stimme. Schließlich brüllte sie es hinaus: »Jaaaa!« Erschrocken schlug das Entenmännchen mit den Flügeln um sich, hob ab, flatterte ein Stück über das Wasser. Das Entenweibchen hatte nur kurz den Kopf zu Maiana gewandt. Dann beschäftigte es sich wieder mit Untertauchen, um nach Futter zu suchen. Ja, Maiana würde es tun. Sie würde es schaffen. Yannik zuliebe. Und vor allem sich selbst zuliebe. Noch nie war ihr ein Mann begegnet, den sie attraktiver fand. Der ihr aufrichtig gestand, dass er sie liebte. Der sie umschmeichelte, ihr Komplimente machte, ihr versprach, sie immer glücklich zu machen. Gut, sie hatte generell nicht viel Erfahrungen mit Männern. Aber die Kerle aus dem Dorf, die ihr manchmal nachpfiffen, waren eher rüpelhaft. Sie hatte Yannik gebeten, ihr seine Handynummer zu geben, damit sie ihn erreichen könnte. Doch er hatte gemeint, er müsste sich gleich nach seiner Rückkehr in Deutschland Hals über Kopf in eine Menge wichtiger Arbeiten werfen. Das würde ihn fast rund um die Uhr beschäftigen. Nur so sei es zu schaffen, dass er bald wieder nach Rumänien zurückkönne. In einer Woche, allerhöchstens zehn Tagen. Und jetzt waren fast drei Monate vergangen, seit Yannik weg war. Sie verstand das alles nicht.

»Maiana, gut, dass du da bist, das Essen ist fertig.« Sie hörte die Stimme der Großmutter aus der Küche, als sie die Haustür öffnete. Maiana ging zu der alten Frau, umarmte sie, drückte ihr einen Kuss auf die Wange. Was es zum Abendessen gab, brauchte sie nicht zu fragen, sie ahnte es auch so.

»Prinz Schnittlauch hat mir heute zugeflüstert, du würdest dich über Bratkartoffeln mit einem speziellen Schnittlauchsalat freuen. Und Prinz Schnittlauch hat immer recht. Stimmt es?«

Sie nickte. Ja, ihre Großmutter hatte richtig vermutet. Oder besser gesagt, die Märchenfigur aus Omas Geschichten hatte ihr den richtigen Tipp ins Ohr geflüstert. Maiana nahm Platz. Die Bratkartoffeln waren knusprig, zeigten sich in köstlichem Braun. Und der Schnittlauchsalat schmeckte geradezu himmlisch. Oma war wieder die perfekte Mischung aus klein geschnipseltem Schnittlauch, zerdrückten harten Eiern, Sahne und Gewürzen gelungen.

Maiana ließ sich Zeit. Nur langsam leerte sie den Teller.

»Magst du einen Nachschlag?«

Plötzlich verspürte Maiana tiefe Traurigkeit. Wie eine Woge schwappte die Verzweiflung über sie herein. Es kam ganz überraschend. Sie wusste nicht, woher.

»Nein, danke. Keinen Nachschlag.«

Sie fröstelte. Sollte sie das warme Tuch aus ihrem Zimmer holen? Vielleicht später.

»Ich mache mir Sorgen, Maiana.« Sie blickte auf. Das Gesicht ihrer Großmutter war ernst. »Ich mache mir Sorgen um dich, mein Kind.«

Der besorgte Blick der alten Frau, die sie so sehr liebte, tat Maiana weh.

»Das brauchst du nicht, Oma. Ich bin nur ab und zu etwas beunruhigt. Wegen dir. Du bist nicht mehr die Jüngste. Und manchmal muss ich dich alleine lassen, hier im Haus. Ich stelle mir oft vor, was alles geschehen kann. Ich will dich nicht verlieren.«

Die alte Frau beugte sich über den Tisch, nahm sanft die Hand ihrer Enkelin.

»Das kann ich nachvollziehen, Maiana. Ich weiß nicht, wie viel Zeit mir auf dieser Erde bleibt. Das kann niemand wissen. Doch wenn die Zeit für mich gekommen ist und Gott das so will, dann werde ich beruhigt und in Frieden gehen. Ich freue mich darauf, dann mit deinem Großvater beisammen zu sein. Und der Platz für dieses Zusammensein wird im Paradies liegen. Da bin ich ganz sicher. Abschied ist auch immer mit Schmerz verbunden, das weiß ich. Und du wirst traurig sein. Aber das musst du nicht. Denn du darfst daran glauben, dass es mir gut geht. Und deinem Großvater auch. Dass du dir darüber Sorgen machst, das verstehe ich. Doch das ist nicht das Einzige, das dich betrübt. Es gibt anderes. Ich spüre es. Es ist wegen des Mannes, der mehrmals hier war. Mit dem du oft anderswo zusammen warst. Der Mann ist vor drei Monaten weg. Egal, was er dir versprochen hat, er wird nicht mehr wiederkommen. Ich sage heute dasselbe, was ich damals sagte. Darüber solltest du froh sein. Das ist kein guter Mann. Er hat etwas Verschlagenes in sich. Er meint es nicht ehrlich. Mit niemandem. Auch mit dir nicht. Er soll bleiben, wo er ist. Das ist besser so. Vor allem für dich.« – »Nein!« Sie entriss der Großmutter die Hand, sprang auf. Zorn flammte in ihr empor. Nein, und nochmals nein! Ihre Oma war gewiss eine kluge Frau. Sie hatte oft recht. Aber dieses Mal nicht. Was hatte ihr Yannik angetan? Nichts. Er hatte ihr sogar Blumen mitgebracht, als er Maiana das erste Mal im Haus der Großeltern besuchte. Und einen teuren Kuchen hatte er ihr geschenkt, aus der luxuriösen Konditorei in der Stadt. Und wenn Yannik in Deutschland aufgehalten wurde, dann hatte das seinen Grund. Aber er würde wiederkommen. Ganz gewiss. Er würde Maiana holen. Denn er liebte sie. Das hatte er gesagt. Und sie liebte ihn. Noch nie hatte sie einen Menschen so geliebt wie Yannik. Nicht einmal die Großeltern. Sie erschrak, fuhr sich mit der Hand an den Mund. Was schwirrten ihr da für Gedanken durch den Kopf? Stimmte das? Nein, das stimmte keinesfalls. Sie liebte Yannik. Das war gewiss. Aber sie liebte auch ihre Großmutter. Und das auf andere Weise. Sie stakste um den kleinen Tisch, schloss ihre Großmutter in die Arme. Tiefes Schluchzen quoll aus ihr, brodelte aus ihrem Herzen, drang aus ihrer Kehle. Sie küsste die Oma auf die Wange, auf den Mund. Dann riss sie sich los, rannte auf ihr Zimmer. Zwei Stunden später kam sie zurück. Die alte Frau hatte längst das Geschirr abgewaschen. Der Fußboden in der Stube wirkte frisch gefegt. Die Großmutter saß ruhig in ihrem Lehnstuhl. Auf dem Tisch brannte eine Kerze. Maiana setzt sich zu ihrer Oma. Sie legte ihren Kopf an die schmale Schulter der alten Frau.

»Ich weiß nicht, was ich tun soll«, flüsterte sie. Die Großmutter streichelte ihr übers Haar, dann über die Wange.

»Ich weiß es auch nicht, mein Kind. Ich kann dir zwar einen Rat geben. Ich kann dir sagen, was ich für gut oder schlecht empfinde. Aber mehr kann ich nicht. Wissen, was man tun soll, kann man nur selbst herausfinden. Spür in dein Inneres, mein Kind. Sei ehrlich zu dir selbst. Dann weißt du es. Und handle danach.«

»Was würde Prinz Schnittlauch mir sagen?«

Die alte Frau kicherte, richtete sich auf. »Ich habe dir ein wenig von der Schnittlauchsoße aufbehalten. Sie steht auf der Anrichte. Du kannst sie später mit Schwarzbrot essen, wenn du magst.« Schalk blitzte aus ihren Augen. Doch Großmutters Stimme hatte einen ernsten Ton.

»Prinz Schnittlauch kann nur das sagen, was er als Prinz Schnittlauch für richtig hält.« Sie strich der Enkelin übers Haar. »Genau danach hat Prinz Schnittlauch immer gehandelt. Und er wird es weiterhin tun. Er ist ein Abenteurer. Wenn er auf die Schnauze fällt, und das passiert ihm oft, dann krabbelt er sofort wieder auf. Das weißt du. Lass dir ja nie von anderen wehtun. Und wenn es doch passiert, dann wehr dich. Zahle es ihnen zurück. Das tut deiner Seele gut. Sonst wird sie krank. Das würde er sagen. Du darfst niemals aufgeben. Es gilt immer, den eigenen Grips einzusetzen, das würde er sagen. Vertrau dem Flügelschlag der Fantasie. Plane das Unerwartete. Verkleide es. Täusche vor, dass dahinter etwas anderes steckt, als man sieht. Auf dem geraden Weg kommt man gut voran, würde er sagen. Aber wenn man das schier Unmögliche schaffen will, dann ist Tricksen viel besser. Und er würde hinzufügen: Vertrau auf die Stimme in deinem Herzen. Folge ihr.«

Maiana küsste die Großmutter auf die Stirn. »Danke, Oma. Ich bin so froh, dass du mir die Geschichten von Prinz Schnittlauch und den anderen fabelhaften Pflanzenwesen schenkst. Und jetzt mag ich ein großes Stück Schwarzbrot und den Rest deiner großartigen Schnittlauchsoße.« Sie drückte sich vom Stuhl hoch, half der alten Frau auf. Es wurde ein lustiger Abend. Doch in den nächsten Tagen entging Maiana nicht, dass ihre Großmutter müder auf sie wirkte als sonst.

Zwei Monate später, fast auf den Tag genau, war es dann vorbei. Die Großmutter schloss am Abend beim Einschlafen die Augen und öffnete sie nicht mehr. Wie ein schlafendes Kind lag die alte Frau in ihrem Bett, als Maiana sie am nächsten Morgen fand und aufzuwecken versuchte. Maiana drückte den Kopf der toten Großmutter an sich und weinte. Sie weinte lange. Dann stand sie auf. Es gab viel zu erledigen. Sie empfing die Nachbarn. Sie wartete selbst gepressten Apfelsaft und Kuchen auf. Auch ein Gläschen Schnaps, wenn das gewünscht war. Sie nahm die Beileidsbekundungen und tröstenden Worte der Nachbarn entgegen. Dann kümmerte sie sich um die Vorbereitungen fürs Begräbnis. Das halbe Dorf war zur Verabschiedung erschienen. Maianas Großeltern hatten in der Umgebung stets als geachtete Leute gegolten. Dass Yanniks Unternehmen in Deutschland den Namen *Helbas International* führte, wusste Maiana schon länger. Recherchen im Internet hatten es ihr bestätigt. Dreimal hatte sie dort angerufen, war jedes Mal abgewimmelt worden. Nachdem Maiana den Notar aufgesucht hatte, der Großmutters Hinterlassenschaft regelte, packte sie ihren Koffer. Sie konnte nur ein paar Habseligkeiten mitnehmen. Mehr besaß sie nicht. Das bisschen Geld aus der Hinterlassenschaft würde immerhin für einen Flug nach Deutschland reichen. Und wenn es sein musste, konnte sie mit dem Rest des Geldes dort zwei, vielleicht sogar drei Wochen auskommen. Doch das war gewiss nicht nötig. Sie würde Yannik schnell finden. Davon war sie überzeugt. *Vertrau auf die Stimme in deinem Herzen. Folge ihr.* Ja, das würde sie tun. Um 6 Uhr morgens bestieg sie den Bus, der brachte sie zum Hauptort des Bezirkskreises. Von dort ging es mit der Eisenbahn nach Bukarest. Das Flugzeug nach Deutschland würde am frühen Abend starten.

4

Die Tür wurde mit heftigem Schwung aufgerissen. Wallek stürmte herein. Dahinter bemerkte Yannik die entsetzt aufgerissenen Augen im Gesicht seiner Sekretärin. »Entschuldigen Sie, Herr Direktor, ich wollte nicht … aber es ging so schnell …«

»Danke, Frau Zinnberger. Das passt schon.«

Wallek knallte die Tür zu. Sein Gesicht war kreidebleich.

»Was ist los, Werner? Du klangst so verwirrt am Telefon. Ich verstand kaum, worum es geht.« Wallek ließ sich schwer atmend in den Besucherstuhl kippen.

»Um es klipp und klar zu sagen: Es ist weg. Alles.«

Yannik blickte ihn an. Er schüttelte verständnislos den Kopf. »Was ist weg?«

»Das gesamte Geld vom Marshallkonto.« Vom Marshallkonto? Wovon redete sein Geschäftspartner da? Yannik hatte erst vor zwei Tagen das Konto gecheckt, einige Eingänge nachgeprüft. Da war alles in Ordnung. Yannik hatte sich vor rund zehn Jahren das Konto in Majuro, der Hauptstadt der Marshallinseln, einrichten lassen. Es diente ihm in erster Linie für Transaktionen, die nötig waren, um seine unsauberen internationalen Immobiliengeschäfte abzuwickeln. Yannik verfügte über mehrere Konten. Er hatte sein Vermögen auf mehrere Schwarzgeldkonten gut verteilt. Auf das Marshallkonto hatte Wallek als Geschäftspartner und Berater Zugriff.

»Was heißt *weg*?«

»Das Konto ist leer.« Wallek riss die Arme hoch, drosch mit den Fäusten auf die Tischplatte. »Der Kontostand lautet null. Nicht ein einziger Cent ist mehr da. Verstehst du?«

Nun beugte sich Yannik über den Tisch. »Das ist absoluter Blödsinn, Werner. Vorgestern waren auf dem Marshallkonto knapp acht Millionen Euro. Ich habe das selbst überprüft. Was hast du für die Transaktion nach Venezuela benötigt? Maximal 350.000 hast du vorgeschlagen. Selbst wenn es 400.000 waren, reicht das noch immer. Der Kontostand kann also nicht bei null sein.«

Gleichzeitig wischte Yannik mit der Hand über die Bildfläche seines Notebooks. Seine Finger huschten über die Tastatur. Er gab die Codes ein für das Konto auf den Marshallinseln. Was er dann zu sehen bekam, ließ ihn zusammenzucken. Tatsächlich. Hier war nichts mehr drauf. Null. Zero. Verwirrt musterte er sein Gegenüber.

»Wie viel hast du überwiesen?«

»350.000. Wie abgemacht.«

»Was hast du mit dieser Transaktion sonst noch aufgeführt, Werner?«

Wallek fuchtelte hektisch mit den Händen.

»Gar nichts. Mir ist kein Fehler unterlaufen, Yannik. Ich habe alles mehrfach überprüft. Faktum ist: Das Konto wurde geleert. Aber nicht von mir.«

Yanniks Hände huschten erneut über die Tastatur. Schnell rief er seine Konten in Brasilien auf, von denen nur er wusste. Genauso wie die Konten in Liechtenstein. Seine Verwirrung wuchs an. Was hatte das zu bedeuten? Alle Konten schienen leer zu sein. Null. Zero. Er begann zu schwitzen. Seine Finger hasteten in rasendem Tempo dahin. Die Gegensprechanlage summte.

»Herr Direktor, ich habe jemanden aus dem Finanzamt in der Leitung. Kann ich durchstellen?«

»Jetzt nicht, Frau Zinnberger.«

»Ein Herr Doktor Rüdling. Er meinte, es wäre dringend.«

Rüdling? Chef der Steuerprüfer? Was wollte der von ihm? Ausgerechnet jetzt.

»Sagen Sie ihm, ich sei außer Haus und telefonisch nicht erreichbar.«

Er ließ seine Finger weiterhasten in rasendem Tempo. Er öffnete Suchbefehle, aktivierte Daten zu bestimmten Vermögensanteilen, gab die entsprechenden Codes ein, die nur er kannte. Unwillkürlich schnellten seine Hände hoch, gaben die Tastatur frei. Er starrte ungläubig auf den Bildschirm. Was hatte das zu bedeuten? Die Konten schienen tatsächlich leer zu sein! Und das war längst nicht alles. Wenn er den Daten trauen konnte, die sich ihm auf dem Bildschirm boten, dann gehörte ihm gar nichts mehr. Auch seine Häuser waren nicht mehr in seinem Besitz. Sogar sein teures Reitpferd war weg. Verkauft, wie er bemerkte. Von ihm selbst. Zumindest bestätigte das sein nur ihm bekannter persönlicher Code. Nur keine Panik aufkommen lassen, Yannik, befahl er sich selbst. Bei all dem konnte es sich nur um einen verhängnisvollen Irrtum handeln. Da musste irgendein fataler Fehler im System daran schuld sein. Schnell drückte er die Gegensprechanlage.

»Frau Zinnberger, kommen Sie bitte herein!«

Die Bürotür wurde geöffnet.

»Bitte, Herr Direktor?«

»Ich brauche auf der Stelle Herrn Trixner. In unserem Computersystem stimmt etwas nicht. Schicken Sie ihn sofort zu mir.«

»Tut mir leid, Herr Direktor, aber Herr Trixner ist heute nicht zum Dienst erschienen.«

»Was?«

»Aber er kommt sicher bald. Der junge Mann ist ja so zuverlässig. Ein wahrer Meister seines Fachs, wie Sie mehrmals betonten. Einer, der immer alles im Blickfeld hat.«

Yannik wurde plötzlich heiß. Siedend heiß. Er sprang vom Schreibtischstuhl hoch, hastete zum Designerkasten, entsperrte ihn, riss die Tür auf. Gähnende Leere starrte ihn an. Da war nichts mehr. Sogar seine geliebte Hechtangelrute war verschwunden. Alles weg. Yannik stöhnte auf. Er torkelte zurück, ließ sich ächzend in seinen Bürosessel plumpsen. Was er zu diesem Zeitpunkt nicht wusste: Der Sessel würde ihm auch bald nicht mehr gehören. Der Exekutor folgte der Anweisung, die auf seinem Bildschirm erschienen war, und machte sich bereits auf den Weg.

5

»Wunderbar, Frau Dalca, dass Sie meiner Einladung gefolgt sind. Ich freue mich sehr, Sie und Ihre Gäste in meinem bescheidenen Lokal willkommen zu heißen.« Das »bescheidene Lokal« war immerhin ein mit zahlreichen Preisen ausgezeichnetes Restaurant der Spitzenklasse. Und seit Heiko Fällner Fernsehstar war und seine eigene Kochsendung hatte, war ohnehin kein Tisch zu bekommen. Außer man reservierte über mehrere Wochen im Voraus. Doch einen der Tische hielt Fällner immer für spezielle Gäste frei. So war es möglich gewesen, dass Maiana Dalca am Abend nach ihrem Anruf ins Sternerestaurant kommen konnte. Fällner gab dem Kellner ein Zeichen. Der servierte die Aperitifs. Maiana hatte sich für einen Holundersaft mit Limetten und Schaumwein entschieden. Inga Seits wählte den Champagner, und der Dritte im Bunde griff zum alkoholfreien Tomatencocktail.

»Und natürlich freue ich mich, mit einer Kleinigkeit aufzuwarten, bei der Schnittlauch für besonderes Aroma sorgt. Extra für Sie kreiert, Frau Dalca. So wie versprochen.«

Er deutete eine Verbeugung an. Dann wandte er sich ab. Es galt, weitere Gäste zu begrüßen. Maiana hob ihr Glas. Die andere taten es ihr gleich. Unwillkürlich musste Maiana schmunzeln. Das Rot des Tomatensaftes passte exakt zu den Sommersprossen des jungen Mannes, der den Cocktail hochhielt. Auch Inga lächelte. »Auf Prinz Schnittlauch!«, rief sie.

»Auf Prinz Schnittlauch«, stimmten die anderen beiden ein. Sie prosteten einander zu und tranken. Maiana stellte das Glas ab. War es tatsächlich erst so wenige Tage her, nicht einmal drei Wochen, seit Inga Seits an die Hotelzimmertür geklopft hatte? Beim ersten Versuch hatte sich Maiana verweigert. Auch beim zweiten. Doch Inga war hartnäckig geblieben. Beim dritten »Maiana, mach bitte auf«, hatte sie schließlich geöffnet. Inga, die für Maiana längst mehr war als nur PR-Beraterin des Verlages, hatte sie einfach in die Arme genommen. »Ich habe alle Termine für heute und morgen abgesagt. Darum kümmern wir uns später. Wenn du magst, erzählst du mir, was dich bedrückt. Wenn nicht, dann passt es auch.« Eine Stunde lang hatte Maiana die Umarmung der Freundin genossen. Und dann hatte sie begonnen zu erzählen. Alles, von Anfang an.

Inga hatte ihr zugehört. Bis in die Morgenstunden. Und dann hatte sie gesagt: »Gut. Was würde Prinz Schnittlauch jetzt unternehmen?«

Und Maiana hatte geantwortet. Die Worte wusste sie noch genau, als hätte sie sie eben am Restauranttisch ausgesprochen: »Lass dir ja nie von anderen wehtun«, hatte sie geantwortet. »Und wenn es doch passiert, dann wehr dich. Zahle es ihnen zurück. Das tut deiner Seele gut. Sonst wird sie krank.«

»Bestens«, hatte Inga darauf erwidert. »Kranke Seelen brauchen wir nicht. Also machen wir uns an die Arbeit. Wir schmieden einen Plan. Zumindest den Anfang. Dann legen wir uns hin, um auszuschlafen. Und wenn wir munter sind, schmieden wir weiter.« Genauso hatten sie es gemacht. Einen Tag später hatte Inga ihr einen jungen Mann vorgestellt. Mit roten Haaren. Maiana hatte bei dessen Anblick sofort an *Pumuckl* denken müssen.

»Das ist Anakin«, hatte Inga ihn vorgestellt. Heute wusste Maiana, dass er nicht so hieß. Genauso wenig wie Rolf Trixner. Diesen Namen hatten sie sich später gemeinsam ausgedacht. Inga hatte den jungen Mann vor einigen Jahren kennengelernt. Damals arbeitete sie noch nicht im Verlag. Sie war TV-Journalistin, drehte eine Reportage über die Hackerszene. Dabei hatte sie den jungen Mann getroffen, der sich Anakin nannte. Er war früher selbst Hacker gewesen. Er war, als Inga ihn kennenlernte, im Begriff, auf die »gute« Seite zu wechseln. Inga hatte ihm mithilfe des TV-Senders bei diesem Vorhaben geholfen. Seither war der Kontakt zwischen Inga und Anakin bis heute nie abgerissen.

»Was macht einen guten Hacker aus?«, hatte Maiana den jungen Mann irgendwann gefragt. Da kannten sie einander schon besser. »Dem Flügelschlag der Fantasie vertrauen, das macht einen guten Hacker aus. So wie es dein Prinz Schnittlauch gelegentlich formuliert«, hatte Anakin lachend geantwortet. Und sie hatten weiter an ihrem Plan geschmiedet. Zu dritt.

»Darf ich Ihnen meine kleine Schnittlauchüberraschung servieren lassen?« Der freundliche Einwurf des Restaurantbesitzers riss Maiana aus ihren Gedanken.

»Ich bitte darum, Herr Fällner.«

Aufgetragen wurde ihnen eine Suppe. Alle drei kosteten und waren begeistert. Die Suppe war von wunderbar cremiger Konsistenz. Sellerie war darin, Kohlrabi und natürlich Schnittlauch.

»Der Schnittlauchgeschmack ist einfach köstlich. Aber

da ist noch eine Note in der Gesamtkomposition zu erspüren, die ich nicht zuordnen kann. Dieser Duft ist wunderbar.
Irgendwie süßlich, kommt mir vor«, bemerkte Inga. »Erinnert mich entfernt an ein bestimmtes Eis, das ich manchmal im Sommer genieße.«

Fällner deutete eine Verbeugung an. »Hervorragend
erkannt, Frau Seits. Ich nehme an, Sie genießen manchmal Waldmeistereis.«

»Ah, Waldmeister!«, mischte sich Anakin ein. »Den mag
ich auch. Ich trinke manchmal Waldmeistersirup.«

»Ja, Waldmeistereis. Das ist es«, setzte Inga hinzu.

»Ich habe erstmals versucht, diese Suppe mit einem
Hauch von Waldmeister abzurunden, um für eine besondere Geschmacksnuance zu sorgen. Ihren Reaktionen ent-
nehme ich, dass dies gelungen ist.«

»Auf den Waldmeister!«, rief Anakin und hielt sein Glas
hoch. Die anderen stimmten ihm zu. Heiko Fällner wartete, bis sie die Suppe fertig hatten. Dann ließ er abservie-
ren und entfernte sich wieder.

»Und erneut: ein Hoch auf Prinz Schnittlauch.« Anakin hob sein Glas. »Und selbstverständlich ein Hoch auf
euch beide.«

»Plane das Unerwartete. Verkleide es. Täusche vor, dass
dahinter etwas anderes steckt.« Daran hatten sie versucht,
sich zu halten. Und es war ihnen gelungen.

»Erstaunlich, was dir alles zu Yannik eingefallen ist,
Maiana«, bemerkte Anakin.

»Sogar die Begeisterung für seine wertvolle Hechtrute
konnten wir nutzen. Das hat sein Vertrauen zu mir von
Anfang an in die richtigen brauchbaren Bahnen gelenkt.«

»Ja, von dieser Rute schwärmte er auch in Rumänien. Er hatte sie fast immer dabei. Er wollte mich sogar einmal zum Angeln mitnehmen. Aber ich konnte nicht wegen der Großeltern.«

»Ich nehme an, die Rute hast du ihm nicht gelassen«, warf Inga ein.

»Selbstverständlich nicht«, bestätigte Anakin. »Ich bin noch in der Nacht in den Betrieb. Dabei habe ich alles mitgenommen, was er in seinem dämlichen Designerkasten bunkerte. Und ich habe mich davon überzeugt, dass mein eingeschleustes Programm genau zu den Resultaten führte, die wir anpeilten.«

Er grinste Inga an. »Und danke nochmals, dass es dir gelang, auf Yanniks persönlichen Schlüsselcode zu stoßen. Das hat mir die Sache um einiges erleichtert.«

»Das war ja meine Aufgabe herauszufinden, was geht. Die drei grauenvollen Abende in der Bar und die ständigen schlüpfrigen Andeutungen, mit ihm sicher bald ins Bett zu gehen, sollten nicht umsonst sein.«

»Wie viel wird es insgesamt sein?«, fragte Maiana.

Anakin griff in die Tasche, zog sein Smartphone heraus, tippte darauf.

»Wir haben es geschafft, ihm alles abzuknöpfen. Selbst das Pferd gehört ihm nicht mehr. Die Steuerfahndung konnte ich auch aktivieren. Die Finanzpolizei bekam durch mein Einwirken sämtliche Schwarzgeldkonten aufgelistet. Darauf ist allerdings kein Geld mehr. Das wird das Finanzamt zwar bedauern, aber sie werden ihn von heute an ständig im Auge behalten. Da geht künftig nichts mehr.« Er tippte kurz auf das Gerät. »Nun ist auch die Segeljacht verkauft, wie ich eben sehe. Alles in allem kommt eine Summe von knapp 25 Millionen Euro zusammen.«

Sie hatten von Anfang an beschlossen, einen gewissen Betrag jenen zu überweisen, die durch Yanniks Machenschaften besondere Verluste erlitten hatten. Das würden wohl rund drei Millionen sein, wie Anakin inzwischen ermittelt hatte.

Über den Rest, und das waren immerhin 22 Millionen Euro, würden sich Kinderheime und Einrichtungen für Frauen freuen dürfen. In Rumänien vor allem. Aber auch in Deutschland. Maiana beugte sich vor, berührte die Hände von Inga und Anakin, den Menschen, die ihr geholfen hatten, dieses schier aussichtslose Vorhaben umzusetzen. Sie hatte dabei nie so etwas wie Rache gefühlt. Es ging um Gerechtigkeit.

»Auf dem geraden Weg kommt man gut voran«, würde Prinz Schnittlauch sagen. »Aber wenn man das schier Unmögliche schaffen will, dann ist Tricksen viel besser.« Und Prinz Schnittlauch hatte recht behalten.

Wie immer.

Melissen. CCLXXXI.

Melisse, *Melissa officinalis,* auch: *Bienenkraut, Mutterwurz, Herztrost, Honig-blum, Nervenkräutl.* Schon in der Antike bei Pedanios Dioskurides und Plinius dem Älteren als *melissophylon* beschrieben. Der Duft beim Zerreiben erinnert an Zitronen. Als Zitronenmelisse 1988 Heilkraut des Jahres. Wird eingesetzt für Beruhigung des Nervensystems, hilft auch gegen Lippenherpes. Die Melisse wird von Honigbienen bevorzugt angeflogen.

MELISSE

1

»Weltraumtourismus ist ein boomender Markt, meine sehr geehrten Damen und Herren. Das dürfen Sie mir glauben.«

Selbstverständlich glaubte Caspar Zimps dem Vortragenden, deswegen war er ja hier. Ingmar Kreilson war gebürtiger Schwede, hatte in den USA Karriere als Manager in höchsten Wirtschaftskreisen gemacht. Er gehörte zur Führungscrew von *Uranus Universe*. Caspar hatte sich im Internet schlaugemacht, sich bestens auf die Veranstaltung vorbereitet. Seit einem Monat tourte Ingmar Kreilson als Referent durch ausgesuchte Länder. Dass es der heimischen Wirtschaftskammer gelungen war, einen Kapazunder dieses Ranges für ein Gastspiel in der hiesigen Landeshauptstadt zu gewinnen, erstaunte Caspar noch immer. »Urlaub im All: Die Zukunft hat längst begonnen«. So stand es in großen Lettern auf dem Brief. Er hatte sich mächtig über die Einladung der Wirtschaftskammer gefreut. Seit Wochen waren Datum und Ort der Veranstaltung in seinem Terminkalender fett vermerkt. Er hatte eine weite Anreise, fast 130 Kilometer. Aber das machte ihm nichts aus. Er war schon lange vor dem offiziellen Beginn am Eingang zum Congresscenter eingetroffen. Es hatte sich ausgezahlt. Er hatte einen Sitzplatz in der zweiten Reihe ergattert. Der Vortragssaal war bald bis auf den letzten Platz gefüllt. Auch drei Mitglieder der Landesregierung hatte Caspar ausgemacht. Daneben ein paar Wichtigtuer aus der lokalen Promi-Szene. Die waren wohl in erster Linie erschienen, weil bekannt wurde, dass auch drei TV-Teams anwesend sein würden. Auch der überregionale Gastronomieverband war bestens vertreten. Die beiden Vorstandssprecher saßen in der ersten Reihe. Sie hatten Caspar bei ihrem Eintreffen persönlich begrüßt. Dabei war er ein wenig rot geworden. Er hatte nicht gedacht, dass er bei Persönlichkeiten dieses Niveaus sogar namentlich bekannt war. Alles bestens, hatte Caspar gedacht. Bis auf eines. Dass in der fünften Reihe jemand saß, den er nie und nimmer bei einer Veranstaltung dieser Art vermutet hätte, irritierte ihn. Warum war Ingo Schaupler hier? Er kam aus seiner Heimatgemeinde. Die Antwort für diese Ungereimtheit entdeckte Caspar schnell. Neben Ingo saß Bruna. Caspar hatte Ingos Ehefrau immer schon sympathisch gefunden. Gewiss war sie es gewesen, die darauf bestanden hatte, dass ihr meist inkompetenter Gatte sich zu diesem bedeutenden Vortrag im Congresscenter der Landeshauptstadt einzufinden hatte.

»Wann kann ich in der Outer Space Luxus Suite französischen Champagner schlürfen und mit meinen Friends aus der High Society unseren Planeten bestaunen, also wirklich auf die ganze Welt glotzen?«

Die Frage kam von Adrian Wehlmann. Er saß in der ersten Reihe. Auch diesen Typen kannte Caspar. Wie immer hatte der Schickimicki-Barbesitzer einen näselnden Tonfall angeschlagen.

»Das kann sehr bald sein, mein Herr. Es kommt in jedem Fall wesentlich früher, als Sie vielleicht glauben.« Kreilson unterstrich seine Bemerkung mit einem freundlichen Lächeln. Dass der *Uranus Universe* Manager nahezu akzentfrei Deutsch sprach, hatte Caspar von Anfang an beeindruckt. Wehlmann drehte sich feixend nach hinten, wo einige seiner Schickifreunde saßen.

»Ich vermute, das wird mich eine Kleinigkeit kosten. Was meint ihr?« Sein Anhang johlte. Wehlmann wandte sich wieder nach vorne. »Werde ich mir das leisten können, Herr Kreilson?«

Noch immer war die Miene des Vortragenden von ausgesuchter Freundlichkeit.

»Auch da spielt Ihnen die rasante Entwicklung dieses boomenden Marktes in die Hände, mein Herr. Für Kurztrips ins All, die jetzt schon möglich sind, müssen Sie derzeit ein hübsches Sümmchen aufbringen. Werfen Sie einen Blick in Ihr Sparschwein. Wenn es passt, holen Sie den Hammer. Mit 50 Millionen Dollar sind Sie dabei. Aber das wird sich schnell ändern.« Er breitete die Arme aus, als wolle er die gesamte Zuhörerschaft umfassen. »Weltraumtourismus ist *der* Zukunftsmarkt. Wie lange ist es her, dass Juri Gagarin als erster Mensch ins Weltall geschickt wurde, um die Erde zu umkreisen?« Er blickte in die Runde.

»Das war 1961«, schallte es aus den hinteren Reihen.

»Sehr richtig.« Der Manager drehte anerkennend den Daumen nach oben. »Es ist wirklich erst ein paar Jahrzehnte her. Schauen wir genauer hin, wie fulminant die Entwicklung in der kurzen Zeitspanne explodierte. Damals ging es um die Rivalität zwischen Nationen und politischen Systemen. Das war der alles beherrschende Antrieb. Heute ist das anders. In unseren Tagen blicken wir auf Globalisierung in ganz neuen Dimensionen. Uns interessiert die Ausdehnung unseres gemeinsamen Wirtschaftsraumes bis ins All.« Er schaute neugierig auf seine Zuhörerschaft. »Was kostet es heutzutage, einen Satelliten in den Weltraum zu schicken?« Caspar war sofort klar, worauf der Vortragende hinauswollte.

»Es kostet nur mehr die Hälfte dessen, was es noch vor fünf Jahren ausmachte«, rief er schnell.

»Ausgezeichnete Antwort.« Kreilson klatschte anerkennend in Caspars Richtung. Der bemerkte, dass er wieder leicht errötete. »Und es wird von Jahr zu Jahr günstiger. Die Zukunft hat längst begonnen. Wir werden bald ganze Industrieanlagen im All haben. Aber, und da sind sich alle Experten einig: Noch vor den Fabriken wird der Weltraummarkt von etwas anderem geprägt, nämlich von ...« Auf der Display Wall hinter ihm erschien ein futuristisch anmutendes Gebilde. Es erinnerte an ein sich langsam drehendes riesiges Rad mit Ausbuchtungen. Im Hintergrund war der Weltraum zu erkennen, mit einem Teil der Erde, mit einem Ausschnitt von der Oberfläche unseres Planeten.

»... Hotels!«, rief der Manager. Die Ausbuchtungen am Riesenradgebilde begannen zu blinken. Gleichzeitig erschien der Schriftzug »Uranus Universe«. »Die gesamte Schwerindustrie der Erde soll in den Weltraum verbannt werden.« Der vielleicht ein wenig radikal erscheinende Vorschlag von *Amazon*-Gründer Jeff Bezos war Caspar seit Langem bekannt. Auch andere Experten teilten dessen Ansicht, man könne alles, was schmutzig ist und Kohlenstoff verbrennt, ins All verlagern. Nicht heute, nicht morgen, nicht nächstes Jahr, aber dennoch bald. Die wirtschaftliche Nutzung des Weltraumes ist längst keine zukunftsferne Vision mehr. Das wusste Caspar. Allein deshalb hatte er sich eingehend mit den Plänen von *Uranus Universe* beschäftigt. Dieses Unternehmen plante Weltraumhotels. Und die würde es sehr bald geben. Deswegen war Ingmar Kreilson in einigen Ländern Europas und bald auch Asiens unterwegs.

»Wir von *Uranus Universe* dürfen Ihnen versichern: Wir stehen knapp vor dem Startschuss unserer ersten Weltraumhotelanlage. Technisch ist alles klar. Was die Ausstattung anbelangt, sind wir offen für kompetente Partner, die ihr Know-how einbringen wollen. Deswegen bin ich hier.« Er breitete erneut die Arme aus.

»Was meinen Sie mit Ausstattung?«, fragte einer der beiden Vorstandssprecher des Gastronomieverbandes.

»Was immer notwendig ist.« Kreilson wies auf die Display Wall. »Auch wenn Sie sich im Weltraum um die Erde drehen, die Einrichtungen sind und bleiben Hotels.«

»Also Ausstattung im klassischen Sinn: Betten, Zimmer, Wellnessbereich, Kulinarik?«

»Ja.«

»Oh, ich habe einen Vorschlag.« In der dritten Reihe sprang ein wohlbeleibter Mann auf. »OSIM!«

»Osim?«, schaute ihn der Manager fragend an. »Ein schöner Name. Heißen Sie so?« Der Dicke lachte. »Nein, ich heiße Harry. Ich bin Küchenchef eines Vier-Sterne-Restaurants. Aber ich sage: OSIM!« Er ließ die Hand mit geballter Faust nach oben schnellen. »OSIM. Outer Space Individual Menue. Das braucht es!«

Der Manager quittierte die Vorführung mit einem hellen Lachen. Er deutete eine Verbeugung an. »Sie haben recht. Genau das braucht es. Originelle Ideen. Immerhin handelt es sich um Hotels, die nicht auf der Erde stehen, sondern sich im All befinden.« Er widmete seine Aufmerksamkeit wieder allen. »Was immer Sie an Vorschlägen einzubringen haben, scheuen Sie nicht davor zurück, sich mit uns in Verbindung zu setzen. Wir sammeln alles ein, lassen uns gerne inspirieren. Das ist mit ein Grund, warum ich in diesen Tagen unterwegs bin, in verschiedenen Regionen dieses Kontinents, mit unterschiedlichen kulturellen Erfahrungen.«

Der *Uranus Universe* Manager ließ auf den großen Screens der Display Wall noch einige Darstellungen aufleuchten. Dazu lieferte er ausführliche Erklärungen. Am Ende des Vortrages munterte er die Zuhörerschaft nochmals auf, sich mit Ideen am regen Finalisierungsprozess der Unternehmung zu beteiligen.

»Lassen Sie nichts unversucht, meine Damen und Herren, werden Sie rasch Teil des boomenden Marktes Weltraumtourismus. Ich sage hocherfreut zu Ihnen allen: herzlich willkommen!«

Den letzten Satz rief er in jubelndem Tonfall. Der Applaus, den er dafür erntete, war frenetisch. Die meisten im Saal waren aufgesprungen, jubelten mit. Nur wenige schielten zur bereits geöffneten Tür, hinter der das vorbereitete Buffet zu erkennen war.

»Hallo, Caspar.« Gut die Hälfte der Zuhörerschaft war nach Ende des Vortrages sofort in den Nebenraum gestürzt, wo die Cateringfirma den reichhaltigen Imbiss aufgebaut hatte. Caspar hatte sich zurückgehalten, war zur Seite ausgewichen. Bruna offenbar auch.

»Guten Tag, Bruna. Schön, dich zu sehen.« Er freute sich tatsächlich, sie zu treffen. Allerdings war die Freude nicht ungetrübt. Ingo Schaupler stand neben seiner Frau. Er stierte in Richtung Buffet. Auch er sagte etwas zu Caspar. Es hörte sich nach Grunzen an.

»Ich fand sehr interessant, was wir hier zu hören bekamen«, sprach Bruna weiter. »Und auch die Einladung, eigene Ideen sprießen zu lassen, schätze ich als sehr inspirierend. Man muss sich einfach das Passende einfallen lassen, um vorne mit dabei zu sein. Nicht wahr, Ingo?« Die Frage kam für ihren Ehemann offenbar überraschend.

»Äh, ich weiß nicht genau, was du damit … aber du wirst sicher recht haben, mein Schatz.« Doch Bruna hatte sich schon wieder Caspar zugewandt. »Den Einwurf des Küchenchefs fand ich sehr originell. Outer Space Individual Menue. Das hat allen gleich gefallen. Ich nehme an, dir auch, Caspar.«

Er stimmte ihr zu. OSIM. Darauf hätte er auch kommen können. Das wurde ihm ein wenig schmerzhaft bewusst. Er hätte nur schneller schalten müssen, dann hätte er auch eine Idee vorbringen können. OSIM, das klang nicht schlecht. Aber glänzende Verpackung ist nicht alles. Entscheidend war immer noch der Inhalt. Was man anbot im Menü der Weltraumhotelküche, darauf würde es ankommen. Und da hatte er eine Idee.

2

»Was ist weg?«

»Das Rezept für den Melissensirup!«

Die Augen des Polizisten weiteten sich noch mehr.

»Melissensirup?«

»Ja, und er hat es gestohlen. Das sagte ich doch schon. Ich möchte, dass Sie auf der Stelle etwas unternehmen! Fahren Sie hin, verhaften Sie ihn. Und stellen Sie mein Rezept sicher!«

»Moment, Moment ...« Der Kommandant der Polizeiinspektion Bad Gropsberg versuchte zunächst, den aufgebrachten Mann zu beruhigen. Caspar hatte sich gleich in der Früh ins Auto gesetzt. Seit die Regierung wegen der Sparmaßnahmen vor drei Jahren die Polizeidienststelle in Gropshausen gestrichen hatte, musste man ins 23 Kilometer entfernte Bad Gropsberg fahren, um bei der Polizei vorstellig zu werden.

»Sie behaupten, Herr ...« Kommandant Marian Brendoff blickte schnell auf den Namen, den er sich eben notiert hatte. »... Herr Ingo Schaupler, wohnhaft Gropshausen, Birkenstraße 11, hätte aus Ihrem Safe ein Dokument entwendet. Dabei handelt es sich um ein Rezept für einen Melissensirup. Warum hätte Herr Schaupler das tun sollen?«

»Na wegen dieses OSIM!«

»Osim? Wer ist das? Ein möglicher Komplize?«

Caspar stierte den Kommandanten an. Sind die bei der Polizei alle so begriffsstutzig?

»OSIM. Outer Space Individual Menue.« Caspars Stimme war ziemlich laut geworden. Abteilungsinspektor Marian Brendoff, der seit fünf Jahren die Dienststelle in Bad Gropsberg leitete, überlegte kurz, ob er den diensthabenden Polizeiarzt beiziehen sollte. Und ihn ersuchen, eine Beruhigungsspritze bereitzuhalten. Caspar Zimps war dem Kommandanten nicht unbekannt. Schon wegen der Bekanntschaft mit Valentin, Marians Bruder. Aber derart aufgebracht hatte er den Mann noch nie erlebt.

»Ich mache Ihnen einen Vorschlag, Herr Zimps. Wir setzen uns in mein Büro. Ich lasse uns einen Kaffee bringen. Und Sie erzählen mir in aller Ruhe, was Sie zu der Annahme bringt, Herr Schaupler hätte Ihr Rezept für Melissensirup entwendet.«

Er wandte sich um, öffnete die Bürotür, machte eine einladende Geste. Caspar fand, das wäre nur unnütze Zeitverschwendung. Aber er nahm den Vorschlag an und folgte dem Kommandanten. Er wollte sofort loslegen, aber Brendoff meinte, es wäre wohl besser, zuerst einen Schluck Kaffee zu sich zu nehmen. Das heiße Getränk wurde gebracht. Caspar nippte an der Tasse, dann legte er los. Er wäre vorgestern in der Landeshauptstadt gewesen. Auf Einladung der Wirtschaftskammer. Beim Vortrag des *Uranus Universe* Managers Ingmar Kreilson. »Eine Koryphäe auf seinem Gebiet. Kennen Sie ihn?« Nein, der Postenkommandant kannte ihn nicht. Gleich darauf erfuhr er alles über den boomenden Markt des Weltraumtourismus. Er wurde aufgeklärt über die Chancen für jeden Einzelnen, sich daran zu beteiligen. Man musste nur die richtigen Ideen haben. Etwa das passende Rezept für die Menüzusammenstellung einer Weltraumhotelküche. Warum sperrt man das Rezept für einen simplen Melissensirup ausgerechnet in einen Safe? Das hatte sich der Polizeikommandant anfangs gefragt, als der gereizte Mann aufgetaucht war.

Jetzt konnte Brendoff es allmählich nachvollziehen. Zumindest wenn man so wie Caspar Zimps der Ansicht war, sein Zitronenmelissensirup sei ein unvergleichbar wertvoller Schatz. In seiner Köstlichkeit einzigartig auf der Welt, wie er mehrfach betonte. Und wohl auch bald ein kulinarisches Highlight im Weltraum, wenn die Firma *Uranus Universe* auf Caspars Menüvorschlag zurückgriff. Während er zuhörte, bemühte sich der Abteilungsinspektor krampfhaft, sich aufdrängendes grinsendes Kopfschütteln zu unterbinden.

»Herr Schaupler war also vorgestern auch bei dieser Veranstaltung zusammen mit seiner Frau. Das habe ich durch Ihre Ausführungen jetzt mitbekommen. Wenn Herr Schaupler, so wie Sie, Interesse an einem Weltraummenü hätte, dann könnte er doch selbst eines entwerfen. Wozu braucht er das Rezept von Ihnen?«

»Der?« Caspars Aufbrausen näherte sich einem mittelstarken Brüllen an. Der immer noch freundliche Kommandant deutete vielsagend auf die Tasse. Caspar verstand. Er nahm einen schnellen Schluck.

»Nie und nimmer!«, polterte er dann. »Dieser Versager hat keine Ahnung, was Menschen schmeckt, was ihnen beim Essen Freude bereitet. Sie müssten einmal sehen, was der in seinem Lokal seinen Gästen für einen Fraß vorsetzt. Aber abkassieren will er dann. Und jetzt auch von *Uranus Universe*. Aber mit diesen Profis Geschäfte machen, kann man nur mit erstklassiger Ware. Deshalb hat Ingo mein Rezept gestohlen. Weil er selbst nichts zustande bringt. Ich habe ihn gestern Abend bei mir ums Haus schleichen sehen. Es war mir gleich verdächtig. Dennoch dachte ich mir vorerst nichts dabei. Er verschwand schnell. Erst als ich heute Morgen den Safe öffnete, dachte ich, mich trifft der Schlag. Das Rezept für meinen Melissensirup war weg! Jetzt war mir klar, warum der Drecksack bei mir herumstreunte.« Caspar sprang vom Stuhl auf. »Also los, Herr Kommandant. Worauf warten wir noch? Zuerst muss Ingo Schaupler das Rezept herausrücken. Und alle Kopien, falls er schon welche angefertigt hat. Dann können Sie ihn einsperren. Also fahren wir hin. Ich komme mit.«

Brendoff hob beruhigend die Hände. »Wir machen jetzt Folgendes, Herr Zimps. Sie setzen sich in Ihr Auto und lenken es in aller Ruhe zu sich nach Hause …«

»Nein, das mache ich nicht!« Caspar fuchtelte wild mit den Händen. »Ich komme in jedem Fall mit. Und von Ruhe kann da keine Rede sein.« Nun hatte sich auch der Kommandant erhoben. Sein Gesicht strahlte eine gewisse Freundlichkeit aus. Aber Brendoffs Stimme wurde deutlich lauter. »Doch, Herr Zimps, ich rate Ihnen, meinem Vorschlag zu folgen. Wenn nicht, wird von unserer Seite gar nichts unternommen. Wenn Sie allerdings auf der Stelle heimfahren, verspreche ich Ihnen, Herrn Schaupler zumindest aufzusuchen, um ihn zu befragen. Was meinen Sie?« Caspar wollte protestieren, aber die Miene des Dienststellenleiters war unmissverständlich. Caspar blickte auf die Uhr. Was, schon so spät? Vielleicht sollte er sich doch besser gleich auf den Weg machen. In einer halben Stunde musste er aufsperren. Er hatte zwar in der Früh schnell einen Zettel angebracht, damit seine Kunden wüssten, dass er sich eventuell verspäten würde. Doch halbwegs zeitgerecht zu öffnen, war gewiss besser.

»Herr Abteilungsinspektor, ich nehme Ihren Vorschlag an.« Wenige Minuten später saß er in seinem Wagen und lenkte ihn über die Landstraße. Er hoffte sehr, dass die Polizei erfolgreich war. Er hatte sich inzwischen beruhigt, aber er zitterte immer noch. Das heftige Beben war ihm zusammen mit dem Schreck eingefahren, als er um 7 Uhr früh entdeckt hatte, dass das Rezept aus dem Safe verschwunden war. Vielleicht hätte er doch gleich Dagmar anrufen sollen, um ihr von dem Diebstahl zu erzählen. Aber er war zu verwirrt gewesen. Als es ihm später doch einfiel und er versucht hatte, seine Frau zu erreichen, hatte Dagmar das Handy offenbar ausgeschaltet. Oder sie war in einem Funkloch. Auch Camilla konnte er nicht erreichen. Die beiden waren um 4 Uhr früh losgefahren. Da hatte er noch fest geschlafen. Sie waren unterwegs zu Karlotta, Dagmars Schwester. Die führte in der Toskana ein international bekanntes Restaurant. Ab und zu nahmen sich Caspars Frau und Tochter ein paar Tage Auszeit, um Karlotta zu besuchen. So auch heute. Vielleicht konnte er die beiden später erreichen. Er hatte zumindest die Bitte hinterlassen, ihn zurückzurufen. Es tat ihm immer gut, sich mit Dagmar gründlich zu besprechen. Ganz pünktlich schaffte er es nicht nach Gropshausen. Als er auf dem Hauptplatz ankam, warteten bereits einige seiner Stammgäste, begrüßten ihn mit einem freudigen »Hallo, Caspar. Was gibt es heute? Wir haben Hunger!« Vor knapp einem Jahr hatte er den wunderbaren Standplatz direkt neben der Kirche zugewiesen bekommen. Für diesen prächtigen Flecken hätte der alte Container nicht mehr gereicht. Also hatte er sich den sündteuren Imbisspavillon mit modernster Ausstattung geleistet. Und es hatte sich ausgezahlt. Schon im ersten halben Jahr konnte er seinen Umsatz verdoppeln.

3

Die Birkenstraße befand sich am nördlichen Ortsrand von Gropshausen. Abteilungsinspektor Brendoff hatte kurz überlegt, ob er eine Kollegin mitnehmen sollte. Doch dann hatte er sich entschlossen, alleine zu fahren. Viel versprach er sich nicht von der Unterredung. Aber er hatte Caspar Zimps zugesagt, Ingo Schaupler wenigstens aufzusuchen. Das wollte er einhalten. Die Polizei, dein Freund und Helfer. Schaupler führte in Gropshausen ein kleines Lokal, wie Brendoff bekannt war, *Schaupler's Einkehr*. Es lag nicht am Hauptplatz, sondern zwei Gassen dahinter.

Unter Birkenstraße 11 traf der Abteilungsinspektor auf einen kleinen Häuserblock, in dem sechs Parteien wohnten. Er betätigte die Klingel. Ein mittelgroßer, zaundürrer Mann öffnete. Er ließ den Beamten nicht herein, stelzte hinaus auf den Gang. Was dann folgte, bestätigte den Postenkommandanten in seiner oft gemachten Erfahrung, dass es nicht leicht war, ihn zu überraschen. Es gibt auf diesem Planeten eben eine Menge äußerst kurioser Zeitgenossen. Viele davon sind mit Spinnereien beladen, die man sich vorher kaum vorstellen konnte. Einen solchen Typen hatte er vor drei Stunden auf dem Revier erlebt. Einem weiteren stand er nun gegenüber.

»Was hat er behauptet, der überdrehte Hund? Melissensirup? Was ist das überhaupt?« Der Dürre fuchtelte mit den Armen. »Und deswegen führen Sie mit mir ein Verhör? Ihr glaubt wohl, ihr könnt euch alles leisten. Und das mit meinem Steuergeld!« Marian Brendoff wollte beschwichtigend erklären, es handle sich um kein Verhör, sondern lediglich um eine simple Befragung, aber er kam nicht dazu. Denn der andere begann draufloszuzetern.

»Und wer steht mir hier gegenüber? Abteilungsinspektor Marian Brendoff, der Bruder unseres Bürgermeisters. Auch das noch! Ich weiß genau, was hier abläuft. Sie haben den Posten des Stellenkommandanten in Bad Gropsberg nur deshalb bekommen, weil Ihr Bruder im Landtag sitzt. Und wie lange ist er Bürgermeister bei uns, der saubere Herr Valentin Brendoff? Zehn Jahre! Völlig unfähig für das Amt. Seit damals hat sich alles zum Schlechten verändert. Ihr steckt alle unter einer Decke. Sie, Ihr Bruder und die übrige Bagage! Und der Caspar Zimps gehört auch dazu. Wissen Sie, wer sich alles um den neuen Stellplatz neben der Kirche beworben hat? Nein, das wissen Sie nicht. Fragen Sie Ihren Herrn Bruder. Der weiß es. Und wer hat den Stellplatz bekommen? Der Caspar natürlich. Nur weil der Spinner dort Zeug anbietet, das Ihr Bruder gerne frisst. Da braucht der feine Herr Bürgermeister nur ein paar Schritte über den Marktplatz zu gehen, vom Gemeindeamt bis zur Kirche. So schaut es aus! Und unsereins muss zusehen, wo er bleibt. Ich wollte mit meinem Lokal auch in eine bessere Lage, näher am Hauptplatz. Aber nichts da! Ich kann mir keinen hypermodernen Schicki-Pavillon leisten, mit all dem modernen Firlefanz wie der Caspar. Der verdient sich dumm und dämlich.«

Das Gebrüll wäre wohl noch lange weitergegangen, doch Schauplers erbostes Gekeife wurde mit einem Mal von einem scharfen Ruf unterbrochen.

»Ingo, was soll das? Hör sofort auf, auf dem Gang herumzubrüllen.« Eine schlanke Frau mit aufgesteckten Haaren kam auf sie zu. Sie stellte sich als Bruna Schaupler vor. Sie schob ihren Mann in die Wohnung, bat den Abteilungsinspektor herein. Brendoff erklärte den Grund seines Hierseins. Sie hörte ihm aufmerksam zu.

»Ja, wir waren vorgestern im Congresscenter, haben Caspar getroffen. Es war eine sehr interessante Veranstaltung. Sehr aufschlussreich, mit tollen Perspektiven. Ich fand es äußerst anregend, dass man sich mit eigenen Ideen beteiligen kann …« Sie wandte sich abrupt ihrem Mann zu. »… falls man welche zusammenbringt. Caspar fällt dazu garantiert einiges ein, da bin ich mir sicher.«

»Ja, der und seine kulinarischen Albernheiten. Die stehen mir bis daher.« Er ließ die Hand bis zum Hals hochschnellen.

»Hast du wenigstens einmal Initiative ergriffen, mein Lieber?« Das Leuchten in den Augen der Frau war zwar spöttisch, aber auch eine Spur Sanftheit zeigte sich darin, wie der Polizist bemerkte. »Wenn du schon selbst nichts Brauchbares zusammenbringst, hast du dann wenigstens die Entschlossenheit aufgebracht, Caspars Safe zu knacken, um an seine Rezepte zu kommen?«

Ingo Schaupler schaute entsetzt zu seiner Frau. »Was denkst du nur von mir, Bruna?«

Sie zuckte mit den Schultern. »Hätte ja sein können ...«

»Aber Sie waren dort, Herr Schaupler. Herr Zimps gibt an, dass Sie ums Haus schlichen.«

»Was?« Bruna fixierte ihren Ehemann. Der wand sich unter ihrem Blick, tastete mit den Fingern nach seinem viel zu engen Hemdkragen.

»Der Herr Abteilungsinspektor hat recht. Ich sehe es deinen Augen an, Ingo. Du warst bei Caspars Haus. Wenn du nicht hinter dem Rezept her warst, was wolltest du dann dort?«

Endlich hatte Ingo Schaupler es geschafft, den Hemdkragen aufzuknöpfen.

»Was wolltest du dort, Ingo?«

Er ließ gurgelnd Luft ausströmen. »Nichts.«

Sie wurde lauter. »Lüg mich nicht an, Ingo. Wegen nichts schleichst du nicht um Caspars Haus. Also, was wolltest du?«

Er riss die Arme hoch, verschränkte sie wie ein trotziges Kind.

»Das sage ich nicht. Das ist meine Sache.«

4

»Hallo, Caspar. Die Gemüsequiche, die ich kürzlich bei dir aß, war wirklich hervorragend. Der Brokkoli und die Zucchini fühlten sich weich an und waren dennoch knackig. Und toll gewürzt, vor allem mit dem Thymian. Hast du heute auch eine Quiche im Angebot?«

Die Frau mit dem roten Hut und der ausgefallenen Designerbrille strahlte ihn an. Caspar fühlte, dass er beim kessen Anblick seiner Stammkundin noch stärker ins Schwitzen kam. Das Aufräumen war anstrengend genug. »Tut mir leid, Leonore, ich bin schon am Fertigmachen. Ich kann dir noch schnell einen Becher kalte Olivenmousse mit Mandeln und Paprika anbieten. Dazu ein Stück toskanische Ciabatta. Alles zum Mitnehmen. Ich muss gleich schließen.«

Die Frau blickte ihn leicht verwundert an. »Aber es ist noch nicht einmal 18.30 Uhr. Du hast doch immer bis 19 Uhr offen. Wir sind auch schon länger bei dir zusammengestanden. Einmal haben wir sogar bis fast gegen Mitternacht gefeiert, wenn ich mich recht erinnere. Der Bürgermeister war auch dabei.«

Er griff nach dem Geschirrtuch. Seine Hände schwitzten wirklich stark. Er trocknete sich hastig ab, zog dünne Servicehandschuhe über. Dann langte er nach Brot und Olivenmousse, reichte ihr beides.

»Ja, Leonore, das wird auch wieder sein. Nur heute nicht. Ich muss leider dringend weg.« Sie nahm das Minitablett mit den Speisen entgegen.

»Dann lass dich nicht aufhalten, mein Lieber.« Sie drückte ihm einen Geldschein in die Hand, wandte sich zum Gehen. »Auf bald, caro mio, und ciao!« Dann stöckelte die Frau davon. Leonore war eine seiner treuesten Stammkundinnen. Er bedauerte, dass er gezwungen war, sie unsanft abzuwimmeln. Aber er hatte es eilig. Zweimal hatte er am Nachmittag probiert, den freundlichen Postenkommandanten zu erreichen. Vergeblich. Zu mehr Versuchen war er nicht gekommen. Denn es hatte an seinem Pavillon regelrecht gewimmelt von Kundschaft. Er war kaum mit dem Erfüllen der Bestellungen nachgekommen. Doch er wollte unbedingt erfahren, ob der Abteilungsinspektor bei seiner Begegnung mit Ingo etwas herausgefunden hatte. Nicht lange herumzaudern, einfach handeln. Die Gelegenheit beim Schopf packen! Das war immer schon sein Motto gewesen. Und er war gut damit gefahren. Begonnen hatte er seine gastronomische Laufbahn als Kantineur in einer großen Schuhfabrik. Bald hatte er die gesamte Werksküche übernommen, versorgte jeden Tag weit über 300 hungrige Mitarbeiter. Daneben hatte er an einem zweiten Standbein gebastelt. Irgendwann wollte er selbstständig werden, auf seinen eigenen Beinen stehen. Er hatte sich ein Gastro-Bike zugelegt, war am Wochenende damit herumgefahren. Anfangs hatte sich sein Angebot auf Hotdogs und Getränke beschränkt. Aber schon nach zwei Jahren hatte er die Auswahl völlig umgestellt. Er bot frisch zubereitete Speisen an, kümmerte sich um gesundes Fleisch direkt vom Bauernhof und um Biogemüse. Das Geschäft lief so erfolgreich, dass er es schließlich wagte, den Werksküchenjob an den Nagel zu hängen und selbstständig zu werden. Der erste Verkaufsstand, den er sich leistete, war noch eher bescheiden. Er hatte ihn günstig erworben, natürlich gebraucht. Der nächste Stand war um mindestens zwei Klassen besser. Er hatte ein gutes Gespür dafür gehabt, was Menschen tatsächlich essen wollten. Was sie brauchten, woran sie Spaß hatten, was ihnen Freude bereitete. Vor vier Jahren hatte er begonnen, seine ersten veganen Sandwiches mit Humus anzubieten. Das hatte sich schnell herumgesprochen. Der Zulauf wuchs an. Und jetzt konnte er seine Kunden am neuen Luxuspavillon mitten auf dem Hauptplatz bedienen. Die Gelegenheit beim Schopf packen. Das sagte er sich auch mehrmals vor, als er den Wagen auf der Landstraße nach Bad Gropsberg lenkte. Seine Hoffnung war groß, als er vor der Polizeiinspektion anhielt. Umso härter traf ihn die Enttäuschung, als ihm Abteilungsinspektor Marian Brendoff mittelte, dass bei der Besprechung nichts Brauchbares herausgekommen war.

»Nichts, was Sie sich erhofft hatten, mein lieber Caspar Zimps.«

»Aber er war da. Ich weiß es. Der Schurke schlich ums Haus.«

»Das hat Herr Schaupler auch zugegeben. Sogar seiner Frau gegenüber.«

»Und warum war er da?«

Der Postenkommandant zuckte mit der Schulter. »Das wollte er nicht sagen.«

»Weil er schuldig ist! Weil er mich hintergehen wollte. Hinterhältigste Betrügerei. Er hat das Rezept für meinen Melissensirup gestohlen.«

Der Beamte winkte ab. »Dafür gibt es keinen einzigen Anhaltspunkt.« Caspar schnaubte wild durch die Nüstern.

»Dann fahren Sie auf der Stelle nochmals hin. Durchsuchen Sie seine Wohnung, stellen Sie alles auf den Kopf. Drohen Sie damit, dass er lebenslang kriegt, der falsche Hund. Dann wird er schon zugeben, wo er mein Rezept versteckt hält.«

Der Polizist legte ihm besänftigend die Hand auf die Schulter.

»Belassen wir es dabei, Herr Zimps. Ich wünsche Ihnen einen schönen Abend.«

Na gut, knurrte Caspar auf der Heimfahrt. Wenn die Polizei mich so schändlich im Stich lässt, dann werde ich halt selbst in die Birkenstraße fahren und ihm die Bude auf den Kopf stellen. Nicht lange herumzaudern, einfach handeln. Aber nicht mehr heute. Morgen würde er das machen. In aller Früh. Jetzt konnte er nicht mehr. Er fühlte sich hundemüde. Er gab sich größte Mühe, auf den Verkehr zu achten. Er musste heil nach Hause kommen. Morgen wollte er seinen Menüvorschlag an die Leute von *Uranus Universe* schicken. *Wir sind offen für kompetente Partner, die ihr Know-how einbringen wollen.* Ja, das würde er. Dazu musste er aus seiner Sammlung einige andere Rezepte heraussuchen. Für die weiteren Gänge des Menüs. Aber sein Melissensirup wäre das absolute Highlight! Davon war Caspar überzeugt. Mit dem Sirup rief er bei seinen Kunden höchstes Entzücken hervor. Und er hatte gestern den Vorschlag für die Zubereitung sogar verbessert. Ganze drei Stunden hatte er darüber gebrütet. Schließlich waren ihm die entscheidenden Ideen gekommen, die er gerade noch notieren konnte, ehe ihm die Augen zufielen. Er war sehr müde gewesen. Leider konnte er sich nicht mehr an alle Deatils der notierten Verbesserung erinnern. Deswegen brauchte er seine handschriftliche Aufzeichnung. Unbedingt! Aber das Rezept war weg! Morgen würde er dieses miese Schwein Ingo aufsuchen. Garantiert! Es war schon fast 20.30 Uhr, als er zu Hause ankam. Er setzte sich im Wohnzimmer aufs Sofa. Ein wenig rasten, dann würde er seinen Notizblock holen und sich an die übrigen Gänge des Weltraummenüs heranmachen. *Lassen Sie nichts unversucht, werden Sie rasch Teil des boomenden Marktes Weltraumtourismus*, hatte der Manager empfohlen. Ja, dachte Caspar, das würde er. Vielleicht sollte er statt des Notizblocks gleich das Tablet nehmen. Mal sehen. Dass ihm die Augen zufielen, bekam er gar nicht mehr mit. Hätte er sich selbst zuhören können, würde er sich vielleicht über sein rasselndes Schnarchen amüsiert haben. So aber schlief er tief und fest. Nach einiger Zeit kam ihm vor, er vernehme von weit her eine sonderbare Melodie. Waren das die Fanfaren für die Eröffnung der ersten Weltraumhotelküche mit seinen Menüvorschlägen? Nein, dafür klang das Gehörte zu jämmerlich. Das waren keine Posaunen. Es hörte sich eher an wie ein Gedudel. Seinen Körper durchfuhr ein heftiges Zucken. Er riss die Augen auf. Wo bin ich? Was ist heute für ein Tag? Er rieb sich die brennenden Augen. Erneut erschrak er. Bin ich etwa eingeschlafen? Auf der gegenüberliegenden Wand prangte ein großes Ölbild, das einen Berg zeigte. Das Matterhorn. Ich bin zu Hause, kam ihm in den Sinn. Tatsächlich. Er war in seinem Wohnzimmer. Die große Uhr über dem Ölbild zeigte auf 23.45 Uhr. Er schrak auf. Er war tatsächlich eingeschlafen. Es ging auf Mitternacht zu. Da war immer noch das Gedudel zu hören. Mit einem Schlag wurde ihm bewusst, was er hörte. Das war sein Handy. Es lag auf dem Boden. »Schatz«, blinkte auf dem Display. Sein Herz machte einen großen Hüpfer. Das war Dagmar! Endlich. Er beugte sich nach unten, riss das Smartphone an sich.

»Hallo, Schatz«, hörte er ihre Stimme. »Entschuldige, dass ich erst so spät anrufe, aber wir waren mit Karlotta den ganzen Tag …«

Er ließ sie gar nicht ausreden, sondern sprudelte gleich drauflos. Alles wollte er auf einmal loswerden. Er verhaspelte sich, brachte einiges durcheinander, setzte erneut von vorne an.

»Schaaaatz!« Er verstand, dass sie ihn unterbrechen wollte, aber er musste ihr noch so viel sagen.

»Schatz, jetzt lass bitte mich reden!« Ihre Stimme klang eindringlich. Den Tonfall kannte er an ihr. Besser zuhören, entschied er. Er stoppte ab.

»Ingo Schaupler hat das Rezept nicht entwendet«, kam es aus dem Handy. Wovon redete sie da?

»Doch!«, schnaubte er los. »Ich weiß es genau, er will damit …«

»Nein!« Jetzt war sie laut geworden. Sehr laut. Er erschrak.

»Ingo kann das Rezept gar nicht aus dem Safe genommen haben. Dort war es nicht mehr. Das Rezept ist bei mir. Camilla und ich haben es mitgenommen.«

»Waaaas?« Jemand kreischte. Es klang hysterisch. Mein Gott, das war er selbst.

»Wir wollten es Karlotta zeigen. Immerhin ist sie eine Spitzenköchin. Vielleicht hat sie noch den einen oder anderen Verbesserungsvorschlag. Dir lag ja viel daran, es aufzumotzen.«

»Was?« Er bemühte sich, nicht mehr zu kreischen. »Du hast mein Rezept aus dem Safe genommen?«

Am anderen Ende der Verbindung war es plötzlich still. Es dauerte ein paar Herzschläge. Dann hörte er Dagmar sagen.

»Wessen Melissensiruprezept?«

Auweh! Er hatte sich vergaloppiert. Er wusste genau, was sie meinte.

»Entschuldige, Schatz. Ich wollte natürlich sagen, unser Rezept.« Erneut war es auf der anderen Seite still. Er konnte es zwar nicht sehen, aber er fühlte es. Er war sich sicher. Auf den Lippen seiner Frau zeigte sich ein Lächeln. Er spürte, wie er wieder zu schwitzen begann. Dass sie jetzt lächelte und nichts weiter sagte, dafür liebte er sie. Unendlich. Wenn er ganz ehrlich war, stimmte auch diese Formulierung nicht. Es war nicht *unser Rezept*. Streng genommen müsste er sagen: *dein* Melissensiruprezept. Doch darauf würde Dagmar nie bestehen. Sie war im Vergleich zu ihm schon immer die bessere Köchin gewesen. Kompetenter, geschickter, kreativer. Als er vor Jahren die Idee hatte, einen ausgefallenen Melissensirup zu kreieren, hatte sie ihn sanft angeleitet. Sie hatte gefühlvoll sein Interesse für mögliche Zutaten und Zubereitungsarten so lange in die richtige Richtung gelenkt, bis ihm tatsächlich die perfekte Mischung gelungen war. Ja, *dein* Rezept wäre eindeutig die korrekte Formulierung.

»Es war ein spontaner Entschluss von Camilla und mir. Wir wollten dich nicht extra deswegen um 4 Uhr morgens wecken«, hörte er sie durchs Telefon sagen. »Camilla wollte dir zwar eine kurze Nachricht hinterlassen, hat es dann aber offenbar vergessen.«

Caspar schnappte nach Luft. Er konnte nicht glauben, was er da hörte. Ingo Schaupler war gastronomisch absolut eine Niete. Ein Versager. Ein falscher Hund.

Noch wollte Caspar nicht aufgeben.

»Dann wollte dieser Nichtsnutz mein ... äh, ich meine unser Rezept stehlen. Aber er kam nicht dazu, weil das Rezept nicht mehr da war. Aber er hatte eindeutig die Absicht dazu. Er schlich ums Haus. Ich habe ihn gesehen. Das musst du mir glauben.«

Er wartete auf ihre Antwort. Stattdessen hörte er ihre Stimme leiser, entfernter, als hielte sie das Handy weg von sich. »Camilla, erkläre es ihm.«

Gleich darauf vernahm er die Stimme seiner Tochter.

»Hallo Papa. Ich denke, ich weiß, was Herr Schaupler wollte.«

Hallo? Wovon redete sie?

»Was wollte er?«

»Mit mir reden. Davon gehe ich aus.« Jetzt verstand er überhaupt nichts mehr.

»Mit dir reden? Worüber?«

»Herr Schaupler hat mich vor einer Woche angesprochen, ob ich mir vorstellen könnte, in den Ferien bei ihm im Lokal auszuhelfen. Seit Monaten versucht er, von irgendwoher Personal zu bekommen, erzählte er mir. Aber es ist eine Katastrophe. Derzeit findet man kein Personal für die Gastronomie. Es war ihm klar, dass du dagegen sein wirst, wenn ich in den Ferien bei ihm arbeite. Aber er bat mich inständig darum. Er hat mir sogar mehr Bezahlung angeboten, als man Ferienpraktikantinnen im Normalfall gibt. Ich sagte, ich würde ihm Bescheid geben, ehe Mama und ich nach Italien fahren. Ich bin leider nicht mehr dazu gekommen, weil so viel zu tun war. Aber wenn wir nach Hause kommen, werde ich ihm gleich zusagen.«

Seine linke Hand begann herumzutasten. Endlich erwischte er die Lehne. Sonst wäre er im nächsten Augenblick vom Sofa gekippt. Ihm wurde schlecht.

»Hallo, mein Schatz.« Jetzt klang wieder Dagmars Stimme aus dem Telefon. »Alles halb so wild, wie du hörst. Ich soll dich auch von Karlotta herzlich grüßen. Sie hat ein paar hübsche Ideen, um den Geschmack des Sirups zu verbessern. Wir bleiben auch nicht so lange wie geplant. Camilla und ich kommen in drei Tagen zurück.«

Er japste nach Luft.

»Was soll ich bis dahin tun?«, flüsterte er. »Es geht mir gar nicht gut. Ich fühle mich, als sei ich plötzlich mitten in einen Burn-out gekippt.«

Sie wartete mit der Antwort, dann sagte sie mit warmer Stimme:

»In der Kräuter-Vorratskammer findest du einige Büschel unserer wunderbaren Zitronenmelisse. Mach dir einen Abendtee aus verschiedenen Zutaten. Aber gib viel Melisse hinein. Das hilft dir zu Gelassenheit und Ruhe. Denn weißt du, mein Lieber, Melisse steht für Herzenswärme.«

Sie lachte. Es klang wunderbar. Auch dafür liebte er sie.

Atropa Belladonna.

Published as the Act directs by D.ͬ Woodville Jan.ʸ 1. 1790.

Tollkirsche, *Atropa belladonna,* auch: *Wutbeere, Mörderbeere, Taumelstrauch, Schlafkirsche, Tollbeere, Wolfsauge.* In mittelalterlichen Kräuterbüchern wird die *tollmachende* Wirkung betont. Im Volksglauben immer schon als Zauber- und Hexenpflanze (wichtiger Bestandteil von Hexensalben). Gehört zu den bekanntesten heimischen Giftpflanzen. Findet medizinische Verwendung bei Entzündungen und in der Augenheilkunde. In der Homöopathie u.a. eingesetzt bei akuten Krankheiten mit hohem Fieber und starken Schmerzen.

TOLLKIRSCHE

Hallo, Mama. Was du jetzt gleich spürst, sind meine Lippen. Ich drücke dir einen Kuss auf die Wange ... und gleich noch einen, auf die Stirn ... Wunderbar, Mama. Ich freue mich, dass du es genießt. Ich merke es immer daran, wie sich deine Haut entspannt ... einen Moment, ich ziehe nur die Decke zurecht. So, jetzt kann ich mich ein wenig zu dir ans Bett setzen. Was du jetzt spürst, Mama, ist meine Hand. Ich bleibe ein wenig bei dir. Nicht lange, eine Viertelstunde vielleicht. Mehr geht sich nicht aus. Ich habe dir etwas zu erzählen. Ich habe es getan, Mama. Es ist so gut wie erledigt. Gestern habe ich es dir ja schon angedeutet. Ich wusste nicht, ob ich es kann. Aber ich habe es geschafft. Ich habe viel nachgedacht. Auch darüber, was du mir früher beigebracht hast, als ich noch ein Kind war. Klärchen, hast du immer gesagt, du brauchst keine Angst zu haben. Wenn du nicht mehr weiterkommst, wenn du nicht mehr weißt, wo es langgeht, dann denk einfach an ein Märchen. Das habe ich immer gemacht, Mama. In Märchen und Sagen steckt viel an Wahrheit, da verbirgt sich viel an Hilfe. Das kann uns Mut machen, hast du immer gesagt. Wir müssen nur danach handeln. Ich habe einiges abgewogen von dem, was du mir immer nahelegtest. Was soll ich nur tun, habe ich mich immer wieder gefragt. Soll ich den Schritt wagen? Ich weiß ja nicht, was daraus wird. Und dann ist mir das Märchen von Frau Holle eingefallen. Das hast du mir oft erzählt, Mama. Wie verzweifelt das gute Mädchen war, als ihm die Spindel in den Brunnen fiel. Dabei hatte das Mädchen die Spindel nur abwaschen wollen, weil sie so blutig war. Was mache ich jetzt nur, hat es sich gefragt. Die Spindel war weg, und die böse Stiefmutter würde sie schlagen, sie furchtbar bestrafen. Das Mädchen hatte große Angst. Was mache ich nur? Es wusste nicht, wie tief der Brunnen war. Es hatte keine Ahnung, was passierte, wenn man hineinfiel. Doch dann fasste das Mädchen allen Mut zusammen. So hast du es mir erzählt, Mama. Und es sprang. Der Mut zahlte sich aus. Es war die richtige Entscheidung, wie das Märchen dann beweist. Wir wissen nie, was auf der anderen Seite ist, hast du immer gesagt. Manchmal müssen wir einfach riskieren, das schier Unmögliche zu tun. Für das Mädchen aus dem Märchen offenbarte sich auf der anderen Seite des Brunnens das Glück. Es fand eine blühende Wiese vor und schließlich den Weg, der die junge Frau zu Frau Holle führte. Das Mädchen wagte einfach den Sprung. Ich habe mich entschlossen, ihn auch zu wagen. Auch an den Phönix musste ich gestern denken, Mama, an den Vogel aus der Mythologie. Der verbrennt zuerst. Doch dann erhebt er sich neu aus der eigenen Asche. Ich saß gestern im Garten, als ich an ihn denken musste. Zuerst hörte ich nur das Geflöte, ein paar Töne des Gesanges. Der war mir vertraut. Natürlich war es nicht der sagenhafte Phönix, der herbeiflatterte. Es war eine Mönchsgrasmücke. Du weißt, dass diese Singvögel gerne unseren Garten aufsuchen. Besonders die Männchen mit

ihren schönen schwarzen Federkappen haben es uns angetan. Für mich sind Mönchsgrasmücken so etwas wie Wun-
dervögel. Das waren sie immer schon. Du hast mir erklärt,
warum Mönchsgrasmücken so gerne unsere Tollkirschen-
sträucher aufsuchen. Sie schnappen sich die Früchte, hast
du mir gezeigt. Sie verspeisen sie. Dabei verschlucken sie
auch die kleinen Samen, die sie bald darauf unversehrt
ausscheiden. So sorgt die Natur auf wundersame Weise
dafür, dass wieder Leben entsteht. Dass neue Tollkirschen
wachsen können. *Endochorie.* Weißt du noch, Mama, wie
ich von der Schule heimkam und dir voller Freude ent-
gegenjauchzte, dass ich in Biologie gelernt hätte, wie man
das wissenschaftlich nennt. Endochorie. Verdauungsaus-
breitung. Diese Methode nutzen manche Pflanzen, damit
ihre Samen verbreitet werden, durfte ich dir erklären. Tollkirschen gehören dazu. Erinnerst du dich, wie du gelacht
hast, Mama, als ich dir sagte, wie man das noch nennt?
Darmwanderer. Einmal haben wir zwei Drosseln beob-
achtet. Die verspeisten ebenfalls die Früchte. Drosseln
sorgen auch dafür, dass die Darmwanderung für Tollkirschen funktioniert. Das haben wir in einem Buch nachgeschlagen. Auch Spatzen und Amseln. In unserem Garten waren es aber meist Mönchsgrasmücken. So wie
gestern. Als ich das Männchen beobachtete, musste ich
an den Phönix denken. Ein Wundervogel, der dafür sorgt,
dass aus Selbstzerstörung neues Leben aufblüht. Man
muss auch immer dankbar sein, wenn man Hilfe bekommt,
hast du mir beigebracht. Auch das lernt man aus alten
Geschichten. So trat ich auch gestern an unsere Tollkir-
schensträucher heran, um der Mönchsgrasmücke nahe zu

sein. Um ihr zu danken. Ich hatte den Hinweis verstanden, den sie mir gab. Aber wie sollte ich es anstellen? Es schien mir unlösbar. Zumindest für jemanden wie mich. Wer andere dazu bringen möchte, dass sie nach seinem Willen etwas Bestimmtes tun, was muss der unternehmen? Er muss sie seine Macht spüren lassen. Seine Überlegenheit. Er muss fordernd auftreten, bei Bedarf auch drohen. Kann ich das? Nein. Wie sollte ich dann mein Ziel erreichen? Wie geschieht das im Märchen? Immer wieder dachte ich an deine Ratschläge, Mama. Und dann fiel mir etwas ein, das du mir auch oft erzähltest. Die Geschichte vom Gestiefelten Kater. Wie brachte er den hinterlistigen Zauberer dazu, genau das zu tun, was er selbst wollte? Er schaffte es durch Schlauheit. Der Gestiefelte Kater packte den Zauberer bei dessen Eitelkeit. Er schmeichelte sich bei ihm ein. Er gaukelte ihm vor, wie sehr er ihn für seine Zauberkünste bewunderte. Dass der Zauberer sich in einen Elefanten verwandeln könne, das grenze schon an ein Wunder. Aber in ein ganz kleines Tier, in ein Mäuslein? Da kann ich mir nicht vorstellen, wie das zu schaffen ist, sagte der Gestiefelte Kater. Dazu ist niemand imstande. Natürlich vermag ich das, protzte der eitle Zauberer und verwandelte sich in eine Maus. Im nächsten Augenblick wurde er vom schlauen Kater aufgefressen. Das Problem war gelöst. Das war meine Lieblingsstelle. Du musstest sie mir mehrmals wiederholen. Ein ums andere Mal bat ich dich, in die Rolle des Katers zu schlüpfen und mir zu zeigen, wie er den bösen Zauberer als Maus verschlingt. Kannst du dich daran erinnern, Mama? Ja, du kannst es. Ich sehe es, wie sich deine

Gesichtshaut entspannt. Danke, Mama. Schlauheit, das kann man vom Gestiefelten Kater lernen. Das erfuhr ich durch dich. Den anderen mit Schmeicheleien einhüllen, ihn bei seiner Eitelkeit packen. Also nahm ich gestern eines unserer schweren Kristallgläser aus dem Schrank. Du weißt, ich besorgte sie für Erich extra aus Venedig. Sie kosteten ein Vermögen. Für jemanden wie ihn gerade richtig, wie er immer betonte. Ich füllte das Glas mit Erichs Lieblingswein. Ich klopfte vorsichtig an die Tür seines Arbeitsraumes. Ich weiß, dass du schwer beschäftigt bist, sagte ich. Eingedeckt, wie immer, mit wichtigen Angelegenheiten, von denen ich viel zu wenig verstehe. Ich versuchte, meiner Stimme dieses betörende Gurren beizufügen, das er früher, am Beginn unserer Beziehung, an mir so mochte. Ob er dennoch ein paar Sekunden für mich aufbringen könnte, flötete ich. Und er zeigte sich gnädig. Ich durfte eintreten. Ich redete davon, wie erfreut ich bin, dass er immer noch bei mir bleibt. Bei uns. In unserem Haus. Wie sehr ich ihn dafür bewundere, dass er immer Neues ausprobiere. Neue Ideen, neue Unternehmungen, neue Geliebte. Mir wäre danach, gerade heute meine Dankbarkeit auf besondere Weise zu zeigen. Aber ich wisse natürlich, dass das nicht gehe. Ich verstünde bestens, dass er schon alleine wegen Fernanda nicht darauf eingehen könne. Die würde das nie und nimmer zulassen. Und dann, Mama, ging es schneller, als ich dachte. Er könne machen, was er wolle, schnaubte er. Fernanda habe in keiner Weise über ihn zu bestimmen. Er entscheide alleine. Und dann sagte er zu. Was ist, Mama? Ich sehe, dass die Haut auf deiner Stirn sich anspannt. Ich lege jetzt meine Hand auf diese Stelle. Entschuldige, ich bin am Schlauch angestoßen. Ach, Mama, ich würde dir so gerne einen Kuss auf den Mund geben. Aber das geht nicht, wegen der Maske. Die Ärzte sagen, dass du gar nichts mitbekommst. Ich glaube das nicht. Ich bin davon überzeugt, dass du verstehst, was ich sage. Ich weiß es einfach. Deshalb komme ich auch immer wieder, um mit dir zu plaudern, dir viel zu erzählen. Ich spüre es an deiner Haut, Mama, dass du mich verstehst. Ja, das ist gut. Jetzt entspannt sich die Haut wieder. Mach dir bitte keine Sorgen um mich. Ich weiß genau, was zu tun ist. Endlich ist in mir der Mut erwacht. Es hat viel zu lange gedauert. Ich wusste immer, dass du nicht von selbst über die Treppe gestürzt bist. Ich sah es zwar nicht mit eigenen Augen. Aber ich bin überzeugt davon, Erich hat dich gestoßen. Der Polizei konnte er schnell einreden, dass er nichts damit zu tun hatte. Ich wusste es besser. Aber ich sagte nichts. Sie hätten mir nicht geglaubt. Er hat es immer schon meisterhaft verstanden, ein glanzvolles Bild von sich zu malen. Sich sympathisch, einnehmend, bewunderungswürdig darzustellen. Darum habe ich ihn auch geheiratet. Er hat dich gestoßen, weil du ihn anklagtest, mit deinem, mit meinem, mit unserem gesamten Vermögen zu spekulieren. Ein Drittel unseres Besitzes war bereits weg, der Rest würde es bald sein. Dass er anfing, seine Geliebten bei uns einziehen zu lassen, hast du nie akzeptiert. Ich schon. Ich sagte nie etwas. Ich konnte einfach nicht. Es war alles zu viel für mich. Ich habe vorhin überlegt, Mama, ob ich Erich einen Brief schreiben sollte. Mit einer bestimmten Stelle aus einem Märchen. Auch den Froschkönig hast du mir oft erzählt. Ich mag daran besonders die Passage am Schluss, wo der treue Diener den Königssohn und die Prinzessin heimbringt.

»Heinrich, der Wagen bricht.«

»Nein, Herr, der Wagen nicht, es ist ein Band von meinem Herzen.«

Du weißt, Mama, dass vom Herzen des treuen Dieners die Bande absprangen, weil sein Herr kein verwunschener Frosch mehr war, sondern endlich erlöst und glücklich.

Vielleicht mache ich das noch mit dem Brief, Mama. Was meinst du? Auch wenn Erich keine Ahnung von Märchen hat, könnte ich ihm klarmachen, dass endlich die Bande von meinem Herzen abgesprungen sind, für dessen Verwundung einzig und allein er über Jahre gesorgt hat. Ich werde ihm den Brief durch den unteren Spalt der Marmortür durchschieben. Das könnte schon gehen. Wenn ich das mache, müsste das bald geschehen, damit er die Zeilen noch lesen kann. *Palpitation.* So heißt das in der Medizin. Ich habe extra im Internet nachgeschaut, Mama. Das kommt von *palpitare.* Das ist das lateinische Wort für zucken. Ich finde das hübsch. Herzzucken. Manchmal sagt man auch Herzstolpern. Herzrasen ist eines der Symptome, die auftreten, wenn man mit dem Gift der Tollkirsche zu kämpfen hat. Zu den Herzproblemen kommen in der Regel noch übermäßiger Durst, Sehstörungen, Halluzinationen, Krampfanfälle. Hoffentlich bekommt er das alles. Ich vergönne es ihm. Ich eröffnete Erich, dass ich für ihn eine besondere Überraschung hätte. Uns dort zu treffen, wo wir am Anfang unserer Beziehung viel Spaß hatten, stimmte er zu. In der Sauna, im Marmorbad. Ich brachte Champagner mit, fütterte ihn mit dunklen Früchten. So wie früher. Das mochte er. Nur dieses Mal stammten die süßen Früchte nicht vom Kirschbaum, sondern von den Tollkirschensträuchern. Dass er sich nie für unseren Garten interessiert hat, weißt du, Mama. Genauso wenig wie für Märchen. Oder für anderes, das uns wichtig ist. Wie Tollkirschen ausschauen, davon hat er keinen blassen Schimmer. Acht bis zehn Früchte sind bei Erwachsenen schon tödlich. Ich verwöhnte ihn mit einem guten Dutzend. Ihn zu umgurren, ich müsste noch schnell etwas holen, das zur Überraschung gehört, war nicht schwer. Genauso wenig, wie einfach hinauszugehen und den Eingang des Marmorbades von außen zu verschließen. Also wenn wir möchten, dass er den Brief noch lesen kann, bevor er krepiert, dann muss ich mich bald auf den Weg machen, Mama. *Atropa belladonna.* Das ist die botanische Bezeichnung der Schwarzen Tollkirsche. Dass die Tollkirsche im Volksglauben als Zauberpflanze angesehen wurde, der man magische Kräfte zuschrieb, das hast du mir schon als Kind erzählt. Sie galt immer schon als Hexenpflanze. Ich weiß nicht, ob du je den lateinischen Namen nachgeschlagen hast, Mama. Ich habe es. Atropa verweist auf die griechische Mythologie. Auch von diesen klassischen Sagen hast du mir oft erzählt. Es gibt drei Schicksalsgöttinnen, wie du weißt. Sie sind verantwortlich für den Lebensfaden eines jeden Menschen. Klotho spinnt ihn. Lachesis bemisst ihn. Atropos schneidet ihn ab. Endgültig. Ich bin Atropos, Mama, ich kappe Erichs Lebensfaden. Für immer. Ich gehe jetzt gleich hinunter. Ob mit oder ohne Brief. Vielleicht kann ich ihn wenigstens noch ein wenig winseln hören. Und vor

Schmerzen brüllen. Ich habe auch schon einen Sinnspruch für seinen Grabstein.

Vorbei die Nacht, das Licht wird heller.

Doch die Tollkirsche war schneller.

Was hältst du davon, Mama? Es gefällt dir. Ich spüre es. Deine Haut wird ganz weich.

Meisterwurz, *Peucedanum ostruthium,* auch: *Ostrut, Kaiserwurz, Durst-wurz, Strenza, Haarstrang, Schwindwurz.* Galt früher als »Wurz aller Wur-zen« auch als Schutzmittel gegen Gift, Pest und den Bösen Blick. Für den Arzt Friedrich Hoffmann (1660-1742) war sie »göttliches Heilmittel«. In der Volksmedizin vor allem bei Erkrankungen im Verdauungstrakt einge-setzt. Verhilft aus homöopathischer Sicht zu innerer Sicherheit. Man findet auch die Bezeichnung *Ginseng der Alpen.*

MEISTERWURZ

1

»Das ist die weltweit größte Sammlung, soweit ich weiß. Es sind rund 2.000 Exemplare. Liege ich da richtig?«

Der Special Solution Vertreter der Agentur, Kirsten Knecht, wandte sich an den Mann im hellen Leinenhemd.

»Ja, das stimmt«, antwortete der. »Was Sie an den Wänden unseres Stadls und drüben im Wirtshaus sehen können, ist eine Bandbreite von etwa 200 unterschiedlichen Modellen. Mit dabei sind viele Raritäten. Das reicht von sehr alten aus Eisen gegossenen Mohnmühlen bis zu modernen Werkstücken aus Kunststoff, gefertigt mittels 3D-Drucker.«

Evita spürte das feine Kribbeln. Sie hatte es heute schon öfter wahrgenommen. Es stellte sich immer ein, wenn sie von etwas besonders fasziniert war. Allein das Gebäude, in dem sie sich befanden, war beeindruckend. Ein riesiger Stadl aus hellem Holz. Die stattlichen Wände des alten Stadls waren ringsum mit Regalbalken versehen. Lange schmale Planken, vier an der Zahl. Darauf angeschraubt reihte sich Mühle an Mühle. Keine einzige glich der anderen. Hunderte von prachtvollen Werkstücken, die mit ihren Einfüllschalen und den langen Kurbeln Evita wie Spielzeug vorkamen. Jede für sich war ein besonderes Prachtstück. So kam es Evita zumindest vor. Einen attraktiven Anblick boten die vielen Mohnstangen mit ihren besonderen Köpfen. Sie zeigten sich in großen Tongefäßen, hingen von quer durch den Stadl gespannten Seilen oder waren zu kleinen Kunstwerken zusammengefügt. Vom Mann im hellen Leinenhemd war Evita ohnehin sehr angetan. Schon bei der ersten Begegnung hatte sie das gespürt. Die Gruppe hatte den Wirt am Morgen auf dem Feld getroffen. Der Agenturbetreuer hatte das vereinbart. Der Wirt und zugleich Bauer hatte die Gruppe zu Beginn an seiner Begeisterung für diese besondere Pflanzengattung teilhaben lassen. Waldviertler Graumohn. Der Wirt hatte Evita und ihren Begleitern gezeigt, wie man auf dem Feld reife von grünen Kapseln unterscheiden kann. »Man muss die Kapseln schütteln und dabei genau hinhören.« War der Mohn reif, dann war in den Kapseln ein feines Rasseln zu vernehmen, erfuhren sie. Auch wenn man annehmen durfte, dass sich in einer Mohnkapsel eine große Menge an Samen befand, hatte Evita die genannte Zahl doch erstaunt. 2.000 bis 3.000 feine Körnchen konnten es sein. In einer einzigen Kapsel. Armschlag hieß die Ortschaft, in der sie sich aufhielten. Schon von Weitem wurde sie als »Mohndorf« ausgewiesen, wie sie auf der Herfahrt mitbekommen hatten.

»Wie lange gibt es Mohnanbau in Ihrer Gegend?« Die Frage kam von Marc Hubler. Zeigte er plötzlich doch Interesse für die Mohnkulturen? Bisher hatte Evita weder an ihm noch an ihren anderen Begleitern besondere Aufmerksamkeit festgestellt. Am ehesten noch bei Severin.

»Etwa seit dem 13. Jahrhundert.«

»Haben Sie Mohnmühlen aus dieser Zeit in Ihrer Sammlung?«

Der Mohnwirt schüttelte den Kopf. »Leider nein.«

Marc Hubler grinste. Seine Oberlippe mit dem Bart schien in die Breite zu wachsen. »Das dachte ich mir. Das wäre dann wohl tatsächlich eine besondere Rarität.« Was sollte das? Evita schüttelte missbilligend den Kopf. Was lag Marc daran, die sichtbare Bedeutung der Sammlung mit dieser Bemerkung zu schmälern?

»Verehrtes *Bagyol*-Team, wenn es für Sie passt, dann bitten wir jetzt den Mohnwirt, dass er uns mit hinüber zum Gasthaus nimmt.« Der Agenturbetreuer ergriff die Initiative. Alle waren einverstanden. Sie verließen die alte Tenne. Als sie draußen waren, bemerkten sie zwei Männer in heller Kleidung. Sie kamen direkt auf die Gruppe zu.

»Ah, ausgezeichnet«, entfuhr es dem Agenturmann. Er blieb stehen. »Verehrtes *Bagyol*-Team, darf ich vorstellen: Das ist Reinhold Waldmann, der Prior der Zisterziensergemeinschaft von Stift Zwettl.«

Der größere der beiden Angekommenen begrüßte die Gruppe durch Ausbreiten der Arme und eine leichte Verbeugung.

»Wen haben Sie uns da mitgebracht, lieber Herr Waldmann?«, setzte Kirsten Knecht hinzu. Der Prior wies auf seinen Begleiter. »Geschätzte Herrschaften, darf ich Sie mit Pater Gwendal aus dem Kloster Eulenberg bekanntmachen. Er ist seit zwei Tagen Gast bei uns. Wir haben ihn extra für Sie hergebeten. Pater Gwendal ist weitum anerkannter Kräuterspezialist. Er wird morgen das für Sie angesetzte Seminar leiten. Dazu gibt es, wie vereinbart, bereits heute Abend eine spezielle Einführung bei uns im Kloster.«

»Sehr erfreut.« Evita streckte freundlich die Hand aus. Beide Angekommenen schüttelten sie. Evita blickte zu ihren Begleitern. Noemi Kanter zögerte kurz. Dann ließ sie die Hand sinken, nickte, so wie die beiden Männer, nur mit dem Kopf.

»Gott zum Gruße, lieber Reinhold«, strahlte der Prior. »Schön, dich wieder einmal zu sehen.« Der Mohnwirt und der Mönch kannten einander gut.

»Herzlich willkommen, Pater Reinhold. Habt ihr Zeit für ein Mittagessen?« Der Prior bedauerte. »Pater Gwendal und ich müssen gleich weiter. Keine Zeit für ein ausgedehntes Mahl. Aber einen schnellen Happen könnten wir schon einnehmen.«

Der Wirt lachte. »Das passt gut. Ich wollte unseren Gästen ohnehin ein paar unserer Mohnzelten kredenzen. Da könnt ihr gerne mit zugreifen.«

Gwendal spitzte die Ohren. Mohnzelten würde es jetzt geben? Das freute ihn.

Von dieser für die Gegend typischen Speise hatte er gehört, seit er hier war. Es hatte sich bisher noch keine Gelegenheit ergeben, die Köstlichkeit zu probieren.

Das würde sich gleich ändern. Der Wirt führte die Gruppen nicht ins Gasthaus hinein, er bot ihnen Platz an einem Tisch im Freien. Zwei Frauen brachten Schüsseln, angefüllt mit den erwähnten Spezialitäten. Die flachen Krapfen schmeckten wirklich hervorragend, wie Gwendal feststellte.

»Das war früher eine typische Arbeitsjause bei uns im

Waldviertel«, erklärte der Mohnwirt. »Mohnzelten lassen sich leicht einstecken. Die konnte man gut mitnehmen, wenn man auf dem Feld zu arbeiten hatte.«

»Ich nehme an, die Marmelade, die hier zu schmecken ist, stammt von Pflaumen«, bemerkte Evita.

»Ja«, lachte der Wirt. »Feine Zunge, die Dame. Die Zelten werden aus Erdäpfelteig gemacht, gefüllt mit unserem Waldviertler Graumohn und eben Powidl. Ein wenig Rum rundet den Geschmack ab.«

Die Frau mit den kurzen kastanienbraunen Haaren war Gwendal schon zuvor aufgefallen. Im Gegensatz zu den drei anderen aus ihrer Gruppe zeigte sie offenbar großes Interesse an dem, was der Mohnwirt zum Besten gab.

»Ich kann mir gut vorstellen, dass die arbeitenden Menschen auf dem Feld eifrig zu dieser Speise griffen«, bemerkte die Frau. »Für uns ist das heute eine rare Köstlichkeit, eine Gaumenfreude. Für die Frauen und Männer, die damals auf den Feldern zu tun hatten, hatten diese Zelten gewiss eine andere Funktion. Sie waren wohl in erster Linie gut für die Arbeitskraft.«

»Sie bringen es treffend auf den Punkt, gnädige Frau«, bestätigte der Wirt. »Was wir hier essen, bringt viel Antrieb. Unser Graumohn macht meiner Erfahrung nach nicht müde. Im Gegenteil. Er ist anregend. Man bekommt richtig viel Energie.«

Die kann ich gut gebrauchen, dachte Gwendal erfreut. Immerhin hatte er heute noch eine Menge vor. Gwendal hörte weiterhin zu, was innerhalb der Gruppe am Tisch geredet wurde. Nicht alles, was er zu hören bekam, gefiel ihm. Er glaubte, mehrmals Rivalität und Missgunst herauszuhören. Und vom Mann mit dem Oberlippenbart ein gehöriges Maß an Überheblichkeit.

2

Eine Stunde später waren die beiden Klostermänner schon wieder unterwegs. Der Wirt wollte ihnen ein paar Mohnzelten einpacken. Die beiden hatten dankend abgelehnt. Gwendal war früher schon einmal in der Region gewesen. Vor acht Jahren. Aber beim damaligen Besuch bei den Zisterzienserbrüdern war ihm kaum Zeit geblieben, sich viel außerhalb des Klosters aufzuhalten. Gerade einmal einen knappen Tag hatte er sich freischaufeln können. Er war zu einer Wanderung aufgebrochen, hatte sogar Waldhausen erreicht. Das hatte sich zumindest ausgezahlt, weil er dort einen wunderbaren Menschen kennenlernen durfte. Aber zu mehr war er damals nicht gekommen. Das hatte er oft bedauert. Dieses Mal sollte es anders sein. Als man ihn anfragte, ob er ein spezielles Seminar für Wirtschaftskräfte eines internationalen High-Tech-Konzerns abhalten könnte, hatte er schnell zugestimmt. Unter der Bedingung, dass er einiges vom Waldviertel zu sehen bekäme. Also war Gwendal bereits vor zwei Tagen angereist. Der Prior hatte sich gerne für ihn Zeit genommen. Gestern waren sie im Norden unterwegs gewesen, nahe der Grenze zu Tschechien. Sie hatten dabei einige sehenswerte Ortschaften besucht. In Gmünd und Schrems waren sie gewesen. Die Stadt Weitra hatte es Gwendal besonders angetan. Es hatte ihm gefallen, mit besonderer Aufmerksamkeit durch das Obere Tor zu schreiten. Dieser Torbogen mit Zungenmauern, Wappen, Geschützschießscharten und bekrönenden Rundzinnen war Teil der spätmittelalterlichen Stadtmauer. Dass diese Befestigungsmauer weitgehend gut erhalten war, konnte Gwendal feststellen, als er daran entlang spazierte. Große Bereiche der alten Stadtmauer waren heute zu Wohnungen ausgebaut. Auch das fröhliche Johlen vom Kinderspielplatz direkt an der Stadtmauer hatte ihn begeistert. Gwendal liebte das, wenn er spürte, wie scheinbare Gegensätze gut miteinander harmonierten. Ein lebendiges Miteinander von alten Mauern und jungem Leben war in Weitra an vielen Stellen zu spüren. Auf dem Rathausplatz fragte er sich: Musizieren die extra für mich? Zu viel der Ehre, hatte er geschmunzelt, als er den Klängen der Musikkapelle lauschte, die direkt vor dem Rathaus einige Stücke zum Besten gab. Gebannt war Gwendal kurz darauf vor einem der Bürgerhäuser stehen geblieben. Es stammte aus der Renaissancezeit. Die Fassade war geprägt von großen eingerahmten Bildern. Szenen aus dem antiken Rom waren zu erkennen. Angefertigt waren diese Bilder in der sogenannten Sgraffitotechnik. Gwendal war diese handwerkliche Form aus verschiedenfarbigen Putzschichten durchaus ein Begriff. Den Ursprung nahm diese Technik in Italien in der Zeit der Renaissance. Aber dass er ausgerechnet in einer Stadt des nördlichen Waldviertels auf Sgraffitokunst stoßen würde, damit hatte er wahrlich nicht gerechnet. Da habe ich einiges dazugelernt, hatte er lächelnd festgestellt. Aber deswegen bin ich ja hier. Um meinen bescheidenen Horizont an Wissen wenigstens etwas zu erweitern. Dazu erwartete er sich an diesem Nachmittag einiges. Er und der Prior wollten Burg Rappottenstein besuchen. Diese mittelalterliche Burg lag südlich von Zwettl auf einer Anhöhe, war gut von Weitem auszumachen. Rappottenstein war sehr gut erhalten, wie Gwendal bekannt war. Der baulich gute Zustand hatte damit zu tun, dass Rappottenstein nie erobert wurde. Auf die Besichtigung freute er sich jedenfalls. Und dann würden sie, falls Zeit blieb, kurz in Schloss Rosenau Halt machen. Das barocke Schloss war zu einem beliebten Romantikhotel ausgebaut. Viele Hochzeiten fanden dort statt. Aber Gwendal wollte es vor allem des Museums wegen aufsuchen, das es beherbergte. Dabei ging es um die Geschichte der Freimaurer. Das interessierte ihn. Und natürlich würden sie dazwischen bei der Mosbacher Bäuerin in Waldhausen vorbeischauen. Was er vor acht Jahren durch sie erfahren hatte, war wichtig für heute Abend, für den Einstieg ins Seminar.

3

»In Klöstern wurden schon immer Heilkräuter angebaut«, begann Gwendal die Abendveranstaltung. »Natürlich wurden sie zur Behandlung von Kranken benutzt. Aber nicht nur. Kräuter wurden generell als Lebensmittel angesehen. Als das, was dieses Wort mit seinen zwei Begriffen ausdrückt. Lebensmittel. Mittel fürs Leben. Im umfassenden Sinn. Wohltuend für Leib und Seele.« Er schaute in die Runde der Zuhörer. Prior Rudolf und er waren reichlich spät von ihrem Ausflug zurückgekehrt. Eine wenigstens kurze Besichtigung des Freimaurermuseums in Rosenau hatten sie gerade noch geschafft. Fürs nächste Mal muss ich mir unbedingt mehr Zeit dafür nehmen, hatte Gwendal sich vorgenommen. Er hatte nicht einmal einen winzigen Teil der besonderen Artefakte aus Archiven und Privatsammlungen bestaunen können. Die Geschichte der Freimaurer hatte ihn immer schon interessiert. Nicht das Motiv, sich oft in dubiosen Bünden in Logen zu treffen. Davon hielt er weniger. Aber Gwendal imponierte die über Jahrhunderte erkennbare Haltung in den Reihen der Freimaurer, für Ideale einzutreten, die mit Freiheit, Toleranz und Humanität zu tun hatten. Während der Rückfahrt hatte er über die Gruppe an Wirtschaftsleuten nachgedacht, für die er das Seminar bestreiten sollte. »Geheimbund« würde vielleicht auch hier in einigen Aspekten zutreffen. Aber ob alle aus der Gruppe das Ideal der Toleranz hochhielten, davon war er weniger überzeugt. Manch abfällige Bemerkung, die er während der kurzen Begegnung zu Mittag in Armschlag mitbekommen hatte, bestärkte ihn in dieser Ansicht. Gwendal hatte sich natürlich auf die Abordnung vorbereitet. Ihm war es immer wichtig, mehr als nur eine Ahnung über jene Personen zu haben, die ein Seminar bei ihm absolvierten.

»Wie lange wird das dauern, was Sie da vorhaben? Wir haben nicht ewig Zeit. Also machen Sie schnell.« So hatte der Mann mit dem Oberlippenbart Gwendal vor Beginn angeherrscht. »Äh, das wollten wir den Herren Patres völlig offen lassen«, hatte der Special Solution Vertreter der Agentur sich bemüht, die Lage zu beruhigen.

»Er soll schauen, dass wir bald fertig sind.«

»Es braucht, was es braucht, Marc«, bemerkte die Frau mit den kastanienbraunen Haaren. »Wir haben das bestellt und nehmen es so, wie wir es bekommen.« Der Blick, mit dem Marc Hubler Evita Heckmonds Entgegnung quittierte, hatte Gwendal an einen zornigen Panther erinnert. Der *Bagyol* Konzern war ihm bisher nicht einmal dem Namen nach bekannt gewesen. Doch er hatte sich informiert. Der Konzern gehörte in seiner Branche zu den Marktführern, entwickelte und produzierte weltweit gefragte High-Tech-Maschinen. Gegründet wurde das Unternehmen in den USA. Die vier Personen, die das Seminar besuchten, gehörten zum führenden Personal der Deutschlandzentrale. Die war in Frankfurt ansässig. Drei von ihnen waren Vertreter aus dem Bereich mittleres Management. Noemi Kanter war zuständig für Prozess-Design, wie Gwendal erfahren hatte. Die beiden Männer, Marc Hubler und Severin Turbel, waren verantwortlich für neue Entwicklungen im Bereich klimaschonende Produktion. Alle drei führten ihnen unterstellte Abteilungen. Die vierte Person, die Frau mit dem braunen Kurzhaarschnitt, war Gwendal beim kleinen Imbiss in Armschlag als angenehme Erscheinung aufgefallen. Sie hatte sich als Einzige, wie er beobachtete, tatsächlich dafür interessiert, was der Wirt über Anbau und Verarbeitung des Waldviertler Graumohns zu sagen hatte. Er schätzte die elegante Dame auf Anfang bis Mitte 40. Vielleicht war Evita Heckmond auch älter. Das Alter von Frauen einigermaßen richtig einzuordnen, hatte Gwendal noch nie gut beherrscht. Heckmond war im Gegensatz zu ihren Begleitern dem gehobenen Management zuzurechnen, hatte er recherchiert. Sie gehörte in der Deutschlandzentrale dem Vorstand an, war zuständig für Finanzen und die Entwicklung neuer Geschäftsfelder. Auch der Agenturmann nahm als verantwortlicher Organisator am Seminar teil. Kirsten Knecht saß neben Severin Turbel. In der *Beratungsagentur Oberon* war Kirsten Knecht unter anderem für Spezialaufgaben zuständig. Das Programm, den Vertretern von *Bagyol* eine Waldviertler Graumohn-Tour und ein Kräuterseminar in Stift Zwettl zu vermitteln, hatte er abzuwickeln, wie Gwendal mitbekam. Ursprünglich wollte Knecht sich auf die andere Seite setzen. Doch als der Agenturmitarbeiter mitbekam, dass er dann neben Evita Heckmond zu sitzen käme, hatte er gestoppt und sich einen anderen Platz gesucht, wie Gwendal auffiel.

»Man kann Pflanzen rein naturwissenschaftlich betrachten«, setzte Gwendal fort. »Man kann Inhaltsstoffe, Wachstumsphänomene, Artenvielfalt erforschen. Das ist wichtig. Mechanistisch methodische Betrachtung erweitert unser Wissen.«

»Naturwissenschaft nach bestimmten Gesetzen und überprüfbaren Regeln ist das Einzige, was zählt, Herr Pater.« Der Mann mit dem Oberlippenbart schlug einen anderen Tonfall an. Er klang nicht mehr herrisch, eher ironisch. Gleichzeitig erhob sich Marc Hubler, drohte spöttisch mit dem Zeigefinger.

»Hätten sich die Kräuterhexen im Mittelalter mehr auf Naturwissenschaft verlassen und weniger auf esoterischen Krimskrams, wäre ihnen wohl öfter der Scheiterhaufen erspart geblieben. Meinen Sie nicht auch, Pater?«

Gwendal setzte ein Lächeln auf. »Sie dürfen mir glauben, Herr Hubler, dass ich mich sehr glücklich schätze, in einer Zeit zu leben, in der ich mich esoterischem Krimskrams, wie Sie es zu nennen pflegen, widmen kann, ohne gleich auf dem Scheiterhaufen zu landen.«

Er breitete die Arme aus, strahlte sein Gegenüber an. Hubler wirkte verblüfft, hatte wohl mit einer anderen Antwort gerechnet. Er wusste nicht recht, was er sagen sollte. Also machte der Manager eine unwirsche Handbewegung, setzte sich wieder hin.

»Ich bin Mönch, meine Damen und Herren, folge den Regeln, den Einsichten des Heiligen Benedikt. Für Menschen mit spirituellem Bewusstsein ist alles in der Natur beseelt. So auch die Pflanzen. Deshalb bemühe ich mich immer, das Wesen einer Pflanze als Ganzes zu begreifen. So gut ich es halt vermag. Und genau für diese Haltung will ich Ihr Interesse wecken. Ich habe ein wenig nachgedacht, worauf wir uns beim morgigen Seminar einlassen könnten. Zuerst kam mir die Schafgarbe in den Sinn.« Er nahm eine Zeichnung vom Tisch auf, zeigte das Bild in die Runde. »Die

Blüten der Schafgarbe bleiben stets geöffnet, egal ob es regnet oder die Sonne scheint, egal ob es taghell ist oder Nacht. Die Schafgarbe sieht immer beide Seiten der Medaille. Das kann man von ihr lernen. Immer beide Seiten zu sehen, sich in jeder Lage eine objektive Sicht zu bewahren, das könnte auch für Sie als im Management tätige Personen hilfreich sein, dachte ich.« Er legte das Blatt ab, griff zu einer anderen Zeichnung. »Dann dachte ich an den Storchschnabel. Sie haben gewiss alle bei Ihrer vielfältigen Managementtätigkeit ein breites Feld an Aufgaben vor sich. Gerade in einem international tätigen Konzern begegnen Ihnen dabei wohl oft Probleme, die eher unerwartet auftauchen. Die vielleicht gerade deshalb schwer zu lösen sind. So etwas kann Unruhe auslösen, einen in Bedrängnis bringen.« Er hob die Zeichnung an. »Storchschnabel steht für Integrität. Er kann hilfreich sein, wenn wir etwas nicht gleich verarbeiten können. Storchschnabel verleiht Zuversicht, hilft uns, Ausgewogenheit zu erlangen. Stärke für innere Balance wäre nicht schlecht für Menschen mit wichtigen Aufgaben in einem bedeutenden beruflichen Umfeld, schien mir. Sollte ich also Storchschnabel für Sie nehmen? Oder doch die Schafgarbe? Nein, entschied ich dann. Wir nehmen für unser Seminar, in das wir uns morgen vertiefen, etwas anderes. Eine Pflanze aus der Familie Amara aromatica.«

Gwendal hob die Hand. Prior Reinhold hatte im Hintergrund gewartet. Nun begab er sich rasch zur linken Seitentür. Er öffnete sie und ließ eine ältere Frau herein. Die Eintretende ging schon auf die 80 zu, wie Gwendal wusste. Aber das sah man ihr bei Weitem nicht an.

»Liebe Teilnehmerinnen und Teilnehmer an unserem

Seminar. Darf ich Ihnen Leni Göttler vorstellen, die Mosbacher Bäuerin. Sie führt einen kleinen Hof in der Nähe von Waldhausen.«

Die rüstige Bäuerin trat näher. In der Hand hielt sie zwei Strünke einer krautigen Pflanze mit großen grünen Blättern und hellen vielstrahligen Doldenblüten.

»Ich war schon vor einigen Jahren Gast bei meinen Zisterzienserbrüdern«, setzte Gwendal fort. »Leider hatten wir innerhalb der Gemeinschaft so viel zu tun, dass mir kaum Zeit blieb, mich außerhalb des Klosters umzutun. Wenigstens für einen Tag konnte ich mich freimachen. Ich beschloss, eine ausgedehnte Wanderung zu unternehmen. Und das allein. Leider hatte ich mein Durchhaltevermögen völlig falsch eingeschätzt. Schon nach einigen Kilometern kam ich nur mehr mühsam voran. Und als ich Waldhausen erreichte, gingen mir völlig die Kräfte aus. Gott sei Dank schaffte ich es noch bis zu einem kleinen Bauernhof. Leni, du erinnerst dich?«

»Das wohl, Pater Gwendal«, antwortete die Frau und nickte mit mildem Lächeln. »Du warst damals fix und fertig. Und ich habe dir gleich angesehen, dass du dabei bist, etwas auszubrüten. Glasige Augen, heiße Stirn. Gezittert hast du auch.«

»Und die Leni hat mich gleich mitgenommen ins Bauernhaus. Sie führte mich in einen besonderen Raum. In diesem großen Zimmer mit Holzwänden nahm ich einen bestimmten Geruch wahr. Büschel von Pflanzen hingen von der Zimmerdecke und den Balken. Große Glasgefäße waren zu sehen mit darin angesetzten Pflanzenteilen. Überall roch es danach …«

Er deutete auf Lenis Hand. Die Bäuerin drehte sich den Seminarleuten zu. Sie trat näher, hielt ihnen das Gewächs hin, ließ einen nach dem anderen daran riechen. Marc Hubler verweigerte. Er drehte sich brüsk zur Seite. Die anderen zeigten sich neugierig, sogen den Geruch ein. Evita Heckmonds Nase ruhte am längsten zwischen den hellen Blüten. Gwendal beobachtete die Frau. Sie schien etwas Bestimmtes zu empfinden. Als sie den Kopf hob, lächelte sie.

»Frau Heckmond, Sie wissen, worum es sich hierbei handelt?«, fragte Gwendal. Die Managerin lächelte, wiegte langsam den Kopf.

»Wissen wäre zu viel, ich habe zumindest eine Ahnung. Der Geruch erinnert mich an meine Kindheit. Wenn mich nicht alles täuscht, ist das Meisterwurz.«

Gwendal klatschte in die Hände. »Sie liegen vollkommen richtig, Frau Heckmond. Das ist Meisterwurz.«

»Pah, natürlich. Unsere Kräuterhexe, wer denn sonst.« Marc Hubler schnellte vom Stuhl hoch. »Ihr könnt das blöde Ich-erschnuppere-die-Pflanze-Spiel ohne mich weitermachen. Mir reicht es. Ich habe wahrlich Besseres zu tun.« Er umkurvte die Stuhlreihe, stelzte erbost auf den Ausgang zu. Gleich darauf war er verschwunden. »Soll ich ihm nach?« Severin Turbel schaute auf Evita Heckmond. Die schüttelte den Kopf. »Lass ihn. Wir machen ohne Marc weiter. Entschuldigen Sie das ungehobelte Benehmen. Setzen Sie bitte Ihre Ausführungen fort, Pater Gwendal.«

»Gerne.«

»Vielleicht sollte man dem Herrn einen Tee bringen, mit

viel Beifuß«, meinte die Bäuerin leicht amüsiert. Gwendal musste ebenfalls schmunzeln.

»Warum Beifuß?«, fragte Turbel.

»Beifuß steht für mentale Klarheit«, antwortete Gwendal. »Er kann dazu verhelfen, endlich die innere Stärke zu finden.«

»Ja«, lachte die Bäuerin. »Das hast du trefflich ausgedrückt, Pater Gwendal.«

»Und Meisterwurz wäre in dem Fall auch nicht schlecht«, setzte der Mönch fort und wies auf die Strünke in Leni Göttlers Hand.

»Ja«, bestätigte diese. »Meisterwurz ist für vieles gut. Sie ist für mich eine ganz besondere Pflanze. Zumindest bei mir vertreibt sie jede Krankheit schon im Ansatz. Ich gebe die Meisterwurz gerne meinen Tieren im Stall. Und …«, lachte sie, »meine Oma sagte immer zu mir: ›Dirndl, du brauchst dich nicht zu fürchten. Weder im Hirn noch im Haus haben böse Geister eine Chance, solang wir mit Meisterwurz räuchern.‹«

»Das hört sich sehr beruhigend an.« Die zustimmende Bemerkung kam von Evita Heckmond.

»Hildegard von Bingen«, übernahm Gwendal, »war Benediktinerin, wie Ihnen vermutlich bekannt ist. Hildegard kannte sich besonders mit der Heilkraft von Pflanzen aus. Bei Erkältungen und Fieber empfahl sie Meisterwurzwein.«

»Meine Oma auch«, nickte die Bäuerin. »Die Wurzeln im Mörser zerstoßen, mit Wein aufgießen, über Nacht stehen lassen. Und dann davon trinken. Jeden Morgen ein Glas voll.«

»Meisterwurz ist gut bei Erkältungen …«

»Und bei vielen anderen Wehwehchen«, ergänzte die Bäuerin.

»Aber das ist keineswegs der Hauptgrund, warum ich mich zu unserem Seminar für Meisterwurz entschied. Meisterwurz steht aus meiner Erfahrung klar für Stärkung des Selbstbewusstseins. Sie unterstützt einen, sich aus Einengung und Zwang zu befreien.«

Gwendal nahm der Bäuerin einen der Pflanzenstrünke aus der Hand. »Die Meisterwurz ist eine große Meisterin. Sie stärkt in uns die Sensibilität für den inneren Meister. Das können wir alle gut gebrauchen. Und Sie für Ihren oft schwierigen Tätigkeitsbereich besonders, denke ich.«

»Das haben Sie treffend formuliert, Pater Gwendal. Einen stabilisierenden inneren Meister können wir gut gebrauchen«, bestätigte Evita Heckmond.

»Ich habe zwar keinen Meisterwurzwein mitgebracht«, sagte die Bäuerin. »Aber ich habe vorhin in der Klosterküche frischen Meisterwurztee aufgebrüht. Der dürfte gerade die passende Temperatur haben. Wenn Sie möchten, hole ich ihn, und wir können ihn gemeinsam trinken.«

»Ja, bitte. Ich möchte gerne davon kosten.« Diese Bemerkung kam nicht von Evita Heckmond, sondern von der zweiten Frau aus der Gruppe, stellte Gwendal erstaunt fest. Es war das erste Mal, dass Noemi Kanter sich meldete. Bisher war sie nur schweigend dagesessen, hatte ab und zu gegähnt, dazwischen ihre dunkel lackierten Fingernägel betrachtet. Die Bäuerin und der Prior waren inzwischen hinausgegangen. Gleich darauf kamen sie zurück. Der Mönch trug eine Kanne. Leni hatte ein Tablett mit großen Tassen dabei. Dahinter folgten zwei weitere Mönche. Sie brachten belegte Brote und Lebkuchen. »Bitte greifen Sie zu.« Gwendal räumte den großen Tisch ab, verstaute die Blätter mit den Zeichnungen. Die Bäuerin schenkte allen Tee ein. Der Prior rückte die Teller mit den Broten in die Mitte. Es wurde herzhaft zugegriffen, wie Gwendal auffiel. Von allen.

Er rückte seinen Stuhl so, dass er neben Evita Heckmond zu sitzen kam. »Der Geruch erinnert Sie an Ihre Kindheit, sagten Sie vorhin.« Die Managerin nickte.

»Ja, ich weilte damals oft bei meiner Großtante, manchmal sogar für mehrere Wochen. Auch Tante Lilith versorgte mich bisweilen mit Meisterwurztee.« Sie hob die Tasse, prostete Gwendal zu. Sie sprachen weiter, Gwendal genoss die Unterhaltung mit der bemerkenswerten Frau. Es war ihre Idee gewesen, für diese Fortbildungstour das Waldviertel einzubauen. Mit Graumohn, Kräutern und Stift Zwettl. Die anderen waren darüber nicht sehr begeistert, wie Gwendal mitbekam. »Die wollten lieber nach Wien, so wie unsere Einsergarde.« Die Vorstandsmitglieder der Deutschlandzentrale hatten vor sechs Wochen einen Fortbildungs- und Beratungskurs absolviert, erklärte sie. Auch diese Veranstaltung war von der *Agentur Oberon* organisiert worden. »Klassisches Consulting«, fügte sie hinzu. »Zur Verbesserung interner Prozesse und Workflows.« Dazu hätte es ein aufwendiges Begleitprogramm gegeben. Staatsoper, Hofburg, Ringstraße, Uno City, Heurigenbesuch. »Die ganze Palette an Wiener Highlights«, fasste sie lächelnd zusammen. Sie selbst sei nicht dabei gewesen, obwohl sie dem Vorstand, also der Einsergarde, angehörte. Sie organisierte lieber die Reise für die anderen, für die zweite Reihe. Dabei drängte es sie zu Fortbildung auf andere Weise.

»Spirituelles Bewusstsein fördern, haben Sie das vorhin genannt, Pater Gwendal. Das finde ich einen passenden Ausdruck.«

»Sie sind eine bemerkenswerte Person, Frau Heckmond. Ich habe es äußerst selten mit Managern und Managerinnen zu tun. Um in dieser Profession Erfolg zu haben, muss man gewiss Kalkül und Vernunft einsetzen. Aber Sie sind die erste Vertreterin, die ich kenne, die offenbar zudem stark auf ihr Herz hört und sich davon leiten lässt.«

»Ich versuche einfach, dem zu folgen, was ich empfinde, was mich aus meinem Inneren tatsächlich interessiert.«

Gwendal hob die Tasse. Dieses Mal prostete er ihr zu.

»Ja, wahre Meisterinnen und Meister sind stets rechtschaffen.«

Sie zögerte, blickte auf ihre Tasse. »Verachtet mir die Meister nicht. Heißt es nicht so bei Richard Wagner? Mancher gibt sich gerne als wahrer Meister aus. Aber vom Himmel gefallen ist noch keiner.« Sie sprach mehr zu sich selbst als zu ihrem Gegenüber. »Prüft man dann genauer nach, stößt man bisweilen völlig unerwartet auf gröbste Täuschung.«

Gwendal verstand genau, worauf die Frau sich bezog. Auch er hatte schon gröbste Enttäuschung erlebt. Das schmerzte umso mehr bei jenen, die auf den ersten Blick besonders rechtschaffen wirkten.

»Ja, Frau Heckmond. Ich habe mich im Umgang mit anderen schon oft verrechnet.«

»Sie sagen es, Pater Gwendal«, erwiderte sie. »Rechnen muss man immer genau. Manchmal nachrechnen.«

»Sonst wird man enttäuscht«, bekräftigte er. »Übelste Form von Bauernfängerei. Davor muss man sich schützen.«

»Bei manchen reicht es nicht einmal zum Bauern.«

4

Es dauerte lange, bis Gwendal einschlafen konnte. Vielleicht hätte ich das eine oder andere Stück Lebkuchen weglassen sollen, dachte er, während er sich im Bett herumwälzte. Und statt den zwei großen Broten mit dem Bauernspeck hätte wohl eines gelangt. Aber es hatte ihm alles vortrefflich geschmeckt. Also hatte er herzhaft zugelangt. Um 2.26 Uhr blickte er das letzte Mal auf die Uhr. Dann musste er wohl weggedöst sein. Den nächsten Morgen hatte er sich anders vorgestellt. Dass etwas Ernstes vorgefallen war, erkannte er sofort am bestürzten Gesichtsausdruck des Priors.

»Bruder Gwendal, etwas Furchtbares ist passiert. Bitte folge mir.« Gleich darauf sah er, was den Prior verzweifeln ließ und die anderen Brüder aus der Zisterziensergemeinschaft, die herbeieilten. Auf einer der oberen Terrassen des Kräutergartens lag eine Frau. Sie war offenbar tot. Gwendal verspürte einen Stich im Herzen, als er sie erkannte. Vor wenigen Stunden hatte er mit der Frau mit den kastanienbraunen Haaren noch gescherzt und Meisterwurztee getrunken. Er ging in die Hocke, sprach ein Gebet, schlug ein Kreuz über der Leiche von Evita Heckmond.

»Wir müssen die Polizei verständigen.« Der Prior klang verzagt. Auch Gwendal war die tiefe Wunde am Hinterkopf der Toten nicht entgangen. Ja, es bedurfte der Polizei. Unverzüglich. Hier hatte jemand mit Gewalt zugeschlagen.

Die Terrassengärten von Stift Zwettl hatte Gwendal bereits bei seinem ersten Besuch vor acht Jahren bewundert. Er hatte sie als Vorbild genommen für die Erweiterung der eigenen Gärten bei sich zu Hause in Eulenberg. Auf der Südseite des Zwettler Klosters hatte es immer schon Nutzgärten gegeben. Das Klima im Waldviertel offenbarte eher eine raue Handschrift. Aber die Südseite des Klosters war durch abfallendes Gelände geschützt. Somit konnte die Sonne besser wirken. Über vier Ebenen zogen sich die Gärten des Klosters. Der *Hortus Hildegardensis* lag ganz oben. Gleich darunter stieß man auf das *Herbarium*, den Kräutergarten. Und genau dort, auf dem Kiesweg neben der Jakobsleiter, lag eine tote Frau.

Auch bei ihm zu Hause in Eulenberg zog sich der Kräutergarten über einige Terrassen. Aber die waren längst nicht so imposant wie hier.

Gwendal hatte sich zusammen mit dem Prior in den

Stiftshof begeben. Sie warteten auf die Polizei. Hinter sich verspürte Gwendal den mächtigen Turm der gotischen Stiftskirche, der in den grau bedeckten Himmel ragte. Wie eine überdimensionale Nadel, die Schutz bot. Für Evita Heckmond hatte diese Nadel keinen Schutz gebracht. Auch das war Gwendal schmerzhaft bewusst. Es dauerte, bis alle nötigen Polizeikräfte eingetroffen waren. Die uniformierten Beamten aus der örtlichen Polizeiinspektion waren rasch zur Stelle. Die zuständigen Beamten der Kriminalpolizei brauchten einiges länger. Sie kamen aus der Landespolizeidirektion Sankt Pölten, hatten eine Anfahrtszeit von knapp einer Stunde.

»Pater Gwendal? Aus dem Stift Eulenberg?« Die erstaunte Frage kam vom Einsatzleiter, Chefinspektor Gordon Speer.

»Ja, der bin ich.«

Obwohl er ihm zur Begrüßung die Hand gereicht hatte, streckte der Chefinspektor Gwendal nochmals die Hand hin.

»Ich nenne nur einen Namen. Sybille Knauss.«

Gwendal zögerte. Worauf wollte der Mann hinaus?

»Sybille ist meine Halbschwester. Sie hat mir einiges über Sie erzählt.«

Erneut zögerte Gwendal. Was mochte die Chefinspektorin ihrem Halbbruder berichtet haben? Er hatte keine guten Erinnerungen an Frau Knauss. Sie hatte ihn von Anfang an eher abschätzig behandelt. Nein, korrigierte er sich selbst. Bei ihrem letzten Aufeinandertreffen war es etwas anders gewesen. Da hatte Sybille Knauss Gwendal kontaktiert, weil sie seine Hilfe brauchte. Dabei waren

sich der Mönch und die Polizistin sogar ein wenig näher-
gekommen.*

»Wie sehr Sie Sybille helfen konnten, den Fall des ermor-
deten Galeristen aufzuklären, hat mich sehr beeindruckt,
Pater Gwendal.«

Er wandte sich dem Prior zu. »Führen Sie mich bitte
zum Tatort.«

Pater Rudolf wies mit der Hand Richtung Terrassengärten. Er ging voraus. Der Chefinspektor folgte. Nach ein
paar Schritten drehte er sich um. »Es wäre mir sehr recht,
Pater Gwendal, wenn Sie dabei sind.« Er setzte ein spitzbü-
bisches Lächeln auf. »Quasi als mein Dr. Watson.« Gwendal zögerte. Als Watson hatte er sich noch nie gefühlt. Zweiter in der Reihe zu sein, behagte ihm gar nicht. Er fühlte
sich eher in der Rolle von Sherlock Holmes. Er wollte
dennoch mitgehen. In welcher Rolle, war nicht so wichtig. Hauptsache, er war dabei. Mitzuhelfen, die Bluttat an
der bedauernswerten Evita Heckmond aufzuklären, daran
lag ihm viel.

»War die Tote Gast bei Ihnen im Kloster?« Der Chefinspektor stellte dem Prior die Frage, als sie neben der Leiche standen.

»Nicht direkt.« Pater Rudolf berichtete vom gestrigen
Abend. Er klärte den Polizisten darüber auf, dass die Mitarbeiter des *Bagyol* Konzerns für ein Seminar im Kloster
weilten, organisiert von der *Agentur Oberon*. »Die Herrschaften von *Bagyol* wohnen im *Hotel Hohenfrauen*, nahe
am Kloster. Sie müssten bei der Anfahrt daran vorbeige-
kommen sein.«

---

* siehe ›Blutkraut, Wermut, Teufelskralle‹

»Ja, ich erinnere mich«, bestätigte Speer. »Haben Sie eine Erklärung dafür, was Frau ...« Er warf einen Blick in seine Unterlagen. »... Frau Heckmond in Ihrem Klostergarten wollte?«

Der Prior hob bedauernd die Schultern. »Das weiß ich nicht. Sie fragte mich nur gestern Abend beim Abschied, ob es möglich sei, nachts den Kräutergarten aufzusuchen. Sie hätte das vielleicht vor. Ich gab ihr den Hinweis auf die kleine Tür, die wir nie abschließen. Durch die kann man jederzeit ins Stift gelangen.« Gwendal blickte erstaunt zu seinem Mitbruder. Von diesem Gespräch hatte er gestern gar nichts mitbekommen.

5

Das *Hohenfrauen* lag nur wenige 100 Meter vom Parkplatz des Stifts entfernt. Es war ein Vier-Sterne-Superior-Hotel. Das wusste Gwendal. Von außen hatte er es mehrmals gesehen. Die großzügig angelegte Lobby mit Zugang zum hoteleigenen Terrassencafé war ihm allerdings nicht bekannt. Als sie im Hotel eintrafen, bestaunte Gwendal sogleich die Skulptur neben dem Eingang. Sie war in modernem, leicht abstraktem Stil ausgeführt. Gwendal hatte schnell erkannt, woher der Künstler offenbar Anregungen für diese Plastik genommen hatte: von der Marienstatue aus dem benachbarten Klostergarten. Sie war auf der obersten Terrasse zu bewundern.

»Sie gestatten, Dr. Watson, dass ich vorausgehe.« Der Chefinspektor hielt ihm die Tür auf. Die Frau an der Rezeption wies ihnen den Weg. Ein uniformierter Beamter wartete an der Tür zum Besprechungsraum im Erdgeschoss. Was war los mit diesem eigenartigen Geheimbund? Wenn er schon den Vergleich zu den Freimaurern bemühte, musste er eindeutig feststellen: Von Zusammenhalt war wenig zu spüren. Alle drei Personen im Raum blickten in eine andere Richtung. Der Chefinspektor nannte seinen Namen. Er drückte sein Bedauern zum Tod der Kollegin aus. Dann ersuchte er jeden Einzelnen, sich kurz vorzustellen. Gwendal hörte zu. Von dem, was zu erfahren war, kannte er das meiste. Noemi Kanter sprach am kürzesten. Wesentlich länger war Marc Hubler am Wort. Er mischte sich auch bei Fragen ein, die gar nicht an ihn gestellt waren. Dass er sich für die Gruppe als hauptverantwortlich fühlte, war nicht zu überhören. »Nein, Marc. Unterlass das bitte«, fuhr ihm Severin Turbel mehrmals dazwischen. »Ich kann meine Fragen selbst beantworten.«

»Daran zweifle ich nicht«, keifte Hubler zurück. »Aber da Evita bedauerlicherweise nicht mehr unter uns ist, trage ich die Verantwortung. Und du weißt genau, dass es in unserem Konzern strenge Vorgaben einzuhalten gilt, was das Weitergeben bestimmter Informationen anbelangt.«

»Es handelt sich um eine polizeiliche Vernehmung, Herr Hubler«, fuhr ihm Chefinspektor Speer dazwischen.

»Da wird alles weitergegeben. Ausnahmslos. Sie sind nicht bei einer Vorstandssitzung.«

»Da wäre er wohl gerne«, bemerkte Noemi Kanter bissig. Sie musterte Hubler. »Jetzt kannst du ja direkt in den Vorstand aufsteigen, Marc. Evita steht dir nicht mehr im Weg.« Hublers gestreckter Zeigefinger fuhr aus, stach wie eine Lanze zu seiner Kollegin. »Überlege dir bitte gut, was du da sagst, Noemi.«

»Ich sage, was Sache ist.«

»Vergiss nicht, dass ich das entscheidende Wort mitzureden habe, wie viel Budget du für deine Designergruppe bekommst.«

Nein, ermutigendes Arbeitsklima fühlt sich anders an, bemerkte Gwendal bei sich.

Die Dynamik innerhalb dieser Gruppe lief offensichtlich völlig aus dem Ruder. Diesen Menschen die Qualitäten von Meisterwurz näherzubringen, mit dieser Entscheidung hatte er eindeutig richtiggelegen. Gwendal ließ langsam seinen Blick über alle drei *Bagyol*-Mitarbeiter streifen. In dieser Stunde wären sie mitten im Seminar gewesen, hätten über Integrität, Zuversicht und Befreiung von Zwang gesprochen. Stattdessen war eine Tote mitten im Kräutergarten zu betrauern. Aus dem Leben gerissen durch Gewalteinwirkung. Und er und der Chefinspektor tappten fragend durch einen Irrgarten aus verstörenden Antworten.

»Dass ich bald in den Vorstand aufsteige, war mir vorher klar.« Hublers Erklärung galt eher dem Chefinspektor. »Evita Heckmond wollte sich zurückziehen. Das hat sie mir ausdrücklich gesagt.«

»Nein, das wollte sie nicht.« Turbels Einwurf klang

wie ein Aufschrei. »Sie hatte es sich anders überlegt. Evita wollte bleiben. Noch mindestens für fünf Jahre. Und das weißt du!«

»Du lügst«, brüllte Hubler und sprang auf. »Du musst sie nicht mehr anhimmeln, Severin. Das bringt dir nichts mehr. Sie ist tot.«

»Lass Severin in Ruhe!« Jetzt war auch Noemi Kanter aufgesprungen, stellte sich schützend vor Turbel. »Herrschaften, bitte!«, rief der Chefinspektor und hob die Hände. Er bemühte sich um einen beruhigenden Tonfall. »Dass Sie alle aufgrund des tragischen Ereignisses angespannt sind, ist uns durchaus verständlich. Aber ich bitte um eine angemessene Art des Umganges mit der Situation.« Hubler wollte etwas erwidern. Doch der Chefinspektor hielt ihm die ausgestreckte Hand entgegen, gebot ihm Einhalt.

»Hat jemand von Ihnen eine Erklärung dafür, warum Frau Heckmond nachts den Klostergarten aufsuchte?« Die drei setzten sich hin, schüttelten die Köpfe.

»Wer weiß schon, wie Kräuterhexen ticken«, quetschte Hubler zwischen zusammengepressten Lippen hervor.

»Hat jemand von Ihnen mitbekommen, dass Frau Heckmond das Hotel verließ?«

Erneutes Kopfschütteln. Speer setzte die Befragung fort. Es brachte wenig. Nach einer halben Stunde brachen sie auf.

6

Das Bürogebäude der Agentur lag im Süden von Sankt Pölten. »Willkommen bei Oberon« stand in bunten Lettern über dem Haupteingang. Die Schrift glitzerte, auch jetzt bei Tageslicht. Empfangen wurden der Chefinspektor und Gwendal von einem etwa 50-jährigen Mann in hellem Anzug. Das war Werner Mank, der Chef der Agentur. Durch die weit ausladende Glasfront von Manks Büro im ersten Stock war das nahe liegende, von Bäumen gesäumte Ufer der Traisen gut zu erkennen. Dort begann das Naherholungsgebiet. Werner Mank hatte die Agentur vor 15 Jahren gegründet. »Was für eine furchtbare Tragödie«, hatte der Firmeninhaber nach der Begrüßung mit Bedauern geäußert. Er hatte ihnen Kaffee angeboten. Beide hatten dankend abgelehnt. Sie ließen sich aber gerne Wasser aus einer Kristallkaraffe einschenken. »Kirsten hat mir schon vom Vorfall berichtet. Was immer unsere Agentur dazu beitragen kann, Sie in Ihrer Arbeit zu unterstützen, dem werden wir umgehend nachkommen. Sie müssen es nur sagen, Herr Chefinspektor.«

Damit waren sie aus der Chefetage entlassen, kehrten zurück ins Erdgeschoss, wo Kirsten Knechts Büro lag. Von hier aus war das Traisenufer auszumachen, aber bei Weitem nicht so gut wie vom oberen Stockwerk. »Die Deutschlandzentrale des *Bagyol*-Konzerns ist erst seit Kurzem Kunde unserer Agentur«, erklärte ihnen Knecht.

»Als ersten Auftrag durften wir vor einiger Zeit eine Beratungs- und Fortbildungsveranstaltung für den Vorstand des Unternehmens organisieren. Offenbar schafften wir das zur vollsten Zufriedenheit unserer Auftraggeber. Deshalb freuten wir uns sehr, dass man ein weiteres Mal an uns herantrat.«

»Aber dieses Mal mit einer deutlich anders ausgerichteten Aufgabe«, erwiderte Gwendal. »Beschauliches Waldviertel statt luxuriösem Wien. Graumohn und Kräuterkurs statt Umsatzsteigerung und Firmenconsulting.«

»Sie haben völlig recht«, bestätigte Kirsten Knecht eifrig. »Das ist eine der Stärken unserer Agentur, dass wir schnell auf unterschiedliche Wünsche reagieren können. Wir sind eben *Oberon*.«

»Worauf bezieht sich denn der Firmenname?«, fragte Gwendal. »Auf den König der Elfen oder auf den Jupitermond?«

»Respekt, Pater Gwendal«, verneigte sich der Agenturmitarbeiter. »Es gibt nicht viele, die auf Anhieb mit dem Namen etwas anfangen könnten. Am ehesten noch die IT-Experten unserer Kunden. Die kennen allerdings kaum den Elfenkönig, haben allenfalls eine Ahnung vom Jupitermond. Dafür wissen sie meistens, dass mit *Oberon* eine bestimmte Computer-Programmiersprache bezeichnet wird.«

»Das wusste wiederum ich nicht.«

»Wenn Sie beachten, was Sie bisher von unserer Agentur mitbekamen, Pater Gwendal, worauf tippen Sie denn?«

Gwendal dachte nach. »Am ehesten auf den Elfenkönig.«

Der Agenturmitarbeiter lächelte. »Lassen wir es offen. Es passt zur Unternehmensphilosophie unserer Agentur. Nichts muss von vornherein unumstößlich klar und somit für immer festgelegt sein. Das schränkt ein. Wir bieten immer eine Reihe von Lösungen für die Wünsche unserer Kunden an. Denn wir sind *Oberon*.«

»Wie darf ich das verstehen?«, wollte der Chefinspektor wissen.

»Unsere Kunden treten an uns heran, wollen etwas Bestimmtes. Das ist meist nicht bis ins letzte Detail klar formuliert. Wir schauen uns die Wünsche an, überprüfen die an uns gerichteten Vorgaben. Und dann erweitern wir den möglichen Aufgabenbereich. Ganz im Sinne unserer Kunden. Wir scheuen nicht davor zurück, uns dabei ungewöhnliche Fragen zu stellen. Wie Business zwischen Wirtschaftsprofis funktioniert, scheint klar. Aber wir fragen uns auch: Was kann man im Umgang mit anderen Lebewesen lernen? Wie funktionieren Befehlsketten bei Tieren? Wie muss man vorgehen, um Streitigkeiten bei Kindern zu schlichten? Also schicken wir Manager auf gut geführte Bauernhöfe, in Kindergärten, zu Hausfrauenklubs oder in Klöster.«

»Der Vorschlag, für die zweite Gruppe von *Bagyol* etwas Bestimmtes anzubieten, kam von Frau Heckmond.«

»Ja, sie wollte andere Zugänge. Es sollte direkter, spürbarer, handgreiflicher sein. Sie brachte das Thema Kräuter ins Spiel. Also konzipierten wir für die Gruppe eine Begegnung mit bodenständigen Vermarktungsideen von kleinen, überschaubaren Produkten wie eben Graumohn. Und ein Kräuterseminar im Kloster.

Wir können das, denn wir sind *Oberon*. Und *Oberon* kann alles.«

»Sie kamen also von Anfang an mit den Wünschen gut zurecht. War die Gruppe insgesamt zufrieden? Mir erschienen nicht alle einverstanden mit dem, was ihnen geboten wurde. Vor allem Marc Hubler reagierte bisweilen sehr unwirsch.«

»Da haben Sie völlig recht, Pater Gwendal. Die Herrschaften waren sich oft nicht einig, wussten nicht, was sie wollten. Auch bei Frau Heckmond musste man mit allem rechnen. Völlig unerwartet.« Gwendal schaute ihn fragend an. »Bitte nicht falsch verstehen. Ich kam bestens mit ihr zurecht«, beeilte er sich, schnell hinzuzufügen. »Welche Schwierigkeiten auch auftauchen, wir lösen alles. Denn wir sind *Oberon*.«

»Es gab Uneinigkeit innerhalb der Gruppe, sagten Sie.« Der Chefinspektor beugte sich vor. »Erzählen Sie mir mehr darüber.«

Kirsten Knecht kam der Aufforderung nach. Er schilderte, wie er die Gruppe kennenlernte. Wie man zur Graumohn-Tour durch das Waldviertel aufbrach. Er hielt sich nicht zurück, seine persönliche Meinung über jeden in der Gruppe zu äußern. Gerade die meist überhebliche Art von Marc Hubler hatte ihm manches verleidet. Gwendal hörte zu. Fast eine halbe Stunde redete der Agenturmitarbeiter. Schließlich beendete der Chefinspektor das Gespräch. Sie brachen auf, begaben sich zum Parkplatz. Auch von dort war das Traisenufer gut auszumachen.

»Was ist, mein guter Watson? Wollen Sie nicht einsteigen?«, fragte Speer. Er saß bereits hinter dem Lenkrad. Gwendal schaute verwirrt zum Flussufer. Der Wind fuhr durch die Sträucher. Die schmalen Sonnenstreifen zwischen den Zweigen gerieten in Unordnung, blitzten hell auf, tauchten dann unter, als würden sie verschluckt. Gwendal lauschte in sich hinein. Etwas, das er gehört hatte, befremdete ihn. Aber was? Er hatte heute mit vielen Menschen gesprochen, vielen zugehört. Von der Früh an, als man die Leiche im Klostergarten fand, bis jetzt beim Besuch in der Agentur. Wann hatte er das Verwunderliche vernommen? Und von wem? Es stand in irgendeinem unscharfen Zusammenhang zu dem, worüber er am Vorabend mit Evita Heckmond gesprochen hatte. Was war es nur gewesen? Er klopfte sich heftig gegen die Stirn. Der richtige Gedanke war nicht zu fassen, es fauchte heftiger Wind durch seinen Denkapparat.

7

»Etwas irritiert Sie, mein guter Watson. Ich sehe es Ihnen an.«

Gwendal war inzwischen eingestiegen. Der Chefinspektor lenkte das Auto. Sie waren auf dem Weg zurück nach Zwettl.

»Ja. Etwas beschäftigt mich, ist einfach nicht zu greifen.«

»Hat einer unserer Zeugen etwas gesagt, das nicht der Wahrheit entspricht? Eine dreiste Lüge? Sind Sie dahinter her?

Gwendal schnaubte. »Ich weiß nicht einmal genau, wohinter ich tatsächlich her bin. In meinem Kopf sind nur Schemen, völlig durcheinandergewirbelt. Kein einziges Bild ist fassbar.«

Eine Zeit lang schwiegen beide. Der Polizist setzte den Blinker, überholte einen Lastwagen. Dann reihte er sich wieder ein.

»Vielleicht kann ich Ihnen helfen, dem Grund für diese Verwirrung näherzukommen.«

Gwendal überlegte. Dass irgendein Unbekannter von außen zufällig nachts in den Garten des Klosters geschlichen war und dabei auf die Managerin traf, die er dann ermordete, diese Variante hatten sie schon heute Morgen als äußerst unwahrscheinlich abgetan. Da waren Gwendal und der Chefinspektor sich schnell einig gewesen. Die Befragung der Mönche durch die Einsatzkräfte der Kriminalpolizei hatte nichts Wesentliches gebracht. Gut, man konnte die Aussagen der Klosterbrüder nochmals überprüfen, gegebenenfalls Teile der Befragung wiederholen. Aber Gwendal glaubte nicht, dass sich dabei etwas finden ließe, das dieses verstörende Gefühl in ihm klarer machte.

»Ich glaube, der Grund für meine Verwirrung hat nichts mit den Aussagen der Mönche zu tun. Es ist etwas anderes. Welchen Eindruck hatten Sie von den Personen, die wir in den vergangenen Stunden befragten? Vielleicht hilft es mir weiter, wenn Sie mir Ihre Ansichten näherbringen.«

Der Chefinspektor grinste. Er überholte den nächsten Kleinlaster.

»Gut, mein lieber Watson. Was wollen Sie hören? Die auf Vernehmung basierende objektive Schlussfolgerung des Chefinspektors oder die private höchst subjektive Einschätzung von Gordon Speer.«

»Beides.«

»Also dann, mein lieber Watson, beginnen wir mit jenem Herrn, der auf der Rankingliste der größten Unsympathler, die mir in letzter Zeit unterkamen, unangefochten ganz vorne auf Platz eins rangiert. Beginnen wir also mit Marc Hubler.«

Gwendal hörte gebannt zu. Vieles, was der Chefinspektor vorbrachte, empfand er ähnlich. Nicht nur bei Hubler, auch bei allen anderen. Dass Noemi Kanter mit großer Wahrscheinlichkeit in Severin Turbel verliebt war, sah er auch so. Und dass sie gleichzeitig unter Turbels Schwärmerei für Evita Heckmond gelitten hatte, stimmte gewiss. Eifersucht als Mordmotiv? Sie wollten es beide in jedem Fall als Möglichkeit mit einschließen. Dass dem aufstiegsgierigen Marc Hubler durch Heckmonds Tod der erwünschte Platz im Vorstand sicher schien, hatten sie bei der Vernehmung erfahren. Gwendal und der Polizist vertrauten eher Turbels Aussage, dass Evita Heckmond ihren Platz doch nicht so schnell räumen wollte, wie es einmal angedacht war. Hublers Entgegnung, davon habe er nichts gewusst, klang für sie wenig überzeugend. Und dass Agenturmann Kirsten Knecht mit der strengen Managerin und ihren Vorstellungen nicht immer klargekommen sein mochte, war durchaus nachvollziehbar. Aber am meisten hatte Kirsten Knecht wohl unter der Illoyalität von Hubler gelitten, so wie nahezu jeder.

»Wie auch immer«, fasste der Chefinspektor zusammen. »Wir werden weiterhin lückenlos recherchieren und dem heute Gehörten gewissenhaft auf den Grund gehen. Wir sind zwar nicht *Oberon*. Wir können nicht alles.« Er begleitete die Bemerkung mit einem Lachen. »Aber die Kriminalpolizei darf man nicht unterschätzen. Wir schaffen viel, wenn wir uns richtig reinhängen. Und das werden wir.«

Es war bereits später Nachmittag, als sie ankamen. Der Chefinspektor ließ seinen Begleiter am Stiftseingang aussteigen. Im Lindenhof traf Gwendal auf den Prior. Bruder Rudolf war mit einer großen Schar von Kindern unterwegs. »Geht ihr schon voraus, Kinder. Ich komme gleich nach.« Fröhlich schnatternd setzten die jungen Leute ihren Weg fort, eilten weiter zur Kirche. Morgen Vormittag wurde im Stift eine Ausstellung eröffnet. Dabei sollte ein Kinderchor singen. Das war Gwendal bekannt. »Wir haben uns entschlossen, die Veranstaltung morgen abzuhalten wie geplant. Trotz des furchtbaren Todesfalles, mit dem wir konfrontiert wurden. Die Vorgangsweise wurde mit der Polizei abgesprochen. Da im Bildungshaus in den zuständigen Räumlichkeiten noch gearbeitet wird, halten wir die Probe in der Kirche ab.«

»Ich will dir gerne von den Begegnungen berichten, die der Chefinspektor und ich heute hatten. Wie lange wird die Probe dauern?«

»Eine gute halbe Stunde, länger sicher nicht. Die Leni ist auch hier. Sie hat ihre Enkelin hergebracht. Fabienne singt ebenfalls im Chor mit. Die Leni wartet in der Stiftstaverne. Wir könnten uns dort treffen, wenn es dir recht ist, Bruder Gwendal.«

Gwendal war es sehr recht. Auch der Leni zu begegnen, war ihm angenehm. Er wandte sich nach links, hielt auf den Prälatengarten zu. Gwendal hatte sich bei seinem ersten Besuch vor acht Jahren mit der Baugeschichte der Anlage beschäftigt. Verantwortlich für das heutige Erscheinungsbild von Stift Zwettl war in erster Linie Abt Melchior von Zaunegg. Anfang des 18. Jahrhunderts kümmerte er sich zunächst um die finanzielle Sanierung des Klosters. Als das geschafft war, konnte er sich dem widmen, was ihm besonders wichtig erschien: eine großzügige Erweiterung der baulichen Fläche des Stifts. Dazu wollte er sorgsam gestaltete Naturräume miteinbeziehen. So wurde auch heute noch das Bild des Prälatengartens von einem attraktiven dreiteiligen Gebäudekomplex geprägt. Zwischen zwei Orangerien ließ Abt Melchior ein kleines zweistöckiges Sommerschloss errichten. Im zentralen Giebel des einstigen Schlösschens prangte eine Sonnenuhr, wertete den schmucken Anblick der barocken Fassade auf. Dieses ehemalige kleine Sommerschloss beherbergte heute die Taverne. Auf dem Platz vor dem Eingangsbereich waren mehrere Tische aufgestellt. An einem saß die Mosbacher Bäuerin.

»Willkommen, Pater Gwendal. Hast du Zeit, dich zu mir zu setzen? Das freut mich.«

Gwendal nahm Platz. Ein Kellner eilte herbei. Gwendal bestellte Pfirsichsaft.

»Den Ribiselkuchen kann ich nur empfehlen«, lächelte die Bäuerin, wies auf ihren bereits geleerten Kuchenteller.

»Danke. Fruchtig Süßes würde mir wahrlich guttun.« Er wandte sich an den Kellner. »Bringen Sie mir bitte ein Stück.«

Leni atmete einmal tief durch. »Du warst den ganzen Tag mit dem Kriminalinspektor aus Sankt Pölten unterwegs, wie ich vom Prior erfuhr. Hat die Polizei inzwischen eine Erklärung für den schrecklichen Vorfall?«

»Leider nein. Aber die Untersuchungen haben auch erst begonnen.«

»Ich weiß nicht, wie es dir ergangen ist, Pater. Ich kannte die Frau nicht, begegnete ihr gestern zum ersten Mal bei unserer kleinen Meisterwurz-Einführung. Aber ich empfand sie als angenehme, sogar als herzliche Person. Was ich nicht von allen Leuten sagen kann, die gestern dabei waren.«

»Ja, auch für mich war Evita Heckmond eine sympathische Erscheinung.«

Der Kellner brachte den Pfirsichsaft und die Süßspeise. Gwendal nahm die Gabel, kostete. »Hervorragend. Der Ribiselkuchen ist ein Gedicht. Danke für die Empfehlung, Leni.« Er trank vom Pfirsichsaft, widmete sich gleich wieder dem Kuchen. Sie versuchten, weiter über den gestrigen Abend zu reden. Doch die Unterhaltung kam nur schleppend voran. Immer wieder legten sie große Pausen ein, hingen lange den eigenen Gedanken nach, versuchten zu bewerten, was ihnen aufgefallen war.

»Hallo, Oma!« Die Kinderstimme riss sie aus ihren Überlegungen. Gwendal bemerkte, dass er noch nicht einmal die Hälfte des Kuchens gegessen hatte. »Kann ich bitte einen Orangensaft haben? Und ein Erdbeereis?« Ein etwa achtjähriges Mädchen mit dunkelblonden Zöpfen ließ sich auf einen der freien Stühle plumpsen.

»Hallo, mein Schatz, wie haben wir es mit der Höflichkeit?« Die Kleine rollte kurz die Augen nach oben. Muss das denn sein, Oma, versuchte Gwendal die Geste zu deuten. Aber das Mädchen stemmte sich artig in die Höhe, streckte die Hand aus.

»Hi, ich bin die Fabienne.« Gwendal griff zu.

»Hi, ich bin Pater Gwendal.« Das Mädchen quittierte seine Vorstellung mit einem Glucksen, setzte sich wieder hin.

»Und ich bin Reinhold, der Jungstimmen-Dompteur«, war zu vernehmen. Der Prior war aufgetaucht, nahm ebenfalls Platz. Schon war der Kellner zur Stelle, nahm die Bestellungen auf.

»Wie ist die Probe gelaufen?« Lenis Frage richtete sich an den Prior. Der ließ den Kopf hin und her wiegen.

»Ich will es mit einer alten Theaterweisheit versuchen. Schlechte Generalprobe, gute Premiere.«

»Habt ihr euch nicht genug zusammengerissen, Fabienne?« Das Mädchen schnaubte.

»Also wir Mädchen schon. Wir haben sehr gut gesungen. Aber die Buben nicht.« Sie stemmte die Fäuste in die Hüften. »Die Buben haben viel herumgeblödelt und andauernd Fehler gemacht. Nicht wahr, Pater Rudolf?« Sie blickte den Prior herausfordernd an. Der wiegte erneut den Kopf.

»Sagen wir es einmal so: Es hat sich meistens die Waage gehalten.«

»Weißt du, was der Günter aus der dritten Klasse gesagt hat, Oma?« Sie drehte sich wieder ihrer Großmutter zu. Ihre Stimme klang aufgeregt. »Pater Rudolf hat nach dem Lindenbaum-Lied gemeint, es könnte um vieles besser gehen. Da hat der Günter geantwortet: ›Es ist noch kein Meister vom Himmel gefallen.‹« Sie drehte den Kopf. »Darf man denn so etwas sagen, Pater Rudolf?«

Der lächelte. »Ja, Fabienne, das darf man.«

»Und was heißt das? Was hat der Günter damit gemeint?«

»Das heißt, dass wir uns alle anstrengen müssen, wenn wir etwas erreichen wollen. Wir müssen lernen. Dürfen nie aufhören. Immer mehr lernen. Nur dann verbessern wir uns, können sogar kleine Meister werden. Nur einfach vom Himmel zu fallen, geht dafür nicht.«

Die Kleine dachte kurz nach. Dann lachte sie aus vollem Hals, konnte sich kaum mehr einkriegen.

»Komm, Fabienne, beruhige dich wieder.«

»Weißt du, Oma, ich habe mir gerade etwas Lustiges vorgestellt. Wie der Berner, unser Bäckermeister, vom Himmel plumpst und mitten im Teig landet.«

»Der alte Berner hat viel lernen müssen, bis er endlich Meister wurde. Auch der ist nicht einfach vom Himmel herabgesegelt.«

»Aber lustig wäre es schon, wenn der Bäckermeister einfach in den Teig flutscht.« Fabienne hielt mitten im Lachen inne. Denn der Kellner stellte ihr den Orangensaft und das Erdbeereis hin. Sie klatschte in die Hände. »Sind Sie auch ein Meister?«, rief sie ihm nach. Gwendal hatte sich später oft gefragt, ob es in dieser Sekunde passiert war. Oder schon davor, als die Kleine von Günters Bemerkung aus der Chorprobe berichtet hatte. Im Grunde war es egal. Es war in jedem Fall eine von Fabiennes fröhlich dahingeplapperten Bemerkungen, die etwas in ihm auslöste. Die ihn aufhorchen ließ. »Kindermund tut Wahrheit kund«, lautete ein altes Sprichwort. Und dieser unbeschwert schwatzende Kindermund brachte ihn schlussendlich tatsächlich zur Wahrheit. Auch wenn er sich in diesem Moment alles andere als schlüssig war, wie diese Wahrheit tatsächlich aussah.

»Entschuldigt mich bitte, ich habe dringend etwas zu erledigen.« Die beiden Erwachsenen am Tisch schauten ihn verwundert an. »Tschau, Pater Gwendal«, rief die Kleine ihm hinterher. »Ich hätte dich vielleicht von meinem Erdbeereis kosten lassen. Aber jetzt ist es zu spät.«

Gwendal hastete davon, bog ein in den Lindenhof, beschleunigte seinen Schritt. Konnte das tatsächlich so gewesen sein, oder unterlag er einem grässlichen Irrtum? Er stoppte ab. Evita hatte eindeutig davon gesprochen. Auch wenn er den Zusammenhang ursprünglich nicht herzustellen vermochte. Warum hätte er auch sollen? Doch sie könnte es genauso gemeint haben. Wozu hatte sie sonst diese Anspielung gewählt? Und wenn Gwendal sich täuschte? Unwillkürlich richtete sich sein Blick zum Kirchturm. Er kam sich vor wie die kleine geflügelte Teufelsgestalt auf der linken Seite, am mittleren Geschoss. Über sich hatte die Gestalt den gestrengen Erzengel Michael mit dem Schwert der Gerechtigkeit in der hoch erhobenen Hand, bereit zuzuschlagen. Was war, wenn Gwendal das Schwert der Wahrheit unbarmherzig traf und sich herausstellte, dass er doch einem Irrtum unterlag. Viel lieber wäre er das kleine Mädchen auf der gegenüberliegenden rechten Seite des Turmes. Das Mädchen wurde sorgsam geführt von einem Schutzengel, der ihm mit hoch erhobener Hand den rechten Weg wies. War er auf dem rechten Weg bei dem, was er vorhatte, fragte sich Gwendal. Er wusste es nicht. Von Wissen war er weit entfernt. Eine Ahnung hatte er, ein bestimmtes Gefühl. Darauf wollte er vertrauen. Sein Gefühl hatte ihn selten getäuscht. »Also weiter, Gwendal«, feuerte er sich an und begann zu laufen.

»Guten Abend, Pater Gwendal, ich bin überrascht, aber dennoch erfreut, Ihre Stimme zu hören.«

Gwendal hatte Gordon Speer gleich beim ersten Anruf erreicht.

»Herr Chefinspektor, ich habe dringend mit Ihnen zu reden.«

»Sprechen Sie, ich höre zu.«

»Nein, am Telefon kann ich das nicht so gut. Was ich zu sagen habe, hört sich kompliziert an. Könnten Sie zu mir ins Kloster kommen?«

»Sie haben Glück, mein lieber Watson, dass ich noch in der Stadt bin. Ich wollte erst später in die Landespolizeidirektion zurückkehren. In einer halben Stunde kann ich bei Ihnen sein.«

»Danke, Herr Chefinspektor.«

Speer brauchte genau 23 Minuten. Gwendal hatte auf die Uhr geblickt. »Sicher bin ich nicht. Und Beweis gibt es vorerst keinen.« So eröffnete er das Gespräch. »Aber ich habe eine starke Vermutung, wie sich alles zugetragen haben könnte.« Der Chefinspektor hörte zu, lauschte mit wachsendem Staunen den Ausführungen. »Sie haben recht, mein lieber Watson. Die Anhaltspunkte, von denen Sie ausgehen, sind mehr als vage. Aber wir werden Ihre Vermutungen nachprüfen. Wir werden sofort damit beginnen. Ich fahre auf der Stelle zurück ins Präsidium. Ich weiß auch schon, welchen meiner Leute ich darauf ansetze.«

9

Trotz anbrechender Dunkelheit suchte Gwendal am Abend nochmals den Klostergarten auf. Langsam ging er auf die Marienstatue zu. Die jugendlich wirkende Maria hielt ihren abgewinkelten linken Arm hoch. Sie blickte auf einen Blütenkelch, den sie in der Armbeuge präsentierte. Diese graziöse Bewegung war in der modernen Skulptur der Hotelhalle gut nachvollziehbar gewesen. Gwendal blieb stehen, versank meditierend in den Anblick Mariens. Es tat ihm gut. Das fühlte er. Danach begab er sich zu der Stelle, wo die Tote gelegen hatte. Auf dem Kiesweg neben der Jakobsleiter. Auch hier versuchte er zu meditieren, sich auf den Platz und die Umgebung einzulassen. Tief unter ihm floss ruhig das Wasser des Kamp. Auch den Fluss versuchte er zu erspüren. Doch es gelang schlecht. Immer wieder wurde er aus der Meditation gerissen. Ständig pochte in seinem Inneren ein und dieselbe Frage. Würde es der Polizei gelingen, einen Anhaltspunkt zu finden, der seine Vermutung bestätigte? Diese Überlegung brachte er nicht weg. Sie verfolgte ihn. Selbst im Schlaf. Mehrmals wachte er auf. Sein Herzschlag ging unruhig.

Erst während der Morgenandacht schaffte er es, seinen Kopf einigermaßen freizuhalten. Auf das Frühstück verzichtete er. Und dann, kurz nach 9 Uhr, kam der erlösende Anruf.

»Lieber Pater Gwendal, ich verbeuge mich tief vor Ihnen. Sie hatten recht.«

Eine Woge der Erleichterung schwappte durch Gwendals Körper.

»Wir fahren jetzt hin. Möchten Sie dabei sein? Ich hole Sie ab.«

»Danke, Herr Chefinspektor. Das ist nicht nötig. Vielleicht könnten Sie mir später davon berichten.«

»Das mache ich gerne, mein lieber Watson.«

Gwendal blickte zur Uhr. Um 10.30 Uhr begann die Eröffnung der Ausstellung mit der Darbietung des Kinderchors. Da würde er gerne dabei sein. Bis dahin wollte er in den Kräutergarten.

Der Gesang der Kinder erreichte schnell sein Herz. Schon während des ersten Liedes fühlte sich Gwendal, als schwebe er auf einer Wolke, lauschte den Stimmen himmlischer Wesen. Es tat ihm gut. Fabienne stand in der dritten Reihe. Am Ende des ersten Liedes entdeckte sie ihn, winkte ihm verstohlen zu. Eingeladen zur Ausstellungseröffnung waren an die 200 Personen. Gut die Hälfte war gekommen, erfuhr Gwendal später vom Prior.

»Der *Lindenbaum* und das *Heideröslein* haben mich besonders berührt«, gestand Gwendal. »Der Kinderchor klingt sehr gut. Wird er künftig öfter im Stift zu hören sein?«

»Das hoffe ich«, erwiderte Pater Rudolf. »Das war zumindest ein erster Versuch von meiner Seite. Auch die Direktorin der Volksschule, aus der die meisten Kinder kommen, zeigt sich sehr interessiert.«

»Flora Vivante«. So lautete das Motto der Ausstellung. Heimische Laienkünstler aus der Umgebung hatten unter Anleitung eines Profimalers aus Deutschland an die 30 Aquarelle angefertigt. Gwendal gönnte sich die Zeit, jedes einzelne Aquarell zu studieren, auf sich wirken zu lassen.

Am Nachmittag kam der Chefinspektor. Gwendal schlug vor, sich an einen der Tavernentische in den Prälatengarten zu setzen.

»Nochmals, Pater Gwendal. Respekt, dass Sie auf diese schier unmöglich erscheinende Antwort gekommen sind. Sie hat sich im Endeffekt als wahr herausgestellt.«

Der Kellner erschien.

»Können Sie mir etwas empfehlen?«

»Der Ribiselkuchen ist ausgezeichnet«, antwortete Gwendal.

»Dann nehme ich ihn. Dazu bitte einen großen Espresso und einen Weißen Spritzer.«

Gwendal wollte nur Wasser, sonst nichts.

»Er hat es natürlich lange abgestritten, sich vehement dagegen gewehrt. Er versuchte, die Anschuldigung ins Lächerliche zu ziehen. Sein Alibi, die Wohnung nicht verlassen zu haben, war ohnehin schwach. Wir konnten schließlich einen Mann aus der Nachbarschaft auftreiben, der eindeutig bestätigte, dass er gesehen habe, wie Kirsten Knecht nachts das Haus verließ. Damit war das falsche Alibi aufgeflogen. Zusammen mit dem, was wir ihm sonst noch vorhalten konnten, war ihm das doch zu viel. Er knickte ein. Inzwischen liegt uns sein vollständiges Geständnis vor.«

Gwendal atmete tief durch. »Ich bin sehr froh, Herr Chefinspektor, dass wir gemeinsam zu einer Lösung kommen konnten.«

Speer schüttelte den Kopf. »Ihnen allein ist das zu verdanken. Denn Sie sind auf die Lösung gekommen, Pater Gwendal. Nur Sie.« Der Kellner brachte das Bestellte.

»Sonst noch einen Wunsch, meine Herren?«

»Danke, im Augenblick nicht.«

Der Polizist drehte sich direkt seinem Gesprächspartner zu, blickte ihn lange an.

»Sie haben es mir angedeutet. Sie versuchten mehrmals, es mir zu erklären. Ich muss gestehen, ich kann es dennoch nicht recht nachvollziehen. Sie sagten etwas von ›Kindermund tut Wahrheit kund‹, sofern ich mich recht erinnere. Das konnte ich nicht einordnen. Macht es Ihnen Mühe, es mir noch einmal darzulegen, Schritt für Schritt?«

Gwendals Mund fühlte sich trocken an. Er nahm einen großen Schluck Wasser. Dann begann er.

»Sie erinnern sich, dass mich gestern etwas sehr beschäftigte.«

Der Chefinspektor nickte.

»Ja, Sie betonten, dass Ihnen schemenhaft etwas im Kopf herumging. Sie glaubten, etwas mitbekommen zu haben, das Sie an etwas erinnern sollte, das Sie ebenfalls gehört hatten. In anderem Zusammenhang.« Speer schnaufte hörbar durch. »Es klang alles sehr kompliziert.«

Gwendal lächelte. »Das war es auch.« Er deutete mit der Hand zur Tischplatte.

»Gestern hatte ich genau an diesem Tisch Platz genommen, an dem wir jetzt sitzen. Mir gegenüber saß ein achtjähriges Mädchen. Fabienne. Sie hat am Vormittag beim Chor zur Ausstellungseröffnung mitgewirkt. Eine wundervolle Veranstaltung. Gestern kam sie aus der Probe und wollte wissen, was einer der Buben meinte, als er sagte, es ›sei noch kein Meister vom Himmel gefallen‹. Und dann blödelte sie weiter, lachte bei der Vorstellung, dass ein ihr bekannter Bäcker vom Himmel falle und als Meister in den Teig plumpste. Und irgendwann während dieses kindlichen Quasselns machte es in meinem Inneren so ...« Er schnippte mit den Fingern.

»Plötzlich fiel mir ein, was mich schon so lange beschäftigte, ohne dass ich wusste, was es genau war. Jetzt kam es mir in den Sinn. Es war eine Bemerkung aus meiner Unterhaltung mit Evita Heckmond. Wir unterhielten uns über die Meisterwurz. Sie erzählte, dass sie als Kind bei ihrer Großtante Meisterwurztee getrunken hatte. Ich ließ mich über das Meisterhafte aus, bemerkte, das wahre Meisterinnen und Meister stets rechtschaffen seien. Und sie sagte: ›Mancher gibt sich gerne als wahrer Meister aus. Aber vom Himmel gefallen ist noch keiner.‹ Aber das war noch nicht alles. Sie setzte hinzu: ›Prüft man genauer nach, stößt man bisweilen völlig unerwartet auf gröbste Täuschung.‹ Ich sagte, ich könne gut verstehen, was sie meinte. Ich wäre auch schon öfter enttäuscht worden, hätte mich im Umgang mit anderen verrechnet. Und sie darauf: ›Rechnen muss man immer genau. Manchmal nachrechnen.‹«

»Das kann ich nachvollziehen.« Der Chefinspektor griff zum Espresso, trank ihn aus. »Die kindliche Bemerkung über Meister, die vom Himmel fallen, hat Sie daran erinnert, dass sich auch die Managerin mit Ihnen über das Für und Wider im Umgang mit wahren und selbsternannten Meistern unterhalten hatte. Und sogar eine Bemerkung über Rechnen und Nachrechnen fiel. Dem sind wir dank

Ihrer Anregung gefolgt. Mein Spezialist hat gute Arbeit geleistet. Aber Frau Heckmonds Erwähnung des Nachrechnens hätte sich zuallererst auf ihre Kollegen beziehen können, auf Noemi Kanter, Severin Turbel und Marc Hubler. Davon wäre ich zumindest ausgegangen.«

Gwendal lächelte.

»Ich konnte mich zum Glück an das vollständige Gespräch erinnern, das wir führten. Was ich Ihnen eben wiederholte, war noch nicht alles aus der Unterredung. Es fiel noch eine Bemerkung. Die könnte man ebenfalls als völlig nebensächlich abtun. Einfach so dahingesagt, könnte man denken. Außer man war besonders hellhörig geworden. So wie ich. Leider erst im Nachhinein, also viel zu spät. Ich äußerte in unserem Gespräch etwas über Bauernfängerei, vor der man sich immer schützen sollte. Und sie erwiderte etwas, das, rückblickend betrachtet, man als direkten Hinweis verstehen hätte können. Evita Heckmond sagte: ›Bei manchen reicht es nicht einmal zum Bauern.‹«

Der Chefinspektor blickte ihn an. Ein wenig ratlos. Doch dann ging ihm plötzlich ein Licht auf. Er klopfte sich gegen die Stirn.

»Ah, jetzt verstehe ich. Für wen reicht es nicht zum Bauern? Zum Beispiel für jemanden, der nur Knecht ist.« Er hob sein Glas, prostete Gwendal zu.

»Oder der nur Knecht heißt.«

Er trank langsam vom Wasser. Dann stellte er das Glas hin.

»Die versteckte Anspielung auf Kirsten Knecht und was Sie sonst aus dem Gespräch eben erwähnten, lässt sich für mich einigermaßen nachvollziehen. Dennoch scheint der Grund, der das Schemenkarussell in Ihrem Kopf endlich einbremste, etwas komplizierter zu sein. Denn Sie sagten, das Befremden in Ihnen rührte von einer Bemerkung, die Sie gestern tagsüber bei unseren Vernehmungen mitbekommen hatten. Das bezog sich also auf etwas anderes. Fabienne, die aus der Probe kam, trafen Sie ja erst später.«

»Ja, etwas, das ich gehört hatte, brachte dieses Befremden zum Anklingen. Nicht gleich. Aber es war da, ohne dass ich sofort den Grund dafür erahnte.«

»Und dieser Hinweis war nicht bei unserer Vernehmung der drei Mitarbeiter von *Bagyol* gefallen.«

»Nein, er fiel bei unserem Gespräch mit dem Agenturvertreter.« Wieder griff Gwendal zum Wasserglas. Noch immer fühlte sich sein Mund etwas trocken an. »Kirsten Knecht entkam eine Bemerkung, ohne dass es ihm bewusst war. Es passierte ihm. Manchmal spielt der eigene Hirnmeister uns einen Streich, und wir verraten etwas, das wir gar nicht sagen wollen. Da schimmert etwas durch, ohne dass wir drauf achten. Als Kirsten Knecht sich über seinen Umgang mit den *Bagyol*-Leuten ausließ, meinte er: ›Auch bei Frau Heckmond musste man mit allem rechnen. Völlig unerwartet.‹ Und genau das war es. Dass ihn Evita Heckmond auf etwas ansprach, das eindeutig für ihn schlecht war, wissen wir inzwischen. Für Kirsten Knecht passierte es gewiss unerwartet. Dass man bei ihr mit allem *rechnen* musste, diese Formulierung rutschte ihm auch heraus.«

»Sie haben es trefflich beschrieben, Pater Gwendal. Das eigene Hirn ist ein Meister der Wahrheit, der uns manchmal selbst überlistet. Denn ums Rechnen ging es ja, ums Überprüfen und Nachrechnen.« Der Chefinspektor zückte sein Tablet, schaltete es ein, drehte es dem Mönch hin. »Von

Ihnen angeregt, Pater Gwendal, sahen wir uns genauer an, womit Frau Heckmond sich vor ihrem Tod auf ihrem Computer beschäftigt hatte. Dabei stießen wir darauf. Es ging tatsächlich ums Nachrechnen. Sie überprüfte jene Abrechnungen, die von der Agentur *Oberon* an den *Bagyol*-Konzern gestellt worden waren. Die bezogen sich auf den Auftrag vor sechs Wochen. Der Vorstand der Deutschlandzentrale war damals unter anderem nach Wien gebracht worden. Ausgestellt hatte die gesamte Abrechnung der Projektverantwortliche, also Kirsten Knecht. Frau Heckmond fielen bei den Abrechnungen offenbar diverse Unstimmigkeiten auf. Sie konfrontierte Knecht damit. Erstmals nach dem Mittagessen in Armschlag und vorgestern Abend im Stift Zwettl. Das gab Knecht im Zuge des Geständnisses zu. Er hat hohe Schulden, das wissen wir inzwischen. Er hat sich unter anderem an der Börse verspekuliert. Hätte Evita Heckmond sich wegen der unklaren Belege an Agenturchef Werner Mank gewandt, wie sie Knecht gegenüber ankündigte, wäre er vollends aufgeflogen. Denn einer genauen Nachprüfung hätten seine betrügerischen Winkelzüge nicht lange standgehalten. Nicht alles, aber das meiste Geld hatte Knecht für sich selbst beiseitegeräumt, wie der von mir angesetzte Spezialist herausfand. Wie wir inzwischen wissen, hatte Knecht nicht zum ersten Mal auf diese Weise seinen Arbeitgeber betrogen. Das war schon bei anderen Kunden passiert. Also musste Knecht handeln. Und das sehr schnell. Evita Heckmond musste zum Schweigen gebracht werden. Für immer.«

Der Chefinspektor hielt das Weinglas in der Hand, unschlüssig, ob er trinken sollte. Er stellte es hin, schob es von sich. Er schwieg. Es war alles gesagt.

Gwendal blickte zur Fassade des Kirchturms. Die Hände des Schutzengels funkelten im Sonnenlicht. Hätte sich nicht auch die Frau mit den kastanienbraunen Haaren verdient, dass ein Schutzengel über sie wachte? Manchmal wurde Gwendal in seiner Zuversicht, seinem Glauben von starken Zweifeln erfasst. Auch jetzt. Er griff in die Tasche, legte dem Kriminalpolizisten ein kleines Päckchen hin. Grüne Blätter waren darin zu erkennen.

»Das ist für Sie.«

Gordon Speer betrachtete das Geschenk.

»Danke.« Er nahm es an sich. »Werde ich dadurch auch einmal so gut kombinieren können, wie Sie es unzweifelhaft zustande bringen, Pater Gwendal?«

Der Mönch hob bescheiden die Hände.

»Zu viel der Ehre, Herr Chefinspektor. Meine Gabe, ab und zu richtige Schlüsse zu ziehen, ist wahrlich bescheiden.«

Der Polizist hob das Päckchen.

»Wozu verhilft es mir?«

»Es geht um Sensibilität. Ihre ist groß. Dadurch wird sie vielleicht noch stärker.«

Ein feines Lächeln schlich über das Gesicht des Chefinspektors.

»Ich glaube, ich weiß, was ich in Händen halte.« Er blickte Gwendal einnehmend an. »Liege ich richtig, mein guter Watson?«

Gwendal nickte.

»Sie liegen richtig, mein lieber Sherlock. Das ist Meisterwurz.«

*Weitere Titel finden Sie auf den
folgenden Seiten und im Internet:*

WWW.GMEINER-VERLAG.DE

Martin Merana ermittelt:

1. Fall: Jedermanntod
ISBN 978-3-8392-1089-5

2. Fall: Wasserspiele
ISBN 978-3-8392-1200-4

3. Fall: Zauberflötenrache
ISBN 978-3-8392-1302-5

4. Fall: Drachenjungfrau
ISBN 978-3-8392-1587-6

5. Fall: Mozartkugel-komplott
ISBN 978-3-8392-1773-3

6. Fall: Todesfontäne
ISBN 978-3-8392-2345-1

7. Fall: Marionetten-verschwörung
ISBN 978-3-8392-2458-8

8. Fall: Jedermannfluch
ISBN 978-3-8392-2722-0

9. Fall: Salzburgsünde
ISBN 978-3-8392-0075-9

10. Fall: Salzburgrache
ISBN 978-3-8392-0298-2

Weitere Titel von Manfred Baumann:

Maroni, Mord und Hallelujah
ISBN 978-3-8392-1588-3

Salbei, Dill und Totengrün
ISBN 978-3-8392-1927-0

Glühwein, Mord und Gloria
ISBN 978-3-8392-1950-8

Blutkraut, Wermut, Teufelskralle
ISBN 978-3-8392-2099-3

Majoran, Mord und Meisterwurz
ISBN 978-3-8392-0171-8

Das Stille Nacht Geheimnis
ISBN 978-3-8392-2339-0

Englein, Mord und Christbaumkugel
ISBN 978-3-8392-2711-4

**Geschenkausgabe:
1. Fall: Jedermanntod**
ISBN 978-3-8392-2723-7

GMEINER SPANNUNG

WWW.GMEINER-VERLAG.DE
Wir machen's spannend